Bitteres Erbe
Elke Bergsma

Elke Bergsma

Bitteres Erbe

Impressum
Copyright: © 2018 Elke Bergsma, www.elke-bergsma.de
Am alten Handelshafen 1, 26789 Leer
Lektorat: Hagen Schied, www.lektorat-buchwaerts.de
Korrektorat und Satz: Corinna Rindlisbacher, www.ebokks.de
Cover: Susanne Elsen, www.mohnrot.com
unter Verwendung eines Fotos von © Anneka/Shutterstock.com
Verlag: BoD · Books on Demand GmbH, Überseering 33,
22297 Hamburg, bod@bod.de
Druck: Libri Plureos GmbH, Friedensallee 273, 22763 Hamburg

ISBN: 978-3-7693-5339-6

Für
Petra Röder
eine ganz wunderbare Kollegin und Freundin.
Du fehlst.

1

Schlaftrunken richtete sich David Büttner in seinem Fernsehsessel auf, die flexible Rückenlehne passte sich dabei seiner Bewegung an. Er schaute zum Sofa hinüber. Es war leer. Die Decke, die sich seine Frau Susanne am Abend über die hochgelegten Beine geworfen hatte, lag säuberlich gefaltet am Fußende, die Lampen waren ausgeschaltet. Anscheinend hatte sie es geschafft, sich aufzuraffen und ins Bett zu gehen. Er hingegen war wieder einmal vor dem Fernseher eingeschlafen, wie es ihm in letzter Zeit häufiger passierte. Ein Blick auf die antike Standuhr sagte ihm, dass es bereits kurz vor zwei in der Nacht war. In gut zwei Stunden würde es draußen wieder dämmern. Als er sich um halb elf ein letztes Glas Wein eingeschenkt hatte, das noch immer halbvoll auf dem Tisch stand, war es noch hell gewesen. Im norddeutschen Sommer waren die Nächte kurz.

Büttner überlegte, was am nächsten Tag anliegen würde, dann jedoch stellte er erleichtert fest, dass es Samstag war und er ausschlafen konnte. Keine Leiche, die darauf wartete, dass man die Umstände ihres Todes aufklärte, kein Mörder, der befürchten musste, von ihm überführt zu werden. Seit Monaten schon hatte es keinen Mordfall in seinem Zuständigkeitsbereich gegeben. Büttner begann, die Ostfriesen schon fast für ein sympathisches Völkchen zu halten. Es hatte wahrlich schon ganz andere Zeiten gegeben.

Endlich hatte er einige Überstunden abfeiern können. Er war mit Susanne für eine Woche in Hamburg gewesen, wo unter anderem sein vierzigjähriges Abiturtreffen auf dem Programm gestanden hatte. Das Treffen war weniger schlimm verlaufen als erwartet, und eigentlich war er ganz froh, den ein oder anderen seiner Schulkameraden wiedergetroffen zu haben, denn sie hatten sich größtenteils zu ganz passablen Zeitgenossen entwickelt. Einige wenige natürlich auch nicht, aber das war schon damals abzusehen gewesen. Genauso, wie sie vor vierzig Jahren mit ihrem neuen Mofa oder dem ersten eigenen Auto geprahlt hatten, gaben sie heute mit ihrer Limousine, ihrer Yacht oder ihrem hauseigenen Swimmingpool an. Bevorzugt mit allem auf einmal. Was darauf schließen ließ, dass das Leben außer materiellem Reichtum nicht viel für sie bereithielt.

Mit einem lauten Stöhnen erhob sich Büttner umständlich aus seinem Sessel. Er rieb sich seinen steifen Nacken und streckte den schmerzenden Rücken durch. Ein paar Stunden Schlaf im Bett konnten sicherlich nicht schaden. Gott sei Dank war auch Susanne keine dieser notorischen Frühaufsteherinnen, die mit dem Aufgang der Sonne ihre ersten Yogaübungen machten. Also konnte er auf ein spätes Frühstück hoffen, was ihm und seinem Schlafbedürfnis sehr entgegenkam. Oder? Angespannt sah er zu seinem Hund Heinrich hinüber, der mit geschlossenen Augen und ruhig atmend in seinem Korb lag. Im Winter schlief auch er lange. Im Sommer aber ließ er sich nur allzu gerne von der Helligkeit dazu animieren, bereits vor sechs Uhr winselnd am Bett seines Herrchens auf und ab zu springen und auf einer Runde Gassi zu bestehen.

Was war denn das? Büttner hatte auf dem Weg nach oben ins Schlafzimmer gerade den Fuß auf die erste Treppenstufe gesetzt, als er ein Klopfen hörte. Er lauschte. Als alles ruhig blieb, glaubte er, sich getäuscht zu haben, doch setzte Heinrich plötzlich zu einem Knurren an, das sich schließlich, als es erneut klopfte, zu einem Kläffen auswuchs.

„Heinrich, aus!", zischte Büttner, nachdem er ins inzwischen dunkle Wohnzimmer zurückgegangen war. Er legte einen Zeigefinger auf den Mund, um seine Worte zu unterstreichen.

Heinrich aber ließ sich davon nicht beirren, sprang aus seinem Korb hoch und hechtete bellend zur Tür.

„Was ist denn da?", murmelte Büttner. Langsam näherte er sich der verglasten Tür, vor der sich Heinrich nun wie wild gebärdete. „Pssst!", machte Büttner erneut, doch half es auch diesmal nichts. Kurzentschlossen drückte er die Klinke hinunter und linste durch einen Spalt nach draußen. Terrasse und Garten lagen im Dunkeln. Es raschelte, gleich darauf meinte Büttner, einen sich bewegenden Schatten zu sehen. Huschte da nicht jemand durch den Garten? Als er die Tür weiter öffnete, flitzte Heinrich hinaus und kläffte wütend in die Finsternis.

„Komm sofort her!", befahl ihm Büttner. „Du weckst ja die ganze Nachbarschaft auf!"

Heinrich zeigte sich nur bedingt beeindruckt. Zwar hörte er auf zu bellen, dachte aber gar nicht daran, ins Haus zurückzukehren. Mit der Schnauze am Boden schnüffelte er sich durch Beete und Rasen. Er hatte anscheinend eine

Spur aufgenommen, die ihn über Umwege wieder zur Terrasse brachte. Von hier aus begann er mit einer weiteren Runde durch den Garten.

„Heinrich!" Fluchend trat nun auch Büttner hinaus in die laue Sommernacht. Er konnte nicht umhin festzustellen, dass es eigentlich ganz angenehm war, hier zu stehen und die von Gräser- und Blütenduft gesättigte Luft zu atmen. Er streckte die Arme über den Kopf und nahm ein paar tiefe Atemzüge. Doch stockte er mitten in der Bewegung, als ihn plötzlich etwas am Arm packte und ihn zurück ins Wohnzimmer riss.

Manchmal war es gar nicht schlecht, eine Ausbildung bei der Polizei genossen zu haben. Auch wenn er sich nur noch selten körperlich zur Wehr setzen musste, so funktionierten die Reflexe doch immer noch. Nach kurzem Straucheln schoss Büttners rechter Ellenbogen nach hinten und – traf auf nackte Haut.

Was folgte, war ein erstickter Schrei, dann ein Fluchen. „Verdammt, was machst du denn? Scheiße, Mann, ich glaub, du hast mir die Nase gebrochen."

„Was machen Sie hier?", brüllte Büttner zurück und baute sich vor seinem Kontrahenten auf. Er hatte den Mann tatsächlich niedergestreckt. Der kauerte auf dem Parkett und hielt sich die Hand vors Gesicht. Er machte keinerlei Anstalten, sich wieder in die Senkrechte zu begeben.

Auch Heinrich war nun zu ihnen gestoßen, doch anstatt den Eindringling mit wütendem Gebell in Schach zu halten, schnüffelte er schwanzwedelnd an ihm herum. Offensichtlich freute er sich, endlich die Quelle der Geruchsspur gefunden zu haben.

„Ich bin's doch", näselte der Mann. „Mensch, David, du hast mir echt wehgetan."

„Wer ist ich?" Büttner beugte sich herab und studierte den Mann genauer, doch konnte er in dem schummrigen Licht nach wie vor nicht viel erkennen.

„Hartmut."

„Hartmut?" Büttner richtete sich wieder auf und runzelte die Stirn. „Wer ist Hartmut?"

„Hey, wir haben uns gerade erst in Hamburg getroffen, schon vergessen?"

Büttner dachte kurz nach, dann sagte er: „Hartmut? Hartmut Schröder? Der mit dem Rolls-Royce im hauseigenen Fuhrpark?"

„Ja, Mann."

„Und was machst du mitten in der Nacht auf meiner Terrasse? Warst du es, der geklopft hat?"

Der Mann nickte. „Ich … ich bin auf der Flucht."

„Hä?"

„Du bist doch Bulle, oder?"

„Ja, schon, aber …" Büttner schloss die Tür und knipste das Licht an. Vor ihm saß tatsächlich sein ehemaliger Schulkamerad, wenn auch in leicht lädierter Form. Sein grauer Anzug sah aus, als hätte er mit ihm eine Schnitzeljagd durchs Unterholz gemacht, sein durchtrainierter, schlanker, aber nicht allzu großer Körper zitterte, das graumelierte Haar stand nach allen Seiten ab.

Der Mann sah sich gehetzt um. „Hey, mach das Licht aus, David!", rief er und hob einen Arm vors Gesicht. Seine Stimme vibrierte vor Angst. „Sie dürfen mich hier nicht sehen, hörst du?!"

„Was redest du denn da?" Büttner glaubte sich im falschen Film. Wollte Hartmut ihm womöglich einen Streich spielen? So wie er es damals schon immer in der Schule gemacht hatte?

„Bitte", jammerte der Mann nun, „ich meine es ernst. Sie sind auf der Suche nach mir und … sie haben mich bis hierher verfolgt, mit ihrem Auto. Vielleicht haben sie gesehen, dass ich in deinen Garten geflüchtet bin."

Büttner sog tief die Luft ein und löschte wieder das Licht. Dann zog er Hartmut am Arm nach oben. „Komm, lass uns in die Küche gehen. Ich koch dir einen Kaffee. Und dann erzählst du mir in aller Ruhe, was los ist, okay?"

„David? Ist alles in Ordnung bei dir?", hörte Büttner seine Frau von oben rufen. Es war nicht verwunderlich, dass sie bei dem Krach aufgewacht war.

„Alles gut, mein Schatz! Leg dich wieder hin! Heinrich musste nur mal raus. Kann sein, er hat was Schlechtes gefressen." Büttner hoffte, dass Susanne sich mit dieser Aussage zufriedengeben würde. Zunächst wollte er sich lieber alleine ein Bild davon machen, was es mit seinem nächtlichen Besucher auf sich hatte. Er lauschte und hörte gleich darauf die Schlafzimmertür ins Schloss fallen. Erleichtert atmete er auf.

Er ging in die Küche, während Heinrich sich entschloss, wieder in seinen Korb zurückzugehen. Hartmut hatte sich bereits an den Tisch gesetzt. Er drückte sich ein Papiertaschentuch auf die blutende und inzwischen auch geschwollene Nase.

„Du solltest deine Nase beim Arzt begutachten lassen. Ich würde jedoch mal behaupten, dass sie nicht gebrochen ist", meinte Büttner. Er ließ zunächst das Rollo vorm Fenster hinunter, dann griff er in das Gefrierfach des Kühlschranks, zog einen Kühlakku hervor und drückte ihn Hartmut in die Hand.

Dieser sah ihn finster an. „Hast mich ordentlich erwischt", näselte er. „Aber ins Krankenhaus kriegst du mich nicht. Hab keinen Bock, dass die mich da finden."

Büttner nickte nur. Wen auch immer sein Schulkamerad mit „die" gemeint hatte, es war ihm egal. Eigentlich hatte er überhaupt keine Lust darauf, sich über Hartmuts Schwierigkeiten aufklären zu lassen. Aus den ominösen Geschäften der Reichen und Schönen hielt er sich lieber heraus. Erfahrungsgemäß ließ man ihnen sogar Sachen durchgehen, für die Normalsterbliche längst in den Knast gewandert wären. Warum also sollte er sich mit deren angeblichen Problemen behängen? Andererseits konnte er einen Mann, der ganz offensichtlich Schutz suchte, auch nicht einfach so vor die Tür setzen. Es war eine verzwickte Situation.

Mit einem tiefen Seufzer setzte Büttner Kaffee auf. „Hunger?", fragte er.

Hartmut nickte. „Klar, Mann, hab seit heute Morgen nichts gegessen. Mein Magen hängt mir auf den Knien. Was haste denn da?"

„Brot", brummte Büttner. Was erwartete der Kerl? Ein Fünf-Gänge-Menü?

„Na ja, besser als nichts."

Büttner deckte den Tisch ein. „Brot, Butter, Käse. Mehr gibt's nicht." Als der Kaffee fertig war, schenkte er zwei Tassen ein und setzte sich ebenfalls. „So, und nun erzähl mal, was dich mitten in der Nacht zu mir treibt. Wer ist dir auf den Fersen und warum?"

Hartmut machte sich nicht die Mühe, sein Brot mit Butter zu beschmieren, sondern schnitt jeweils eine dicke Scheibe vom Käse und vom Brot und biss abwechselnd ab. Hungrig schlang er ein paar Bissen in sich hinein und griff erneut nach dem Messer. Erst dann sagte er: "Ist echt blöd gelaufen. Dabei hab ich es nur gutgemeint. Aber das glauben die mir natürlich nicht." Er schaute über die Schulter, als befürchtete er, dass seine Widersacher hinter ihm standen. "Schon seit Tagen bekomme ich diese Morddrohungen. Und heute dann war es soweit."

"Was war soweit?" Büttner sah ihn prüfend an. "Du lebst doch noch."

"Ja, aber es war knapp." Hartmut spülte ein Stück Brot mit Kaffee runter. "Ich glaube, sie haben einen Auftragskiller auf mich angesetzt." Auf Büttners ungläubigen Blick hin fügte er hinzu: "Echt jetzt, ohne Scheiß! Die machen sich doch nicht selbst die Hände schmutzig."

"Und da kommst du ausgerechnet zu mir? Meines Wissens gibt es in Hamburg diverse Polizeireviere, die sich deine Geschichte bestimmt gerne anhören würden."

"Siehste", Hartmut schlug mit dem Griff seines Messers auf die Tischplatte, was eine unschöne Kerbe hinterließ, "und genau das würden sie nicht tun." Er beugte sich vor und sah Büttner beschwörend an. "Kein Wort würden sie mir glauben, David, nicht ein einziges Wort."

"Und warum sollte ich es dann tun?"

"Weil du mein Freund bist, Mann."

"Das ist mir neu." Büttner schaute ihn mit hochgezogener

Augenbraue an. Er konnte sich nicht erinnern, jemals so etwas wie freundschaftliche Gefühle für Hartmut empfunden zu haben. Vielmehr hatte er ihn schon in der Schulzeit für arrogant, egoistisch und besserwisserisch gehalten und ihn nach dem Abitur sofort aus seinem Gedächtnis gestrichen. Hätte er gewusst, was daraus entstehen würde, wäre er beim letzten Klassentreffen ganz gewiss nicht aufgekreuzt.

„Nun tu nicht so", winkte Hartmut ab. „Sieben Jahre Gymnasialzeit, das verbindet. Also, was kannst du für mich tun?"

„Gar nichts, wenn du mir nicht endlich sagst, worum genau es eigentlich geht. Mit vagen Andeutungen und irgendwelchen schwammigen Verschwörungstheorien kann ich nichts anfangen."

„Kann ich noch einen Kaffee haben?" Hartmut hielt Büttner seinen Becher hin, woraufhin der aufstand und nachschenkte.

„Was ist denn hier los?", ertönte plötzlich Susannes Stimme. „Wusste ich doch, dass ich hier unten was gehört habe." Völlig verschlafen stand sie, in einen hellblauen Pyjama gekleidet, an den Türrahmen gelehnt da und blinzelte ins Licht. Je klarer ihr Blick wurde, desto weniger gefiel ihr anscheinend, was sie sah. „Bringst du deine Mörder jetzt schon mit nach Hause?", fragte sie ihren Mann, nachdem sie Hartmut, der sich erneut den Kühlakku auf die Nase presste, eingehend gemustert hatte.

„Das ist Hartmut", antwortete Büttner bloß, während sein Gast Susanne empört ansah.

„Ich muss doch sehr bitten", sagte der. „Ich bin Opfer, nicht Täter."

„Und warum sitzt Opfer Hartmut mitten in der Nacht

bei uns am Küchentisch und isst eine Käsestulle?", wandte sich Susanne an Büttner. „Und wer hat ihn so zugerichtet?"

„Dein Mann", antwortete Hartmut.

„Hä?" Susanne war perplex. „Stimmt das, David?"

„Ja. Aber nur, weil er sich in unserem Garten herumgetrieben und mich am Arm ins Haus gerissen hat."

„Ach so." Susanne runzelte die Stirn und ließ sich nun ihrerseits auf einen Stuhl sinken. „Ich verstehe zwar nur Bahnhof, würde aber trotzdem einen Kaffee nehmen, wenn's recht ist."

„Hartmut und ich haben zusammen Abitur gemacht", klärte Büttner seine Frau auf, während er ihr Kaffee einschenkte. „Anscheinend fühlt er sich nun verfolgt und sucht polizeilichen Beistand."

„Wohnst du auch hier in Emden?", fragte Susanne.

„Nee", plusterte Hartmut sich auf. „Was sollte ich wohl in diesem Provinznest. Ich bin ein echter Hanseat. Aus Hamburg kriegt mich kein Mensch raus, sag ich immer."

„Es sei denn, deine Mörder sind dir auf den Fersen", brummte Büttner.

„Mörder?" Susanne sah von einem zum anderen. „Ich glaube, ihr seid mir eine Erklärung schuldig."

„Auf die warte ich auch schon die ganze Zeit", erwiderte Büttner. „Leider kommt aus Hartmut bislang nur wirres Zeug heraus."

„Vielleicht hast du ihm einen Hirnschaden zugefügt", mutmaßte Susanne. Sie musterte ihren ungebetenen Gast über den Rand ihrer Tasse hinweg. „Manchmal kann ein einziger Schlag ja eine ganze Menge auslösen. Glaub mir, ich hab da in der Schule schon viel erlebt."

Büttner beschloss, diese Anmerkung zu ignorieren. „Also, Hartmut, nun mal raus mit der Sprache!", konzentrierte er sich wieder auf seinen Gast. „Ich erwarte deine Story, und zwar der Reihe nach und detailliert. Wen oder was hast du womit beschissen, dass man dir dafür an den Kragen will und du dich herablässt, bis ins ach so provinzielle Emden zu flüchten?"

„Das geht nur dich und mich was an", erwiderte Hartmut und warf einen unzweideutigen Blick auf Susanne.

„Ich leg mich noch mal hin." Susanne schob gähnend ihre noch fast volle Kaffeetasse beiseite und stand auf. „Wer von euch Männern wen prügelt, interessiert mich sowieso nicht. Schlimm genug, dass ihr es überhaupt tut. Ein bisschen primitiv, findet ihr nicht? Man könnte fast meinen, die Evolution habe das Y-Chromosom auf halber Strecke sitzenlassen." Sprach's und verschwand zur Tür hinaus.

„Mann, die hat aber Haare auf den Zähnen", bemerkte Hartmut.

„Nein, hat sie nicht", fuhr Büttner ihn in einem Anfall von plötzlicher Wut an. Er schlug mit der flachen Hand auf den Tisch, das Geschirr klirrte. „Also, was ist bei dir los? Wenn ich innerhalb der nächsten fünf Minuten keine klare Antwort auf diese Frage bekomme, kannst du gehen. Ich habe wirklich keine Lust, mir mit dir in meinem Haus die Nacht um die Ohren zu schlagen."

Hartmut hob beschwichtigend beide Hände. „Okay, okay, nun bleib mal locker, Kumpel!" Er starrte sein Gegenüber aus dem Auge an, das nicht verletzt war. Das linke war zwischenzeitlich zugeschwollen und die umliegende Gesichtspartie verfärbte sich blau. Er stützte sich mit den Unterarmen auf dem Tisch ab, dann sagte er: „Mit so einer Reaktion konnte ich wirklich nicht rechnen. Ist auch völlig überzogen, wenn du mich fragst."

„Von vorne, hab ich gesagt." Büttner tippte auf seine Armbanduhr. „Du hast noch vier Minuten."

„Okay, schon gut." Wieder hob Hartmut die Hände. „Es geht um Immobilien, okay?"

„Ist naheliegend. Schließlich bist du Immobilienmakler, wenn ich mich recht erinnere."

Hartmut grinste. „Und nicht nur das, mein Freund. Ich bin sogar einer der größten und mächtigsten …"

„Und anscheinend auch kriminellsten", warf Büttner ein und schnitt ihm damit das Wort ab. „Dreieinhalb Minuten."

„Ich hab da an ein paar Leute ein Geschäft vermittelt", brachte es Hartmut endlich auf den Punkt. „Ein völlig idiotensicherer Deal. Konnte nichts schiefgehen." Hartmut stöhnte auf und fuhr sich mit den Händen durchs Haar, zuckte jedoch sogleich vor Schmerz zurück. „Oh Mann, ich kann echt immer noch nicht glauben, was daraus geworden ist. Da muss irgendein Schwein was dran gedreht haben. Ehrlich, Mann, irgendwas muss da einer gedreht haben. Aber ich werde schon rauskriegen, wer das war, und dann zerquetsch ich ihm die Eier." Er machte eine entsprechende Geste.

„Worum ging es bei dem Deal?", fragte Büttner. Er ahnte, was jetzt kam, nämlich eine der üblichen Schweinereien, die auf dem Immobilienmarkt gang und gäbe waren. In der Regel hatte unter ihnen niemand anderes zu leiden als Lieschen Müller, die ihr gesamtes Erspartes guten Glaubens in die Hände von Verbrechern wie Hartmut Schröder gab. Büttner konnte sich eine gewisse Genugtuung über die Lage seines Gegenübers nicht verkneifen. Wie schön, dass es diesmal einen von den Richtigen traf.

„Also, da gab es ein paar Baugrundstücke. Allerbeste Lage in Oldenburg. Der Hammer!" Hartmut führte Daumen und Zeigefinger an den Mund und drückte einen Kuss darauf. „Erste Sahne, ehrlich."

„Und dann?"

„Ich hatte da so 'ne Wohngemeinschaft an der Hand, zwei Dutzend Leute. So was Alternatives. Weißt schon, die Wollsockenfraktion. Alt und Jung. Blöd rumgequatscht haben sie, von Generationenwohnen und alle haben sich lieb und so. Hab nie verstanden, was dieser Unsinn soll." Hartmut nahm einen Schluck Kaffee. „Na ja, aber egal. Waren so Alt-Hippies mit guter Pension und ein paar Jüngere. Konnten sich das Ding leisten. Ist mir letztlich ja auch wurscht, wer sich womit unglücklich macht. Hauptsache, die haben die Kohle."

„Was ist schiefgegangen? Ist einer am Müsli erstickt?"

„Am Müsli erstickt … haha … Das ist gut, David! Ich sehe, du verstehst mich." Hartmut schlug sich vor Lachen auf die Schenkel, was er jedoch sofort bereute, da ihm seine Nase diese heftige Bewegung übel nahm. Büttner verkniff sich ein schadenfrohes Grinsen, als Hartmut wieder nach seinem Kühlakku griff.

„Also?"

„Ich hab denen gesagt, dass das klargeht mit dem Grundstück. Hab einen ordentlichen Vorschuss kassiert. Ist ja so üblich, nichts Außergewöhnliches in dem Geschäft."

„Aber?"

„Das Problem war … hm." Hartmut leckte sich über die blutverkrusteten Lippen. In unregelmäßigen Abständen floss immer noch Blut aus seiner Nase und bahnte sich seinen Weg über Mund und Kinn. Hartmut wischte es nur notdürftig mit Taschentüchern weg. „Das Problem war, dass mir das Grundstück, auf dem sie bauen wollten, noch gar nicht richtig gehörte."

Büttner senkte den Kopf und beugte sich vor. „Du hast den Leuten ein Grundstück verkauft, das dir nicht gehört?"

„Ja … nein … na ja, noch nicht ganz. Ich war mir aber ganz sicher, dass ich es bekommen würde. Es war nur eine Frage der Zeit. Ein paar Formalitäten, wenn du verstehst, was ich meine?"

Ja, das verstand Büttner allerdings. Die Korruption machte auch vor deutschen Amtsstuben nicht halt. „Woran ist es gescheitert? Oder an wem?"

Hartmut presste die Lippen zusammen und atmete tief ein und wieder aus. Seine Hände ballten sich zu Fäusten. „Ja, das frage ich mich auch", stieß er hervor. „Das frage ich mich, verdammt noch mal, auch."

„Vermutlich hat sich die Konkurrenz großzügiger gezeigt."

„Ja. Wahrscheinlich. Es gibt da Kreaturen, die machen echt die Preise kaputt."

„Mir kommen die Tränen."

Hartmuts Stirn umwölkte sich. „So läuft das nun mal in diesem Geschäft", brummte er. „Der Mist war nur …"

„Du konntest den Leuten die Anzahlung nicht zurückzahlen", spekulierte Büttner. Um die Machenschaften von Typen wie Hartmut Schröder zu durchschauen, musste man wahrlich kein Hellseher sein.

20

Hartmut nickte. „Ich hatte woanders ein Leck, verstehst du. Noch so eine blöde Geschichte. Musste das Loch stopfen. Manchmal geht es eben nicht anders."

„Und nun sind dir die Wollsockenträger auf den Fersen."

„Ja. Oder nein. Die selber nicht. Ich sag ja, die haben jemanden engagiert, der mich seit Wochen verfolgt und bedroht."

„Auf welche Weise?", hakte Büttner nach.

„Na ja, wie das eben so ist. Dich verfolgt jemand in der Stadt, den du nicht siehst. Du bekommst komische Anrufe, die du nicht zurückverfolgen kannst. Zettel stecken hinter dem Scheibenwischer, vor deiner Haustür liegt eine tote Katze. Solche Sachen eben. Womöglich haben sie sogar mein Haus verwanzt. Trau mich schon gar nicht mehr dorthin."

„Klingt mir alles nicht nach Wollsockenträgern", bemerkte Büttner. „Und du bist sicher, dass sie es sind?"

„Wer soll es denn sonst sein?" Hartmut schien die Frage nicht zu verstehen.

„Wie lange bist du schon in diesem Geschäft tätig?", stellte Büttner die Gegenfrage.

„Gut dreißig Jahre, wieso?"

„Und wie viele Abschlüsse tätigst du pro Jahr?"

„Keine Ahnung. Eine ganze Menge. Was soll das, David?" Hartmut beäugte ihn misstrauisch.

„Dreißig Jahre multipliziert mit einer ganzen Menge", antwortete Büttner. „Das nenne ich mal massenhaft Motive."

Hartmut wedelte mit der Hand in der Luft herum. „Hey, hey, hey, du willst doch wohl nicht andeuten, dass es bei meinen Deals immer kriminell zugeht."

„Das kannst nur du beurteilen."

Hartmuts Blick wurde nachdenklich. „Hilfst du mir, oder nicht?"

„Selbst wenn ich wollte, Hartmut, ich wüsste nicht, wie das gehen soll. Wir haben nichts als vage Anhaltspunkte darauf, dass man dich bedroht. Nichts Stichhaltiges, nichts Nachvollziehbares. Nein, ich glaube nicht, dass ich dir helfen kann."

Hartmut schaute ihn für einen langen Moment an, dann nickte er. „Das hab ich mir schon fast gedacht. Die Polizei macht ja immer erst was, wenn es schon zu spät ist."

„Bei der Mordkommission ist es gemeinhin so, ja", bestätigte Büttner. „Das bringt der Job so mit sich. Aber wenn du die Hamburger Polizei überzeugst, dass du Schutz brauchst ... bitte schön, einen Versuch ist es wert. Ich erkläre mich hiermit für nicht zuständig."

„Dann muss ich mich wohl selbst um eine Lösung kümmern."

Es war gegen vier Uhr am Morgen, als Hartmut Schröder das Haus der Büttners wieder verließ. Sein Gang war leicht torkelnd, doch lehnte er Büttners Angebot, ihn ins Krankenhaus zu fahren oder zumindest einen Notarzt zu rufen, ab. Grußlos verschwand er in der Nacht. Am Horizont zeigten sich die ersten pastellfarbenen Schimmer des anbrechenden Tages.

2

David Büttner wollte sich noch einmal im Bett umdrehen, als er kurz die Augen öffnete und seine Frau am Fenster stehen sah. Sie hatte die Rollos auf die Hälfte hochgezogen, sich mit den Unterarmen auf die Fensterbank aufgestützt und schaute hinaus. Es war inzwischen hell, der Himmel blassblau. Unregelmäßige blaue Blitze zuckten um Susannes Kopf. Büttner vermutete einen Rettungswagen. Ob einem der Nachbarn etwas passiert war? Ein Blick auf den Wecker sagte ihm, dass es kurz vor halb sieben war.

„Was gibt's denn da draußen?", fragte er und bemerkte sogleich, dass die Worte dumpf in seinem Kopf widerhallten. Er zog die Ohrenstöpsel heraus. Wenn er länger schlafen und nicht von Umgebungsgeräuschen geweckt werden wollte, ging er immer auf Nummer sicher.

„Da scheint was passiert zu sein", antwortete Susanne, ohne sich zu ihm umzudrehen. „Ein Verkehrsunfall, denke ich. Quietschende Bremsen und ein Schrei haben mich geweckt, ein paar Nachbarn stürmten gleich aus dem Haus. Auf der Straße hat sich eine ganze Meute Rettungskräfte eingefunden, außerdem Polizei."

„Vor unserer Haustür? Um diese Zeit?" Büttner schälte sich aus seiner Decke und schwang die Beine aus dem Bett. Susanne trat einen Schritt zur Seite, sodass auch er jetzt aus dem Fenster schauen konnte. Viel war von hier oben nicht zu sehen, stellte Büttner fest, zumindest keine Details. „Ich glaub, ich geh mal runter", murmelte er und zog sich Hose und Hemd an, die neben dem Fenster auf einem Stuhl lagen. Kaum dass er unten an der Haustür stand, kam Heinrich angeschossen und wedelte aufgeregt mit dem Schwanz. Es sollte wohl eine Aufforderung zum Gassigehen sein, doch Büttner bedeutete ihm, im Haus zu bleiben.

Dem uniformierten Kollegen, der ihn am rotweißen Flatterband zurückweisen wollte, zeigte Büttner seinen Dienstausweis. Sofort hob der Polizist das Band. „Was ist passiert?", fragte Büttner, während er die Umgebung inspizierte. Notarzt und Sanitäter waren dabei, ihre Sachen zusammenzupacken und zum Auto zurückzutragen. Einer von ihnen stand breitbeinig ein paar Meter vom Rettungswagen entfernt und rauchte eine Zigarette. Das mutmaßliche Unfallopfer lag, mit einer goldenen Wärmefolie zugedeckt, am Boden. Ihm war wohl nicht mehr zu helfen gewesen. Der Polizeifotograf wuselte mit seiner Kamera herum und machte Bilder. Ein Unfallverursacher war nicht auszumachen.

„Höchstwahrscheinlich ein junger Mann", erklärte nun der Kollege. „Es hat ihn ordentlich erwischt."

„Was genau heißt das?"

„Sieht so aus, als wäre er direkt unter die Reifen eines Fahrzeugs geraten. Er hatte keine Chance, sagt der Arzt. Gut möglich, dass das Opfer betrunken war und auf die Straße getorkelt ist und dann von einem Fahrzeug erfasst wurde. Ist natürlich nur eine Vermutung."

„Heißt das, der Unfallverursacher ist abgehauen?", fragte Büttner.

„Ja. Fahrerflucht."

„Arschloch", entfuhr es Büttner, und sein Kollege nickte zustimmend. „Wer hat ihn gefunden?"

„Ein Anwohner dieser Straße." Der Polizist deutete auf einen Mann, der mit hängendem Kopf auf dem Rand des Bürgersteigs saß und eine Zigarette rauchte. Neben ihm saß eine Frau von der Notfallseelsorge und redete auf ihn ein. „Er habe das Unfallopfer von seinem Fenster aus gesehen, sagt er, und sei dann raus, um zu gucken, ob er helfen kann. Der Arme. Ich möchte nicht in seiner Haut stecken. Die Bilder kriegt er nie wieder los."

„Was weiß man über das Opfer?"

„Nichts. Hat keine Papiere dabei."

„Vielleicht kann ihn jemand aus der Nachbarschaft identifizieren. Kann ja sein, er hat hier gewohnt", meinte Büttner und schaute die Häuserreihe entlang. Ein eisiges Schaudern durchfuhr ihn, als er sich fragte, ob es womöglich der Sohn eines seiner Nachbarn war, der unter so grausamen Umständen sein Leben hatte lassen müssen. Ein paar von denen standen, teilweise in Bademäntel gehüllt, hinter der Absperrung und schauten mit müden Gesichtern zu ihnen herüber. Einer grüßte, doch Büttner ignorierte ihn. Für einen kurzen Moment schob sich das Bild von Hartmut als möglicher Unfallverursacher vor sein inneres Auge, aber er löschte es gleich wieder aus seinen Gedanken. Auch wenn sein ehemaliger Schulkamerad kein sehr angenehmer Zeitgenosse war, so war es doch undenkbar, dass er nach einem solchen Unfall einfach davonfahren würde.

„Glauben Sie mir, den kann keiner mehr identifizieren." Der Polizist zog den Oberkörper zusammen, als wäre ihm plötzlich kalt.

„So schlimm?"

Der Kollege nickte. „Hab so was noch nie gesehen. Der Kopf ist total zermatscht. Wollen Sie mal gucken?"

Büttner verzog gequält das Gesicht. „Nein, in diesem Fall verzichte ich gerne. Sind die Bestatter informiert?", fragte er.

„Natürlich. Müssten gleich hier sein."

„Sagen Sie ihnen, sie sollen den Toten in die Gerichtsmedizin bringen. Ich will genau wissen, was mit ihm passiert ist."

„Sowieso", erwiderte der Kollege. „Sieht nämlich nicht so aus, als wäre der nur einmal vom Fahrzeug erwischt worden, sagt der Arzt. Aber um das zu erkennen, muss man nicht studiert haben."

Büttner zog tief die Luft ein. „Wenn es so ist, dann hätten wir es mit Totschlag zu tun, wenn nicht sogar mit Mord."

„Richtig." Der Polizist machte eine Armbewegung zum Leichnam hin, als würde er Büttner etwas anbieten. „Bitte schön, Herr Hauptkommissar, Ihre Baustelle."

„Danke schön, wäre doch nicht nötig gewesen", murmelte Büttner. Dann lief er zum Haus zurück, um seinen Assistenten Sebastian Hasenkrug aus dem Wochenende zu klingeln.

„Ich hoffe, Sie hatten sich fürs Wochenende nichts vorgenommen", sagte Büttner, als er sein Büro betrat.

Sebastian Hasenkrug saß bereits an seinem Schreibtisch,

anscheinend hatte er sich gleich nach dem Anruf seines Chefs auf den Weg gemacht. „Bis auf einen Wochenendausflug nach Juist nicht, nein."

„Autsch! Wie hat es Tamara aufgenommen?"

„Wenn Sie meine Lebensgefährtin Tonja meinen, die trägt es mit Fassung. Wir wollten mit Freunden auf die Insel. Sie erinnern sich sicherlich an Geert und Alida Harms aus Jennelt."

Büttner nickte. Der Jennelter Fall mit seinen unnötigen Toten hatte sich ihm tief ins Gedächtnis gebrannt.

„Falls an der Mordtheorie nichts dran ist, kann ich ja immer noch mit nach Juist übersetzen. Die Fähre geht sowieso erst heute Mittag. Ups!" Hasenkrug starrte auf seinen Bildschirm. Seine Gesichtsfarbe hatte plötzlich eine ungesunde Blässe angenommen. „Okay, ich nehme alles zurück. Wir beide werden das Wochenende wohl definitiv auf dem Festland verbringen."

„Was sehen Sie denn da?", fragte Büttner neugierig.

„Ich spiele es Ihnen auf den Rechner." Kaum hörbar fügte Hasenkrug hinzu: „Wieso sollte es Ihnen besser ergehen als mir."

Nach dieser Bemerkung befürchtete Büttner das Schlimmste, musste aber dann feststellen, dass auch das noch nicht ausreichte. Als er die Maus seines Computers bewegte, sprang ihm sofort großformatig ein Bild ins Auge. Prompt überkam ihn ein Würgereiz. Im Laufe seiner Karriere hatte er schon einiges gesehen, aber das … „Das ist ja kein Leichnam", presste er hervor, „sondern allenfalls noch ein Klumpen Fleisch." Der Appetit auf einen Schokoriegel, den er gerade aus der Schreibtischschublade hatte nehmen wollen, war ihm gründlich vergangen. Er klickte das Bild weg und atmete ein paarmal tief ein und aus, um sich wieder zu sammeln. „Hat sich schon jemand um die aktuellen Vermisstenmeldungen gekümmert?", fragte er. „Oder weiß man inzwischen, wer er ist?"

„Als vermisst wurde zumindest im Raum Ostfriesland niemand gemeldet", antwortete Hasenkrug. „An allen anderen sind die Kollegen dran. Noch gibt es keinen Hinweis … hoppla!" Er ging an sein Telefon, das angefangen hatte zu schrillen. „Ach so?", sagte er wenig später. „Ja, okay. Dann wissen wir Bescheid. Danke schön." Er legte auf.

„Und? Gibt's Neuigkeiten?", fragte Büttner lauernd.

„Ja. Gerade ging ein anonymer Anruf ein. Bei dem Toten handelt es sich angeblich um einen gewissen Max Staudtner aus Emden."

„Sagt wer? Mann oder Frau?"

„Mann. Der Anruf ist jedoch nicht zurückzuverfolgen. Da will einer nicht entdeckt werden."

„Was genau hat dieser Mann gesagt?"

„Der Verkehrstote in Emden heißt Max Staudtner. Er kommt aus Emden."

„Mehr nicht?"

„Mehr nicht. Die Kollegen überprüfen das. Falls es einen Mann dieses Namens in Emden gibt, werden sie sich darum kümmern, eventuelle Angehörige aufzuspüren."

„Gibt es schon Erkenntnisse aus der Gerichtsmedizin? Oder von den Kriminaltechnikern?" Büttner spürte eine gewisse Ungeduld in sich aufsteigen. Natürlich waren seit dem Fund der Leiche erst wenige Stunden vergangen, doch hatte er das Gefühl, es dem Mann schuldig zu sein, seinen

Tod so rasch wie möglich aufzuklären. Niemand hatte es verdient, auf so grausame Art zu sterben.

„Nein. Wie ich hörte, hat sich Frau Doktor Wilkens aber gleich auf den Weg gemacht, um den Leichnam zu obduzieren. Hoffentlich trägt sie keinen bleibenden Schaden davon, wenn sie sieht, was auf ihrem Tisch auf sie wartet."

„Die ist Kummer gewöhnt", winkte Büttner ab. „Dann bleibt uns wohl nur abzuwarten, wer uns als Erstes welche Erkenntnisse anreicht." Er stand auf. „Ich kann ja die Zeit mal sinnvoll nutzen, indem ich uns einen Kaffee mache."

Es dauerte nur wenige Minuten, bis die erste Meldung auf Hasenkrugs Computer erschien. „Es gibt tatsächlich einen Max Staudtner, der in Emden gemeldet ist", verkündete er. „Sechsundzwanzig Jahre alt, Student in Oldenburg. Unauffällig, keine Einträge, keine Vorstrafen. Zwei Kollegen sind unterwegs zu seinen Eltern, bei denen er nach wie vor wohnt. Sie wollen überprüfen, ob er nicht vielleicht doch zu Hause ist oder ob die Eltern wissen, wo er sich aufhält."

„Ein Sechsundzwanzigjähriger, der noch bei Mama und Papa wohnt?" Büttner runzelte die Stirn. „Was ist denn da schiefgelaufen?"

„Das entzieht sich meiner Kenntnis", antwortete Hasenkrug sachlich, grinste dann jedoch breit. „Ich glaube, ich werde auch über jeden Tag froh sein, den meine Tochter nicht auszieht."

„Maria ist doch erst knapp zwei Jahre alt, wenn mich nicht alles täuscht. Oder sind die Kinder heute so frühentwickelt?"

„Wenn Sie meine Tochter Mara meinen, ja, die wird bald zwei. Aber bekanntlich vergeht die Zeit ja rasend schnell, wenn man anderen Eltern glauben darf."

„Stimmt. Unsere Tochter Jette hab ich auch gestern noch gewickelt", nickte Büttner. „Und nun studiert sie schon seit ein paar Semestern."

„Haben Sie nie bedauert, dass Jette von zu Hause ausgezogen ist?"

„Ich?" Büttner tippte sich auf die Brust. „Ob ich es bedauert habe, dass mein kleines Mädchen plötzlich nicht mehr da war? Ich habe eine Woche lang in die Kissen geheult, Hasenkrug. Aber erzählen Sie es niemandem."

Hasenkrug schaute seinen Chef prüfend an, als sei er nicht sicher, ob er scherzte oder nicht. Büttner ließ ihn im Unklaren. Er musste schließlich nicht wissen, dass sein Vorgesetzter mit seinem Geständnis nur haarscharf an der Realität vorbeigeschrammt war. Aber ganz sicher waren es nicht mehr als zwei Nächte Heulerei gewesen. Allenfalls drei.

Als das Telefon diesmal auf Büttners Schreibtisch klingelte, hob er gleich ab. Am anderen Ende war, wie erhofft, die Rechtsmedizinerin Dr. Anja Wilkens. „Moin", sagte er und schaltete den Lautsprecher ein, damit sein Assistent mithören konnte. „Ist ja nett, dass Sie sich gleich um unseren Neuzugang gekümmert haben. Und sicherlich werden Sie uns nun mitteilen, dass der junge Mann einem Unfall erlegen ist und wir unser Wochenende im trauten Heim genießen können."

„Tut mir leid", verneinte die Ärztin, „da muss ich Sie leider enttäuschen."

Nichts anderes hatte Büttner erwartet, aber er würde ja wohl noch hoffen dürfen. „Schade", sagte er. „Zu welchem Ergebnis sind Sie gekommen?"

„Der junge Mann, ich schätze sein Alter auf Mitte zwanzig …"

„Sechsundzwanzig wäre realistisch?", hakte Büttner gleich ein.

„Absolut. Also, er wurde zweimal überfahren."

„Zweimal." Büttner schluckte.

„Ja. Vor und zurück. Danach sieht es zumindest aus. Da wollte jemand sichergehen. Er war an mehreren Stellen platt wie 'ne Flunder. Man muss schon ziemlich abgebrüht sein, um so was zu machen."

„Allerdings." Büttner spürte Übelkeit in sich aufsteigen und versuchte, das Kopfkino, das sich in seinem Hirn einschaltete, auszublenden. „Hatte er Alkohol oder Drogen genommen?"

„Nein. Weder noch. Völlig clean. Vor allem auch gesund und mun… nee, munter nicht mehr", korrigierte sie sich. „Sieht nicht danach aus, als hätte er irgendwelche Drogen regelmäßig oder gar über die Maßen konsumiert. Nicht mal Nikotin."

„Sonst irgendwas Auffälliges?"

„Er hatte nicht lange vor seinem Tod Burger und Pommes gegessen. Ich könnte mir vorstellen, dass er in der Nacht irgendwo in einem Imbiss oder Schnellrestaurant eingekehrt ist."

„Okay. Das war's?"

„Vorerst ja."

„Und er war ganz sicher noch nicht tot, als man ihn überrollte?", stellte Büttner eine letzte Frage. Irgendwie hatte er das Gefühl, dem jungen Mann im Nachhinein Leid ersparen zu müssen, auch wenn solch ein Wunsch natürlich völlig irrational war. Tot war tot, daran ließ sich nichts drehen.

„Eher nicht. Mit hundertprozentiger Gewissheit kann ich es nicht ausschließen, dazu ist sein Körper viel zu lädiert. Aber gehen Sie mal davon aus, dass er bei vollem Bewusstsein war, als es passierte."

„Seit wann genau ist er tot?"

„Ich würde sagen, seit frühestens vier Uhr, spätestens halb sechs."

„Okay, danke." Büttner legte auf. „Schöner Mist." Er schaute seinen Assistenten an, der nach dem Telefonat ein wenig mitgenommen aussah. „Tja, das wird wohl nichts mit Ihrem Ausflug zur Insel", stellte er fest.

„Gibt Schlimmeres", murmelte Hasenkrug, und damit hatte er zweifelsohne recht.

Die Kriminaltechnik brauchte etwas länger, um zu einem abschließenden Ergebnis zu kommen. Am Mittag aber überbrachte der Chef der KTU höchstpersönlich das Protokoll. „Der Tote hatte Lackspuren unter den Fingernägeln", fiel er mit der Tür ins Haus, kaum dass er im Büro stand. „Nicht viel, aber uns hat es gereicht."

„Und?", fragte Büttner.

„Es dürfte nicht allzu schwer sein, den Wagen zu finden. Es gibt hierzulande nur wenige davon. Die Liste der Fahrzeughalter habe ich auch gleich ausdrucken lassen."

Büttner nahm den Zettel entgegen und warf einen Blick darauf. Das Erste, was er las, war *Rolls-Royce*. Als er die Namen der wenigen Halter überflog, wurde ihm plötzlich schwarz vor Augen.

3

Seit Monaten schon hatte sich Marieluise Beenken auf diesen Tag gefreut. Auch wenn es in ihrer Situation anstrengende Vorbereitungen bedeutete, eine rundum gelungene Feier zum fünfundsiebzigsten Geburtstag auf die Beine zu stellen, so hatte sie doch jeden Handgriff davon genossen. Noch im letzten Jahr hatte sie geglaubt, diesen Tag nicht mehr zu erleben. Und nicht nur sie. Auch ihre Ärzte hatten sich skeptisch gezeigt, was ihre Genesung anging. Nach einem schweren Herzanfall waren die Prognosen nicht allzu rosig gewesen, sogar von einer Herztransplantation hatten die Ärzte gesprochen. Nun aber ging es ihr wieder so gut, dass sie ihren Alltag weitgehend alleine meistern konnte. Allerdings würde sie sich über ein wenig Unterstützung freuen, denn gerade Tätigkeiten, die mit körperlicher Anstrengung verbunden waren, gingen ihr längst nicht mehr so leicht von der Hand wie früher.

Der Gedanke, mit anderen Menschen gemeinsam in ein Mehrgenerationenhaus zu ziehen und dort ein wenig Hilfe zu bekommen, hatte ihr daher sehr gefallen. Im Gegenzug wollte sie sich als Babysitterin engagieren oder für alle kochen. Eben all das machen, was ihre körperliche Konstitution und die ihr verbleibende Zeit noch zuließen.

Und dann die niederschmetternde Erkenntnis, dass man

sie betrogen hatte. Dass dieser Hartmut Schröder sie hintergangen und damit um einen guten Teil ihrer Ersparnisse gebracht hatte. Was für ein widerwärtiger Mensch! So viel hatten sie sich von ihrem Wohnprojekt versprochen, hatten alles bis ins Detail geplant und durchdacht. Und dann das: Kein Grundstück, kein Haus, Anzahlung futsch. Ohne das Geld aber, das sie diesem Immobilienhai als erste Rate in den Rachen geschoben hatten, konnten sie ihre Träume von einem gemeinsamen, harmonischen Zusammenleben von Jung und Alt begraben. Diese Erkenntnis hätte Marieluise um ein Haar eine weitere Herzattacke beschert. Nur der Umsicht ihrer Freunde war es zu verdanken gewesen, dass sie noch einmal glimpflich davongekommen war.

Wie gut, dass es in ihrer Gruppe Menschen gab, die noch um einiges jünger und vor allem auch gesünder und fitter waren als sie. Um das Geld wiederzubeschaffen, würden sie so lange kämpfen, wie es nötig war, da war sie sich sicher. Aber wie lange konnte das dauern? Monate? Jahre? Natürlich hatten sie Hartmut Schröder sofort angezeigt, die Anwälte beider Seiten schickten laufend Briefe hin und her, manchmal kam etwas vom Gericht. Jedes einzelne Schreiben regte Marieluise ganz furchtbar auf, bescherte ihr schlaflose Nächte. Die letzten beiden hatte sie deshalb gar nicht mehr gelesen. Solange ihre Freunde sich darum kümmerten, war sie hoffnungsfroh, dass alles gut werden und dass die Gerechtigkeit siegen würde. Doch bekanntlich konnten sich solche Verfahren eine endlos lange Zeit hinziehen. Zeit, die Marieluise womöglich gar nicht mehr hatte.

Heute aber würden ihre lieben Freunde erst einmal alle

zusammen ihren Geburtstag feiern. Das Gesicht von Vorfreude gerötet, ließ Marieluise ihren Blick über die festlich eingedeckten Tische in ihrem Garten und die in den Bäumen aufgehängten Lampions und Luftschlangen schweifen. Zweiundzwanzig Personen würden sie sein, darunter fünf Kinder und zwei Teenager. Für heute waren nur die Freunde des Mehrgenerationenwohnens eingeladen, Marieluises Familie würde morgen zum Nachmittagskaffee kommen.

Die Plane hatte sie bereits vom Sandkasten genommen, der normalerweise nur von ihren Enkelkindern genutzt wurde. Für die Lütten hatte sie auch irgendwann ein Schaukel- und Klettergerüst aufstellen lassen, das heute sicherlich reichlich Zuspruch finden würde. Da das Wetter nicht schöner hätte sein können, hatte sie zudem das Planschbecken aus dem Keller geholt, es mittels eines elektrischen Blasebalgs mit Luft gefüllt und mit einem Gartenschlauch Wasser hineingelassen. Die warmen Sonnenstrahlen würden sicherlich bis zum Nachmittag dafür sorgen, dass die Badetemperatur eine angenehme war.

Auf der Terrasse wartete der Schwenkgrill darauf, angefeuert zu werden. Das würden gegen Abend die Männer übernehmen, die sich auch darum kümmern wollten, all das einzukaufen, was man darauf zubereiten konnte, von Fleisch bis hin zu vegetarischen Leckerbissen. Die Salate hatte Marieluise selbst zubereitet, die Kuchen ebenfalls. Das frische Baguette vom Bäcker würden sie mit Kräuterbutter füllen und später im Backofen noch mal aufwärmen.

Marieluise lächelte zufrieden. Ja, dachte sie, es würde ein Tag werden, wie sie ihn sich immer gewünscht hatte. Wie dankbar sie war, solch liebe Freunde gefunden zu haben. Auf ihre alten Tage hatte sie kaum noch damit gerechnet, noch einmal so glücklich zu sein. Wenn da nur nicht diese ärgerliche Sache mit dem Grundstück wäre. Aber – sie klatschte zweimal aufmunternd in die Hände – selbst dadurch würden sie sich den heutigen Tag nicht verderben lassen. Nein, heute Abend würden alle mit einem glücklichen Lächeln auf dem Gesicht wieder nach Hause gehen, dafür würde sie schon sorgen.

Ein Blick auf die Uhr sagte Marieluise, dass sie noch gut zwei Stunden Zeit hatte, bis die ersten Gäste eintreffen würden. Sie beschloss daher, sich noch ein kleines Nickerchen zu gönnen. Seit ihrer Herzgeschichte brauchte sie mehr Schlaf als zuvor. Ihr Arzt hatte ihr deshalb dringend geraten, mehrmals am Tag eine Pause einzulegen. Nun, bevor der Spaß losging, würde sie genau das jetzt tun.

Sie lag kaum auf ihrem Sofa, als es an der Tür klingelte. Na nu? Sollten das etwa schon die ersten Gäste sein?

Marieluise schlug die dünne Decke zurück und stand auf. Wieder läutete es. Da schien es aber jemand ziemlich eilig zu haben. „Hallo? Wer ist denn da?", fragte sie durch die geschlossene Tür und versuchte, durch den Türspion zu linsen, doch alles, was ihre Augen noch erkennen konnten, war ein Potpourri aus verschwommenen Farben.

„Ich bin's, Ilse. Mach auf, Malou!", kam es von der anderen Seite.

„Ilse? Jetzt schon?" Marieluise drehte zunächst den Schlüssel im Schloss, dann fingerte sie an der Kette herum, mit der sie die Tür immer zusätzlich sicherte. Kaum dass diese aufschwang, stand ihre Freundin Ilse auch schon bei ihr im Flur. Ohne eine weitere Begrüßung sagte sie: „Hast du es im Fernsehen gesehen?"

„Im Fernsehen? Um diese Zeit?"

„Oder im Radio gehört?"

„Hä? Was denn?"

„Ich sehe schon, du bist über nichts informiert. Dabei spricht schon die ganze Stadt über nichts anderes." Ilse rauschte an ihr vorbei ins Wohnzimmer, griff nach der Fernbedienung und sagte: „Da! Schau genau hin!"

Das tat Marieluise. „Was soll denn mit den Wildschweinen sein?", fragte sie dann perplex.

„Wildschweine?" Ilse schob ihr Gesicht näher an den Bildschirm heran. Auch mit ihrer Sehkraft stand es nicht mehr zum Besten. „Ach so", murmelte sie dann, „falscher Sender." Sie drückte auf einen weiteren Knopf, und dann sah es auch Marieluise: das immer ein wenig gehässig dreinschauende Gesicht von Hartmut Schröder.

Prompt griff sie sich ans Herz, ihr Atem ging von einem Moment auf den anderen röchelnd. „W-was m-macht denn der im Fernsehen?", fragte sie.

„Er wird gesucht", sagte Ilse mit Grabesstimme. „Fahrerflucht."

„Fahrerflucht?" Marieluise bekam große Augen. „Heißt das, er hat einen Unfall verursacht und ist dann einfach abgehauen?"

„Das heißt es gemeinhin, ja", nickte Ilse. „Wundert mich ja nicht, dass der so was macht."

„Und wo soll das gewesen sein?" Marieluise ließ sich in einen Sessel sinken. Ihr war gar nicht gut. Das Herz raste und sie verspürte eine aufsteigende Übelkeit.

„In Emden. Sagte sie doch gerade." Ilse zeigte mit der Fernbedienung auf die Moderatorin, die in schnellen Sätzen irgendetwas sprach.

„In Ostfriesland? Was macht er denn da?" Marieluise hatte Schwierigkeiten, sich auf das im Fernsehen Gesagte zu konzentrieren, es rauschte plötzlich ganz fürchterlich in ihren Ohren. Sie wünschte wirklich, Ilse würde sie wieder alleine lassen. Nichts erschien ihr jetzt erstrebenswerter als ein Nickerchen, bei dem sie nichts hören und nichts sehen musste. Schon gar nicht einen Hartmut Schröder. Das alles regte sie schon wieder viel zu sehr auf.

„Was er in Emden macht? Leute totfahren", antwortete Ilse. Sie starrte wie gebannt auf den Bildschirm, nahm gar nicht wahr, dass ihre Freundin und Nachbarin im Sessel immer mehr in sich zusammensackte.

„Er hat jemanden – totgefahren?", hechelte Marieluise. Auf ihrem Gesicht stand kalter Schweiß und sie fror ganz erbärmlich.

„Ja, stell dir das mal vor. Angeblich hat er einfach so jemanden umgemangelt. Mitten in der Nacht, in einem Wohngebiet. Keiner hat was gesehen oder gehört. Man hat die Leiche erst am frühen Morgen entdeckt. Ist das nicht furchtbar?"

„Ja. Woher weiß man denn, dass er …" Marieluise zitterte am ganzen Leib.

„Sie wissen es nicht genau. Noch wird er als Zeuge gesucht, heißt es. Aber wer soll es denn sonst gewesen sein? Muss ja einen Grund geben, warum sie ausgerechnet nach ihm suchen. Würde doch zu ihm passen, so skrupellos wie der ist."

Marieluise holte tief Luft und stieß mühsam hervor: „Weiß man denn, wen er …?"

„Einen jungen Mann."

Das Rauschen in Marieluises Ohren wurde lauter. Sie verstand kaum noch, was Ilse sagte. Auch war ihr plötzlich ganz schwindelig, obwohl sie doch schon saß. Wo war denn bloß der Hocker? Sie würde so gerne die Füße hochlegen. „Und wenn … und wenn er meinen Nils …?", flüsterte sie mit letzter Kraft.

Ilse wiegte den Kopf hin und her. „Wenn ich nur wüsste, wo der Saukerl steckt, ich hätte ja keine Scheu … na ja, irgendjemand wird ihn ja wohl finden. Bei dem Auto, das er fährt, fällt der doch auf wie ein bunter Hund. Wusste ja immer, dass die Geldsäcke die Schlimmsten sind. Aber wer hört schon auf unsereinen. Kann natürlich sein, wenn die ihn wegen Fahrerflucht drankriegen, dass dann die Sache mit unserem Grundstück untergeht. Würde mich nicht wundern. Wäre ja nicht das erste Mal, dass so jemand davonkommt. Sag mal, Malou, wie ist denn da eigentlich der Stand? Hab lange nichts davon gehört. Sind die anderen da schon weitergekommen?" Ilse drehte sich zu ihrer Freundin um. „Malou? Schläfst du? Da komme ich extra rüber und du … Malou?" Ilse schüttelte ihre Nachbarin an der Schulter, die aber reagierte nicht. Ihr Kopf fiel kraftlos zur Seite. „Malou?", krächzte Ilse und griff sich an die Kehle. „Geht's dir nicht gut? Wieso sagst du denn nichts?"

4

Warum machte Hartmut das? Seit David Büttner klargeworden war, dass es nur sein ehemaliger Schulkamerad gewesen sein konnte, der für den brutalen Tod von Max Staudtner verantwortlich war, zermarterte er sich über diese Frage den Kopf. Nichts konnte schließlich ein so skrupelloses Vorgehen rechtfertigen, auch nicht die Tatsache, dass Hartmut sich womöglich von dieser Person verfolgt und bedroht gefühlt hatte. Dass man in dieser Situation alles daransetzte, seinen Gegner loszuwerden, war nicht verwunderlich. Doch hätte es dafür ja ausgereicht, ihn einmal mit dem Auto schachmatt zu setzen. Einen ohnehin verletzten Mann aber bewusst ein zweites Mal mit dem Fahrzeug zu überrollen, zeugte von einem hohen Maß an Hemmungslosigkeit und einer ganz anderen Form krimineller Energie, als man sie, wie Hartmut, für organisierte Wirtschaftskriminalität brauchte.

Inzwischen hatten Büttners Kollegen recherchieren können, dass alle anderen der in Deutschland gemeldeten Rolls-Royce-Halter für dieses Tötungsdelikt nicht infrage kamen. Dass es jemand aus dem Ausland gewesen sein könnte, hielt man für unwahrscheinlich, auch wenn man diese Möglichkeit nicht ganz ausschließen konnte. Doch natürlich deutete zurzeit alles auf eine Täterschaft Hartmut Schröders hin.

Büttner selbst war es gewesen, der die Kollegen sofort nach seinem Blick auf die Liste der Fahrzeughalter auf seinen nächtlichen Besucher aufmerksam gemacht hatte. Für ihn gab es schließlich keinen Grund, es zu verheimlichen. Weder stand er Hartmut Schröder in besonderer Weise nahe, noch hatten sie irgendetwas gemacht oder besprochen, was eine solch gewissenlose Tat gerechtfertigt und Büttner selbst in die Nähe dieses Verbrechens hätte rücken können. Außerdem wusste Büttner aus seiner langjährigen Erfahrung als Ermittler, dass man mit der Wahrheit immer noch am besten fuhr. Also war auch er selbst es gewesen, der den Fahndungsaufruf nach Hartmut Schröder innerhalb kürzester in die Wege geleitet hatte. Auf gar keinen Fall sollte der Eindruck entstehen, er habe irgendetwas zu verbergen. Um seine Aussage zu untermauern, hatte er sogar die Spurensicherung in sein Haus geschickt, wo sie Fingerabdrücke und DNA-Spuren von Schröder sicherstellten. Außerdem hatte Susanne zu Protokoll gegeben, was sie von den nächtlichen Geschehnissen mitbekommen hatte, inklusive der von ihrem Mann zugefügten Verletzungen in Schröders Gesicht. Ganz sicher gab es nun nichts mehr, was irgendwer noch unter dem Büttnerschen Teppich hervorkramen konnte, um dem Kriminalhauptkommissar in dieser Sache an den Karren zu fahren.

Dennoch fühlte Büttner sich alles andere als wohl in seiner Haut. Seit ihm die Tragweite des nächtlichen Besuchs in Gänze klargeworden war, hatte er heftige Kopfschmerzen, und in Magen und Darm rumorte es unablässig. Er wusste, dass sich dieser Zustand erst zum Besseren wenden würde, wenn Hartmut in Untersuchungshaft saß.

Doch mussten sie ihn dazu erst einmal finden. Bislang verlor sich seine Spur nur wenige hundert Meter von Büttners Haus entfernt, wo man die letzten, mit dem bloßen Auge bereits nicht mehr wahrnehmbaren Spuren auf der Straße hatte sicherstellen können. Offensichtlich hatte eine nicht unerhebliche Menge Blut und Gewebe an den Reifen des Rolls-Royce geklebt, die sich dann nach und nach auf das Straßenpflaster übertrug. Nichts deutete jedoch darauf hin, dass der Fahrer des Wagens in Eile gewesen war, denn Bremsspuren, zum Beispiel vom plötzlichen Abbiegen in eine der angrenzenden Straßen, waren nirgends auszumachen. Was wiederum darauf schließen ließ, dass Hartmut trotz seiner unfassbaren Tat nicht in Panik geraten war. Allerdings konnte Büttner sich auch nicht vorstellen, dass Hartmut gerade irgendwo saß und in aller Seelenruhe ein frühes Abendessen genoss. Derart abgebrüht konnte allenfalls ein Berufskiller sein, wobei Büttner zurzeit davon ausging, dass sein ehemaliger Schulkamerad nicht zu dieser Spezies gehörte. Laut Aktenlage wurde gegen Hartmut nie ein Vorwurf vorsätzlicher Körperverletzung oder Schlimmeres erhoben.

„Na sowas", murmelte Sebastian Hasenkrug in Büttners Gedanken hinein, nachdem er den Telefonhörer auf die Gabel hatte sinken lassen. Auf den fragenden Blick seines Chefs hin verkündete er: „In unseren Fall scheint noch eine dritte Person involviert zu sein."

„Was Sie woraus schließen?", fragte Büttner, der gerade eine Schmerztablette mit einem Schluck Kaffee hinunterspülte. Wenn nur diese verdammten Kopfschmerzen endlich verschwinden würden! Kein Mensch konnte bei solch einem Dröhnen im Hirn auch nur einen klaren Gedanken fassen.

„Die Kollegen haben herausgefunden, dass Max Staudtner in dieser Nacht vermutlich nicht alleine unterwegs war, sondern mit seiner Freundin, einer gewissen Antje Peters."

„Woher haben die Kollegen diese Info?"

„Von Max' Freunden. Sie sagen übereinstimmend aus, dass die beiden zusammen losgezogen sind. Allerdings haben sie wohl ein Geheimnis daraus gemacht, was genau sie vorhatten."

„Und wo ist diese Antje jetzt?", fragte Büttner.

„Verschwunden."

„Wie bitte?" Büttner horchte auf. „Was genau soll das heißen?"

„Dass niemand weiß, wo sie ist. Nachdem bekannt wurde, was mit Max passiert ist und dass sie vermisst wird, haben alle möglichen Leute versucht, sie via Handy oder soziale Medien zu erreichen. Auf Twitter und Facebook zum Beispiel verbreitet sich der Suchaufruf rasant. Nichts. Bei ihrem Smartphone schaltet sich sofort die Mailbox ein, auch ist es nicht zu orten. In ihrer Wohngemeinschaft in Emden wurde sie seit gestern Nachmittag nicht mehr gesehen. Sie ist wie vom Erdboden verschluckt. Aber ..." Hasenkrug hob den Zeigefinger.

„Aber?"

„Ihr Auto wurde gefunden. Ein roter Kleinwagen."

„Ihr Auto? Wo?"

„Etwa hundert Meter von Ihrer Haustür entfernt, Chef. Verlassen. Von der Inhaberin keine Spur. Nur die passenden Tüten zu Staudtners letztem Mahl haben die Kollegen vor dem Rücksitz liegend entdeckt. Wir gehen also davon aus, dass er in diesem Fahrzeug gesessen und gegessen hat, bevor er überfahren wurde. Die Staatsanwaltschaft hat es sichergestellt."

„Nicht Ihr Ernst." Büttners Herzschlag beschleunigte sich. Das hatte ihm gerade noch gefehlt. Sollte es außer Max Staudtner womöglich noch ein zweites Opfer geben? „Irgendwelche Spuren von ihr? Außer ihrem Auto, meine ich?"

„Ja. Eine Zigarettenkippe. Sie wurde an einer Gartenmauer gefunden und stammt ohne Zweifel von ihr. Sie lag gleich neben einer, die womöglich von Hartmut Schröder stammt, denn es sind Blutspuren daran. Die Analyse läuft noch."

„Die beiden haben sich an der Mauer zum Rauchen getroffen?" Büttner hob erstaunt die Brauen.

„So sieht es zumindest aus, ja."

Büttner nahm einen Schokoriegel aus der Schreibtischschublade. Er brauchte jetzt Nervennahrung. Und bestimmt half der auch gegen Kopfschmerzen. „Was weiß man über die junge Frau?", fragte er mit vollem Mund.

„Dreiundzwanzig Jahre alt, Realschulabschluss, ohne abgeschlossene Berufsausbildung. Ihre Mutter ist vor einem Jahr gestorben, der Vater ist unbekannt – im Gegensatz zu ihr, zumindest was ihre Polizeiakte angeht. Diverse Vorstrafen. Erst vor wenigen Monaten wurde sie nach mehrmonatiger Haft aus dem Gefängnis entlassen. Sie saß wegen schwerer Körperverletzung ein. Hinzu kommen zahlreiche Verstöße gegen das Betäubungsmittelgesetz sowie Prostitution."

„Prostitution?" Büttner ließ seinen Schokoriegel, den er gerade zum Mund hatte führen wollen, wieder sinken.

„Ja. Aufgefallen ist sie bereits als Minderjährige. Anscheinend hat sie sich ihren Drogenkonsum damit finanziert. Angeblich ist sie seit zwei Jahren clean."

„Und Max Staudtner war ganz sicher ihr fester Freund?"

„Ja. Ihre Freunde sagen allerdings aus, dass diese Tatsache Antje nicht daran gehindert habe, sich auch mit anderen Männern zu vergnügen, jedoch eher in professioneller Weise. Angeblich aber soll Max davon nichts mitbekommen haben. Es sieht so aus, als wäre er der Einzige gewesen, der von ihrer Treue überzeugt war."

Büttner seufzte vernehmlich auf und ließ sich in seinem Schreibtischstuhl zurücksinken. Er fühlte sich plötzlich um mindestens hundert Jahre gealtert und vor allem mit der Situation restlos überfordert. Obwohl er sich objektiv gesehen nichts vorzuwerfen hatte, konnte er sich des Gedankens doch nicht erwehren, dass Max Staudtner noch am Leben wäre, wenn er, Büttner, nicht auf dieses vermaledeite Klassentreffen gefahren wäre. Ganz sicher wäre Hartmut Schröder niemals auf die Idee gekommen, ausgerechnet ihn aufzusuchen, wenn Büttner auf sein Bauchgefühl gehört und diese Jubiläumsfeier geschwänzt hätte. Etwas in ihm sagte ihm, dass er am Tod Staudtners und am Verschwinden der jungen Frau mitschuldig war, und das war wirklich ein blödes Gefühl.

„Sie können nichts dafür, Chef", sagte Hasenkrug, der Büttners Gedankengänge anscheinend erraten hatte. „Kein Mensch kann so was erahnen. Schließlich hat Schröder Ihnen ja nicht gesagt, was er vorhat."

Büttner nickte dankbar, war jedoch schon einen Gedanken weiter. „Ich denke, am dringendsten wird sein, herauszufinden, was Schröder und die jungen Leute miteinander zu schaffen hatten. Schließlich kann es kein Zufall sein, dass sie mitten in der Nacht ausgerechnet vor meiner Haustür aufeinandertreffen. Hat schon irgendwer nachgeforscht, ob die beiden etwas mit diesem Mehrgenerationenwohnen zu tun hatten, das Hartmut Schröder mir gegenüber erwähnt hatte?"

„Noch nicht", verneinte Hasenkrug. „In Hamburg werden gerade Schröders Wohnung und sein Büro auseinandergenommen. Nach dem Sichten aller Unterlagen sind wir hoffentlich schlauer." Er runzelte die Stirn, bevor er hinzufügte: „Allerdings kann ich mir kaum vorstellen, dass eine Frau wie Antje Peters freiwillig in eine Wohngruppe in Oldenburg ziehen würde. Und was sollte sie auch in Oldenburg zu tun haben? Ihr ganzes Leben fand bisher, so viel wir wissen, in Ostfriesland statt. Genauso wie das von Max."

„In diesem Fall hätte die Wohngruppe, deren Rache Hartmut so fürchtete, also nichts mit den beiden zu tun", konstatierte Büttner. „Allerdings sind ja nicht alle zwischenmenschlichen Beziehungen auch immer auf den ersten Blick ersichtlich. Wir sollten eine Beziehung zwischen Schröder und den jungen Leuten also nicht vorschnell als nicht existent abtun."

„Natürlich nicht", nickte Hasenkrug. „Irgendwas muss ja zwischen ihnen gelaufen sein. Kein Mensch fährt einen anderen einfach so zweimal über den Haufen, wenn sie sich vorher nicht kannten. Das hoffe ich wenigstens. Alles andere wäre ja erschreckend."

Für eine ganze Weile saßen die beiden Kommissare schweigend da und hingen ihren Gedanken nach. Dann schien Hasenkrug irgendetwas in seinem Computer zu suchen, denn er starrte konzentriert auf den Bildschirm und begann unablässig auf und ab zu scrollen.

Büttner selbst ließ zum wiederholten Male die Ereignisse der vergangenen Nacht vor seinem inneren Auge Revue passieren, doch fiel ihm partout nichts ein, was er übersehen haben könnte. Er fluchte innerlich. Seine Gedanken drehten sich im Kreis. Und die Frage, was gewesen wäre, wenn, führte zu nichts. Es war zu spät, das Kind war in den Brunnen gefallen und ertrunken. Alles, was blieb, war, den Blick nach vorne zu richten und sich darauf zu konzentrieren, Antje Peters zu finden, und das nach Möglichkeit ohne Blessuren, auch wenn er daran nicht so ganz glauben konnte. Er fragte sich, ob Hartmut ein Typ war, der sexuell übergriffig wurde. Immerhin war nicht ausgeschlossen, dass genau hier das Tatmotiv lag. Doch bewegte sich alles, was er sich über seinen frühen Schulkameraden zusammenreimte, im Bereich der Spekulation. Genau genommen, so musste Büttner sich eingestehen, wusste er nichts über ihn, gar nichts. Daran änderte auch der Wunsch nichts, Hartmut nach allem, was er Max Staudtner angetan hatte, in der Hölle schmoren zu sehen.

„Wo, sagten Sie, wohnte Max Staudtner?", fragte Büttner schließlich in das Klackern von Hasenkrugs Tastatur hinein.

„Bei seinen Eltern. Hier in Emden."

Büttner stand mit einem Stöhnen auf und zog die verspannten Schultern auf und ab. „Wir werden jetzt zu ihnen fahren", verkündete er. „Ich möchte wissen, mit wem wir es zu tun haben."

„Aber, das können doch auch Kollegen …", setzte Hasenkrug zum Widerspruch an.

Büttner machte eine wegwerfende Handbewegung. „Das ist nicht dasselbe. Kommen Sie einfach mit, Hasenkrug. Mein Bauchgefühl sagt mir, dass wir nach diesem Besuch schlauer sind." Zwar legte Büttner in seiner Gefühlslage keinen großen Wert darauf, den trauernden Angehörigen gegenüberzutreten, doch wollte er sich von den trüben Gedanken, die ihn hier im Büro heimsuchten, nicht vollends zermürben lassen. Aktionismus war nun genau das Richtige. Oder ein Speckpfannkuchen. Aber bei letzterem hatte er Zweifel, dass ihm sein Magen- und Darmtrakt ein solches Mahl verzeihen würde.

Hasenkrugs Seufzer verriet, dass er sich diesen Tag irgendwie anders vorgestellt hatte.

5

Eigentlich war Ilse Hansen gar nicht danach, mit ihren Freundinnen Gerda und Elfriede eine Nordic-Walking-Runde zu drehen. Auch wenn ihr mit deutlich über siebzig Jahren diese Art von Bewegung guttat und sie hinterher wieder auf dem neuesten Stand der Bremer Gerüchteküche war, wäre sie heute lieber bei Malou geblieben.

Gleich nachdem Ilse bemerkt hatte, dass es ihrer Freundin nicht gutging, hatte sie einen Rettungswagen gerufen. Die Gesichter des Notarztes und der Sanitäter waren sehr ernst gewesen, als sie Malou auf die Trage legten und sich schließlich die Türen des Krankenwagens hinter ihnen schlossen. In der Klinik hatte man Ilse mitgeteilt, dass es um den Zustand ihrer Freundin nicht gut bestellt sei. Gerne hätte sie Malous Hand gehalten, doch hatte man ihr den Zugang zu dem Zimmer auf der Intensivstation verwehrt. Mit Malous Tochter hatte Ilse schließlich vereinbart, dass sie sofort informiert würde, sollte sich am Zustand ihrer Freundin irgendetwas ändern.

Nun hieß es also abwarten. Als Gerda und Elfriede von Malous neuerlichen Zusammenbruch hörten, hatten die darauf bestanden, anstelle der geplanten Geburtstagsparty eine Runde mit ihren Stöcken zu drehen. Ansonsten, so hatte Elfriede behauptet, würden sie sich in den eigenen vier Wänden ja doch nur von der Sorge um die Freundin auffressen lassen.

Also hatten sie sich ihre Ausrüstung geschnappt und sich auf ihrem angestammten Feldweg am Stadtrand von Oldenburg getroffen, auf dem sie nun bereits den ersten Kilometer zurückgelegt hatten. Ilse wusste das so genau, weil sie immer einen dieser modernen Messgeräte am Handgelenk trug, den ihre Enkelkinder ihr zum Geburtstag geschenkt und Gott sei Dank auch gleich programmiert hatten.

„Was für ein herrlich lauer Sommerabend", stellte Gerda fest und reckte ihr Gesicht gen Himmel. „Wirklich schade, dass wir ihn nicht in Malous Garten verbringen und ein bisschen feiern können. Ich hatte mich schon sehr auf den gegrillten Bauchspeck gefreut. Und natürlich auf den leckeren Nachtisch."

Nun, das hätte sie nicht extra betonen müssen, dachte Ilse, denn dass Gerda gerne und viel aß, war ihren Körpermaßen unschwer anzusehen. Dennoch schienen die überflüssigen Pfunde ihrer Fitness nichts anhaben zu können, denn Gerda gab bei ihrem Lauf mit ausladenden Schritten die Geschwindigkeit vor. Und Ilse konnte weiß Gott nicht behaupten, dass es sich bei dem vorgegebenen Tempo um das handelte, was man gemeinhin unter einem gemütlichen Spaziergang verstand.

„Und Malou hat sich wirklich nur über diesen Mistkerl so sehr aufgeregt, dass sie einen Herzanfall bekam?", fragte Elfriede, als sie gerade eine kleine Holzbrücke passierten, die über einen gluckernden Bach führte. „Oder war da noch was anderes?"

„Nee", antwortete Ilse kleinlaut. „Sobald ich den Fernseher eingeschaltet habe, wurde sie immer zappeliger. Vorher ging es ihr gut. Sie hatte sich so sehr auf ihre Party gefreut."

„Ts, der Kerl schafft es sogar, ihr die Geburtstagsfeier zu versauen", meinte Gerda. „Hat man da noch Worte. Der muss nicht mal anwesend sein, damit Malou einen Herzanfall kriegt. Die Sache mit dem Betrug muss sie noch mehr mitgenommen haben, als wir alle ahnten. Es ist aber auch ein Skandal, dass gegen solche Betrüger nicht härter vorgegangen wird. Da spart man ein Leben lang, um sich einen angenehmen Lebensabend leisten zu können, und dann so was. Solche Leute gehören für immer auf Wasser und Brot gesetzt."

„Das kannste laut sagen", nickte Ilse. „Hätte ich geahnt, wie heftig sie auf die Nachricht reagiert, hätte ich doch nie diesen blöden Fernseher eingeschaltet. Ist doch nun auch wirklich egal, was dieser Schwachkopf Schröder in seinem Leben so treibt. Hauptsache, der schafft unser Geld wieder bei. Alles andere hat uns nicht zu interessieren. Zu viel negative Energie, die der verbreitet. Hätte nicht wenig Lust, ihm mit meinen Stöcken mal gründlich ein paar überzuziehen." Zur Unterstreichung ihrer Worte zog sie einen ihrer Stöcke zischend durch die Luft.

„So was Ähnliches hat Viktor auch gesagt." Elfriede stieß mit dem Fuß einen Stein beiseite, der ihr im Weg lag. „Vorhin hab ich ihn gleich angerufen, als ich das von Malou hörte. Viktor war ganz außer sich. Er wollte übrigens zu Malous Haus rübergehen und gucken, ob es irgendwas aufzuräumen gibt."

„Was genau hat Viktor gesagt?" Ilse schaute ihre Freundin interessiert an. Sie mochte den jungen Mann russischer

Herkunft, den sie aus der Nachbarschaft kannten. Er half ihr häufig bei den Einkäufen und hatte auch mit ihnen in ihre Wohngemeinschaft ziehen wollen. Viktor war nicht nur freundlich und hilfsbereit, sondern stellte auch was dar. So rein körperlich gesehen. Seine Muskulatur war von seiner Arbeit auf dem Bau und von unzähligen Trainingseinheiten im Fitnessstudio gestählt. Er hatte im russischen Militär gedient und war ganz und gar nicht zimperlich, wenn es darum ging, für Gerechtigkeit zu sorgen. Voraussetzungen, die sich jede Frau nur wünschen konnte, wie Ilse fand. Schließlich gab es genug Schurken auf der Welt, gegen die es die Frauenwelt zu beschützen galt.

„Was Viktor genau gesagt hat?" Über Elfriedes Gesicht glitt ein zufriedenes Lächeln. „Er hat gesagt, dass er Hackfleisch aus dem Kerl macht, wenn er ihn in die Finger bekommt. Wörtlich hat er das gesagt. Das hat mir gefallen."

„Nichts anderes hätte dieser Saukerl verdient", stimmte Gerda ihr zu, während Ilse eifrig nickte. Es gab einfach Menschen, die die Welt nicht brauchte, und dieser Hartmut Schröder gehörte eindeutig dazu. Je weniger es von seiner Sorte gab, desto friedlicher könnten sie alle miteinander leben. Manchmal konnte sie Menschen, die Selbstjustiz übten, gut verstehen. Mit solchen Typen wie Schröder ging die Gerichtsbarkeit doch viel zu lasch um. Da konnte es gewiss nicht schaden, ab und zu mal ein bisschen nachzuhelfen und ihnen ihre Grenzen aufzuzeigen. Und im Grenzenaufzeigen war Viktor ganz besonders gut. Erst neulich hatte er sich einen dieser herumgammelnden Halbstarken zur Brust genommen, weil der eine kleine Katze quälte. Der Katze ging es inzwischen wieder gut …

„Hoffentlich taucht Schröder sobald nicht wieder auf", meinte Elfriede. „Es sei denn, er hat unser Geld dabei. Ansonsten kann er ruhig bleiben, wo der Pfeffer wächst."

„Und der hat echt absichtlich jemanden totgefahren?", fragte Gerda, die weder Radio hörte, noch sich die Nachrichten im Fernseher ansah, weil ihr all das Negative, über das dort berichtet wurde, aufs Gemüt schlug.

„Ja. Einen jungen Mann", bestätigte Ilse. „Die Polizei wollte öffentlich keine Details nennen, aber natürlich weiß das sowieso längst jeder. Wofür gibt es schließlich das Internet. Gleich zweimal hat er den armen Jungen überrollt, heißt es. Das muss man sich mal vorstellen. Ich hätte nicht wenig Lust, das Gleiche mit ihm zu machen." Ilse grinste bei dem Gedanken. Gemeinhin galten sie als die reizenden älteren Frauen von nebenan, pazifistisch geprägt und immer auf der Seite der Schwächeren. Ein bisschen was von *Arsen und Spitzenhäubchen* konnte in dieser Welt jedoch trotzdem nicht von Nachteil sein, fand sie.

Unvermittelt hob Gerda ihren Stock und zeigte mit ihm in Richtung Horizont. „Was ist denn das?", fragte sie. „Da brennt doch was."

Ilse und Elfriede blickten in die Richtung, die Gerda vorgab. Tatsächlich, nicht allzu weit von ihnen stieg eine dunkle Rauchsäule in die Luft. Ilse hob schnuppernd die Nase. „Ich finde, hier riecht es auch ein wenig angebrannt, findet ihr nicht?"

Die anderen beiden nickten. „Wie weit mag das Feuer entfernt sein?", fragte Elfriede und linste mit zusammengekniffenen Augen auf das fast senkrecht in den Himmel steigende, fast schwarze Grau.

„Das ist nicht so weit", meinte Gerda. „Wenn wir uns beeilen, kriegen wir vielleicht noch was davon mit. Gut möglich, dass da nur ein Bauer sein Stroh abbrennt oder so. Aber vielleicht ist es ja auch was Interessantes. Wäre blöd, es zu verpassen." Sie legte noch einmal an Tempo zu. Die anderen folgten ihr auf dem Fuß. Daran, die Feuerwehr zu rufen, dachte keine von ihnen.

Ilse schaute auf ihren Schrittzähler, als sie ankamen. Es waren noch einmal gut tausendvierhundert Meter gewesen, bis sie die Quelle des Rauchs in den eingetrockneten Spurrillen eines Kartoffelackers erreicht hatten. Sie hielten sich in sicherem Abstand von dem brennenden Objekt, dennoch spürten sie die Hitze des Feuers auf ihren Gesichtern, und der Rauch biss in den Augen.

„Sieht aus wie ein Auto, findet ihr nicht?", fragte Elfriede, nachdem sie das Objekt ein paarmal umrundet hatten.

„Ist nicht mehr viel von übrig", stellte Gerda fest. Sie legte die Hand über die Augen und schaute sich um, doch war weit und breit kein Mensch zu sehen. Lediglich ein paar Kühe grasten in sicherer Entfernung und schienen sich am Feuer nicht zu stören.

„Könnte mir vorstellen, dass den Wagen jemand vermisst", meinte Ilse. „Vielleicht sollten wir die Polizei rufen, damit die gucken können, wem er gehört. Ich frag mich ja, warum man ihn auf einen Kartoffelacker gestellt und angezündet hat. Normal ist das ja nicht."

Elfriede trat einige Schritte näher, legte den Kopf schief und starrte in die Flammen, die langsam aber sicher erstarben. „Seht ihr auch, was ich sehe?", fragte sie mit rauer Stimme.

„Was meinst du?" Ilse trat neben sie, konnte jedoch außer jeder Menge verkohlten Metalls nichts Besonderes entdecken.

Gerda aber sagte mit krächzender Stimme: „Oh mein Gott, sitzt da nicht jemand auf dem Fahrersitz?"

6

Wie unschwer zu erkennen war, entstammte Max Staudtner den so genannten bildungsfernen Schichten. Schon beim Betreten des Hausflurs des Mehrfamilienhauses schlug David Büttner und Sebastian Hasenkrug eine ganze Wand Zigarettenrauch entgegen. Als sich die Wohnungstür der Staudtners nach zweimaligem Klingeln vor ihnen öffnete, kam der Geruch von abgestandenem Essen, Schweiß und Kaffee hinzu. Eine Mischung, die selbst beim hartgesottensten Mitarbeiter der städtischen Müllabfuhr den Fluchtinstinkt aktiviere hätte, und tatsächlich zögerte Hasenkrug mit einem leisen Japsen, einzutreten.

„Kneifen gibt's nicht", raunte Büttner seinem Assistenten zu und gab ihm einen sanften Stoß in den Rücken. „Schlimmer als in Uroma Wübkeas Kuhstall wird es schon nicht sein ... Moin", sagte er dann zu dem in Jogginghose und Sweatshirt gekleideten Mann, der ihnen die Tür geöffnet hatte und sie mit blutunterlaufenen Augen und tränennassen Wangen ausdruckslos musterte. „Mein Name ist Büttner, dies ist mein Assistent Hasenkrug. Wir sind von der Kriminalpolizei. Zunächst einmal unser herzliches Beileid, Herr ... ähm ... Sie sind Max' Vater?"

Der Mann nickte stumm und forderte sie mit einer Geste auf, einzutreten. Mit jedem Meter, den sie in den rauchigen Räumen der ärmlich eingerichteten Wohnung zurücklegten, fiel das Atmen schwerer, und Büttner trotzte angestrengt dem Reflex, sich die Nase zuzuhalten. Auch Hasenkrug schien es nicht anders zu gehen, sein Atem ging plötzlich extrem flach.

In der Küche angekommen, wies sie der Mann wortlos an, Platz zu nehmen. Gleich darauf stellte er zwei Tassen vor Büttner und Hasenkrug hin und schenkte ungefragt Kaffee ein. Er selbst steckte sich eine Zigarette in den Mund und zündete sie umständlich mit dem Feuerzeug an. Am Tisch saß bereits eine füllige Frau mit strähnigem Haar und schluchzte in ihr Taschentuch. Sie blickte nur kurz auf, als sie eintraten, konzentrierte sich dann jedoch wieder aufs Weinen.

„Die sind von der Polizei", brummte der Mann, dessen umfangreicher Bauch Büttner aufgrund seiner extrem weit geschnittenen Kleidung bisher gar nicht aufgefallen war.

„Haben Sie den Kerl geschnappt, der unserem Max das angetan hat?", näselte die Frau, ohne den Blick zu heben. Sie griff nach einer Zigarettenschachtel, klopfte eine Zigarette heraus und ließ sich von ihrem Mann Feuer geben. Unmittelbar vor ihr stand ein überquellender Aschenbecher. Mit jedem Atemzug, den die ungesund röchelnde Frau tat, stob Asche wie in einer kleinen Schneewehe über den Tisch.

„Mein herzliches Beileid", murmelte Büttner erneut. „Nein, Frau Staudtner, leider haben wir ihn noch nicht gefunden. Aber Sie können sicher sein, dass die Fahndung nach ihm auf Hochtouren läuft. Es ist nur eine Frage der Zeit, bis wir ihn erwischen."

„Im Fernsehen bringen sie die dreckige Visage ständig." Der Mann machte einen kurzen Fingerzeig zum Nebenzimmer, aus dem die Geräusche eines Fernsehers zu hören waren. Dann ließ er sich mit einem Stöhnen auf einen Plastikstuhl fallen, der daraufhin bedenklich knarzte. „Max war ein guter Junge", sagte er. „Waren immer mächtig stolz auf ihn, wie er das alles gepackt hat, mit dem Studium und so. War der erste, der in unserer Familie Abitur gemacht hat. Haben uns immer gewünscht, dass es ihm mal besser geht als uns." Die letzten Worte wurden von einem verzweifelten Aufschrei seiner Frau verschluckt, während der massige Körper des Mannes von Schluchzern erschüttert wurde. „Wir wollten doch immer nur sein Bestes", wehklagte er, „immer nur sein Bestes. Und nun kommt dieser Scheißkerl und fährt ihn einfach über den Haufen." Die beiden Ermittler zuckten zusammen, als Staudtners Faust auf den Tisch niederfuhr und das Geschirr zum Scheppern brachte. „Und an allem ist nur dieses Weibsstück schuld. Nur dieses verdammte Weibsstück!"

Nun wurde es interessant. Büttner straffte die Schultern und wartete darauf, dass der Mann diesen Vorwurf konkretisieren würde, doch nichts passierte. Stattdessen ließ Max' Vater seinen Kopf auf die Arme sinken und weinte ganz bitterlich. „Dabei wollten wir doch immer nur sein Bestes", jammerte er erneut.

„Dürfte ich fragen, von welchem Weibsstück Sie reden?" Hasenkrug sah vom Vater zur Mutter und wieder zurück.

„Na, diese Antje, mit der er in letzter Zeit immer loszog", kam es hinter dem Taschentuch der Mutter hervor. „Von Anfang an hab ich ihm gesagt, dass sie ihm nicht guttut, aber er wollte ja nicht auf uns hören. Aber dass es so schlimm kommen würde …" Sie schnäuzte sich mit dröhnender Lautstärke.

„Wissen Sie vielleicht, was Max und Antje in der Nacht auf Freitag vorhatten?", fragte Büttner. Er sah bedauernd auf seinen gefüllten Kaffeebecher, traute er sich doch nicht so recht, einen Schluck zu nehmen. Die hygienischen Verhältnisse in dieser Küche waren ihm nicht geheuer. Überall standen dreckiges Geschirr sowie offene, alles andere als frisch aussehende Lebensmittel herum. Der Küchenboden war bestimmt seit Wochen nicht mehr gewischt worden, die Fenster ließen kaum noch Licht herein.

„Nee, keine Ahnung, der Junge hat uns ja nix gesagt", antwortete der Vater. „Hab ihm sogar Prügel angedroht, wenn er nicht endlich den Mund aufmacht, aber gesagt hat er nix." Er hob den Zeigefinger und sah Büttner mit verzerrtem Gesicht an. „Irgendwas war da im Busch. Sogar das Lernen hat er vernachlässigt. Das hat er nie gemacht, als er Antje noch nicht kannte. Wollte groß hinaus, unser Max. Architekt wollte er werden, das war schon sein Traum, als er noch ein kleiner Junge war." Der Mann lachte rau auf. „Hab natürlich immer gedacht, der spinnt. Das passt doch gar nicht zu uns, dass man so was macht. Aber der Junge wollte es, und er hat es gemacht. Nur noch ein Jahr, dann wäre er fertig gewesen." Erneut brach er in Tränen aus. „Scheiße, Mann, waren wir stolz auf ihn."

„Wissen Sie mehr über Antje?", fragte Hasenkrug nach einer kurzen Pause. „Ihre Familie, ihre Freunde, ihre Jobs?"

Max' Mutter schüttelte den Kopf. „Nee. Nur dass ihre Mutter tot ist, sagte Max mal. Und dass … dass er Antje an der Hochschule kennengelernt hat, wo sie irgendeinen Job hatte. Ich glaub, die hat da in der Cafeteria gearbeitet oder so was. Auf jeden Fall hat sie nicht studiert, das ist mal sicher. Hatte keinen guten Einfluss auf ihn." Sie hob den Kopf und schaute Büttner direkt in die Augen. „Haben Sie Kinder?"

„Ja. Eine Tochter. Sie ist ungefähr so alt wie … wie Antje."

„Na, dann wissen Sie ja, wie das ist", nickte die Frau, ohne zu sagen, was genau sie damit meinte. Aber Büttner konnte es sich denken. Als Eltern hatte man wenig bis gar keinen Einfluss darauf, wen die Kinder sich im jungen Erwachsenenalter zum Gefährten wählten. Manchmal war man nicht einmal darüber informiert, ob es aktuell überhaupt einen Partner gab. Er wusste nur, dass seine Tochter Jette sich unlängst von ihrem Freund getrennt hatte, was jedoch wohl ohne größere Blessuren vonstattengegangen war. Ob sie bereits einen neuen Freund hatte?

Aus dem Wohnzimmer drang aus dem Fernseher der Name Hartmut Schröders zu ihnen herüber, gefolgt von den Worten *dringend tatverdächtig* und *verständigen Sie Ihre Polizeidienststelle*.

„Sie haben ihn noch immer nicht", murmelte Max' Mutter.

„Der soll froh sein, wenn die Polizei ihn vor mir findet", knurrte ihr Mann und sah die Beamten aus schmalen Augen provozierend an. Er drückte seine Zigarette im Aschenbecher aus und zündete sich sogleich eine neue an.

„Das ist hoffentlich nicht Ihr Ernst", erwiderte Büttner mit warnendem Unterton. Er erntete dafür ein sarkastisches Grinsen, das zwei Reihen gelber, verstümmelter Zähne offenbarte.

„Na, dann beeilen Sie sich mal besser, Herr Kommissar", meinte Staudtner. „Wenn ich den in die Finger krieg, dann wird er sich wünschen, nie geboren worden zu sein. Langsam, ganz langsam werde ich ihn dem Höllenfeuer näher bringen. Glauben Sie mir, der kommt da unten nur noch in Stücken an." Er knetete seine Hände, als würde er irgendetwas mit ihnen zermalmen.

„Sie würden dafür lebenslänglich in den Knast gehen", meinte Hasenkrug.

Staudtner beugte sich zu ihm vor. „Wissen Sie, wie egal mir das ist?" Er machte eine ausladende Bewegung mit den Armen. „Oder glauben Sie vielleicht, das Leben in dem Loch hier ist ein Vergnügen? Noch dazu, wo unser Junge nie wieder nach Hause kommt? Nee, nee, Herr Kommissar, mein Leben ist vorbei, so oder so. Wenn ich dafür sorgen kann, dass das auch für diesen Scheißkerl gilt, dann ist alles bestens."

Das hörte sich nicht gut an. Wenigstens war der Mann noch nicht losgezogen, um Schröder zu suchen, doch hieß das nicht, dass es nicht andere in seinem Auftrag machten. Genau genommen war sogar damit zu rechnen, dass sich irgendwelche Kumpels aus der Kneipe genötigt sahen, ihrem Freund beizustehen, und ausgeschwärmt waren, um Max' Mörder aufzuspüren. Leider gab es keine Möglichkeit, sie davon abzuhalten. Staudtner hatte also recht. Es würde besser sein, wenn die Polizei Schröder zuerst fand. Gut möglich, dass er sonst irgendwo aufgeknüpft an einem Baum endete. In einem Fall von Lynchjustiz ermitteln und sich entsprechende Vorwürfe machen lassen zu müssen, darauf hatte Büttner nun aber wirklich keine Lust.

„Wissen Sie, ob Ihr Sohn schon früher einmal mit Hartmut Schröder Kontakt hatte?", fragte Hasenkrug. „Hat er ihn vielleicht mal erwähnt? Vielleicht seinen Wagen bewundert? Immerhin fährt Schröder ja einen Rolls-Royce."

„Jetzt bestimmt nicht mehr", brummte Staudtner.

„Was?"

„Ach, nichts."

Hasenkrug runzelte die Stirn. „Wissen Sie irgendetwas über Schröders Auto, Herr Staudtner?"

Der tippte sich mit einem diabolischen Grinsen an die Brust. „Ich? Über den Millionenschlitten? Aber was sollte ich über so eine Luxuskarosse schon wissen, Herr Kommissar? Ist nicht meine Welt, wissen Sie. Nee, Mann, ich weiß überhaupt nichts über den und was Max mit ihm zu tun hatte." Staudtner nahm einen tiefen Zug und ließ den Rauch in Ringen aus seinem Mund entweichen.

Bei diesen Worten war Büttner ganz flau im Magen geworden. „Herr Staudtner, ich kann gut verstehen, dass Sie den Mörder Ihres Sohnes …"

„Einen Scheißdreck können Sie!", donnerte Max' Vater und schlug erneut mit der Faust auf den Tisch. „Unser Kind ist tot, verstehen Sie? Tot! Nichts und niemand bringt uns unser Kind zurück. Da ist es doch nur fair, wenn …" Er brachte den Satz nicht zu Ende, sondern ließ sich wie ein nasser Sack in seinen Stuhl zurücksinken. „Sie oder ich, Herr Kommissar. Sie oder ich", sagte er leise.

„Noch einmal, Herr Staudtner", startete Büttner einen weiteren Versuch. „Wenn Sie versuchen, irgendwie oder durch irgendwen an Schröder heranzukommen, um sich an ihm zu rächen, machen Sie das Unglück auch nicht ungeschehen. Sollten Sie auch noch andere Leute in Ihren Feldzug mit hineinziehen, riskieren Sie nicht nur Ihre eigene Freiheit, sondern auch die Ihrer Helfer."

Anstatt einer Antwort zuckte Staudtner nur mit den Schultern.

„Herr Staudtner, bitte …"

„Wenn's das war, dann können Sie ja jetzt gehen und Ihren Job machen." Der bullige Mann erhob sich ächzend. Der Plastikstuhl, der offensichtlich an seinem Hintern geklebt hatte, löste sich und fiel krachend zu Boden. Er hob den Arm und zeigte zur Haustür. „Bitte schön, da geht's lang."

Als sie wieder auf der Straße standen und gierig nach der frischen Sommerluft schnappten, fragte Hasenkrug: „Meinen Sie, der blufft?"

„Nee, das meine ich ganz und gar nicht", antwortete Büttner. Er verzog angeekelt das Gesicht, als sich bei jeder seiner Bewegungen eine Schwade Zigarettengestank aus seinen Klamotten löste.

„Wir könnten ihn beobachten lassen", schlug Hasenkrug vor.

„Ja, das könnten wir. Aber es würde nichts bringen. Wenn Staudtner den Mörder seines Sohnes haben will, dann wird er ihn kriegen. So oder so. Und das weiß er, denn vermutlich hat er eine ganze Reihe von Saufkumpanen, die nur darauf warten, der Polizei endlich mal so richtig eins auswischen zu können. Mit freundlichem Zureden kommt man bei denen nicht weiter. Eher legen sie sich noch mehr ins Zeug, wenn man es versucht. Nee, Hasenkrug, es wird wohl so sein, wie er sagt: wir oder er. Also sollten wir unsere Anstrengungen noch mal verstärken."

Kaum dass sie bei ihrem Auto angekommen waren, klingelte Hasenkrugs Smartphone. Er nahm ab. „Schöner Mist" war alles, was er nach einer Weile sagte, dann legte er wieder auf.

„Und?", fragte Büttner lauernd.

„Bei Oldenburg wurde ein ausgebranntes Fahrzeug gefunden. Nach ersten Erkenntnissen handelt es sich dabei um einen Rolls-Royce."

„Und?", fragte Büttner erneut, denn Hasenkrug sah nicht so aus, als hätte er schon sein ganzes Wissen preisgegeben.

„In den Fahrersitz eingebrannt sitzt eine Leiche."

Als Büttner nun wie um himmlischen Beistand flehend nach oben schaute, fiel sein Blick auf ein Fenster, hinter dem ein vergilbter Vorhang hin und her schwang. Für einen kurzen Moment glaubte er, Staudtners hämisches Grinsen gesehen zu haben.

7

„Glaubt mir, es gibt Dinge, die wollt ihr gar nicht wissen." Viktor lächelte in die Runde, doch lag in seinem Blick etwas, das Ilse nicht zu deuten wusste. Auch sah er ungewöhnlich müde aus, und doch schien er keine Ruhe zu finden. Immer wieder rutschte er nervös auf seinem Stuhl hin und her und schaute auf seine Armbanduhr, noch öfter auf sein Smartphone. Außerdem hatte er gerade erst mit seiner zittrigen Hand Kaffee verschüttet, als er ihnen einschenkte. So kannte Ilse ihn gar nicht. Normalerweise war Viktor die Gelassenheit selbst, wenn sie, so wie jetzt in ihrer Wohnung, bei ihrem regelmäßig stattfindenden Sonntagsfrühstück zusammensaßen. Was war los mit ihm? Hatte es womöglich etwas mit diesem Hartmut Schröder zu tun? Schließlich hatte Viktor angekündigt, sich um diesen Saukerl kümmern zu wollen. Was auch immer er damit gemeint hatte, Ilse war sich sicher, dass er in diesem Fall nicht zum Smartphone greifen und die Polizei verständigen würde, wie es in allen Medien von potenziellen Zeugen gefordert wurde. Nein. Viktor war einer, der sich um seine Angelegenheiten lieber selber kümmerte. Und dass es sich bei dem von Schröder veruntreuten Geld um seine Angelegenheit handelte, stand wohl außer Frage.

„Mir wäre ja wohler, die würden diesen Schröder endlich finden", meinte Gerda und griff sich an die Kehle, als wäre diese plötzlich zu eng. „Ich meine, jetzt hat der ja nicht nur unser Geld verschusselt, sondern auch noch einen Mord begangen. Hab überhaupt keine Lust, dem zu begegnen, ganz ehrlich. Wer weiß denn schon, was er mit uns vorhat? Malou hat er ja schon auf dem Gewissen."

Elfriede verdrehte die Augen. „Zum einen lebt Malou noch. Daher wäre ich dir dankbar, wenn du deine Wortwahl überdenken würdest, Gerda. Zum anderen glaube ich kaum, dass er uns alle auf einmal ausrotten wird, dafür sind wir zu viele."

„Na ja, einer von uns würde ja schon reichen", erwiderte Gerda. „Da kannste nur hoffen, dass es nicht ausgerechnet dich selbst trifft", ergänzte sie ein wenig missverständlich und erntete dafür befremdete Blicke.

„Ich wüsste gar nicht, was der Mord an dem jungen Mann überhaupt mit uns zu tun haben sollte", gab Ilse zu bedenken. „Ich jedenfalls hab keine Ahnung, wer dieser Max S., wie er überall genannt wird, überhaupt ist. Nur weil die beiden womöglich Stress miteinander hatten, muss Schröder es ja nicht auch auf uns abgesehen haben."

Gerda schüttelte den Kopf. „Na ja, so einfach ist das ja nun auch nicht. Ich für meinen Teil hab nun nicht mehr so recht Lust, den zu verklagen, wenn ich weiß, dass der alle gleich umbringt, die ihm querkommen. Dann soll der lieber mein Geld behalten."

„Er wird weder unser Geld behalten, noch wird er uns umbringen", versuchte Viktor zu beschwichtigen.

„Und woher willst du das wissen?", fragte Elfriede. Sie

nahm sich ein Brötchen aus dem Korb und bestrich es mit Butter. „Bist du Hellseher, oder was?"

Wieder dieses Lächeln, das Ilse nicht zu deuten wusste. Eine Antwort aber blieb Viktor schuldig.

„Möchte ja nur mal wissen, wen die da in dem Auto verbrannt haben", kam Gerda auf das Erlebnis vom gestrigen Abend zu sprechen. Sie nahm ihr Smartphone zur Hand, wischte darauf herum und hielt es dann triumphierend in die Luft. „Ich konnte ja noch ein paar Fotos machen, bevor die Polizei uns weggescheucht hat. Will sie jemand sehen?" Sie zog ein langes Gesicht, als alle im Raum abwinkten. „Weiß gar nicht, was ich nun mit den Fotos machen soll", meinte sie dann. „Ob ich sie im Internet hochlade?"

„Das ist geschmacklos", tadelte Elfriede ihre Freundin. „Wenn's nur das Auto wäre, meinetwegen. Aber da drin ist ein Mensch verbrannt. Das macht man doch nun wirklich nicht. Was würdest denn du sagen, wenn du es wärst, die da verkohlt rumsitzt?"

„Nichts mehr", antwortete Gerda mit einer bestechenden Logik. „Wäre mir völlig schnuppe, ob ich dann im Internet bin oder nicht."

„Und genau das glaube ich dir nicht." Elfriede kannte in solchen Fragen kein Pardon. Für sie war das Internet sowieso ein Werk des Teufels, wie sie bei keiner Gelegenheit müde wurde zu betonen. „Frag mich immer, wie wir früher überleben konnten ohne das ganze Zeug", pflegte sie zu sagen. „Heute tun doch alle so, als würden sie sofort tot umkippen und keiner sie finden, wenn sie ihr blödes Smartphone nicht bei jedem Gang zum Bäcker oder so dabeihaben. Als wären wir früher ohne Telefon in der Tasche alle ständig tot umgekippt."

„Im Radio sagen die auch nichts zum ausgebrannten Auto", quengelte Gerda. „Hab heute Morgen die ganze Zeit drauf gewartet, aber da kam nichts. Nur, dass sie eins auf offenem Feld gefunden haben. Kein Wort dazu, wem es gehört oder wer da drinsaß."

„Das müssen die ja auch erst mal rausfinden", entgegnete Elfriede. „Schließlich kannst du den Leichnam ja nicht mehr einfach so identifizieren. Den erkennt selbst seine Mutter nicht mehr."

„Warum hast du denn heute deine Freundin nicht mitgebracht?", wandte sich Ilse an Viktor. Sie hatte keine Lust mehr, über verkohlte Autos und Menschen zu reden.

„Marina hat was zu erledigen", antwortete Viktor. „Vielleicht kommt sie später noch vorbei."

„Was hat sie denn an einem Sonntag zu erledigen?", wunderte sich Gerda. „Ich meine, sie weiß doch, dass hier Frühstück ist."

„Manchmal gibt es einfach wichtige Dinge zu tun", erklärte Viktor. „Ist eine Familienangelegenheit."

„Oh." Gerda setzte einen wissenden Gesichtsausdruck auf. „Familie ist wichtig. Das versteh ich gut, dass Marina sich darum kümmert. Schließlich muss man mit denen ja immer noch länger auskommen. Wenn sie dich nicht leiden können, weil du dich vielleicht nicht richtig um sie gekümmert hast, gönnen sie dir nicht mal 'ne schöne Beerdigung, sondern verscharren dich in 'ner Spanholzkiste, das kann ich dir sagen."

Viktor runzelte die Stirn. „Na ja, so kann man es auch sehen. Muss man aber nicht. Marina jedenfalls bringt heute keinen unter die Erde."

„Da bin ich aber froh für sie. Ich dachte schon, wenn sie unser Frühstück schwänzt, dann muss es bestimmt was Schlimmes sein."

Ilse entging nicht, dass Viktor bei diesen Worten die Lippen zusammenpresste und ungewohnt heftig sein Frühstücksei köpfte. Schade, dass er nicht mit der Sprache herausrückte. Sie hätte zu gerne gewusst, was diesen Mann, der im Leben stand wie ein Fels, so aus der Fassung brachte, dass er die ihm typische Gelassenheit verlor.

„Hat man eigentlich inzwischen das Mädchen gefunden, das überall gesucht wird?", brachte Elfriede das Thema erneut auf. „Auch davon hört man nichts mehr."

„Nee, haben sie nicht", antwortete Gerda. „Sie wird nach wie vor vermisst. Ich glaub ja nicht, dass die noch lebt. Bestimmt hat Schröder sie auch um die Ecke gebracht. Ist doch klar, wenn die 'ne Zeugin ist. Weiß doch jeder, dass die aus dem Weg geräumt werden, die Zeugen."

Ilse zuckte zusammen, als nun Viktor sichtlich aufgebracht aufsprang und rief: „Boah, ey, ihr geht mir heute echt auf den Senkel!" Ohne ein weiteres Wort der Erklärung marschierte er zur Tür hinaus und ließ diese krachend hinter sich ins Schloss fallen.

„Was hat er denn nun?" Perplex schaute Elfriede ihm hinterher.

„Scheint nicht sein Tag zu sein", murmelte Ilse.

„Bestimmt ist bei Marina doch was Schlimmes passiert und er will es uns nur nicht sagen", mutmaßte Gerda. „Weiß nicht, ob das für 'ne Wohngruppe so 'ne gute Voraussetzung ist. Ich meine, wenn der jetzt schon Geheimnisse vor uns hat. Ist eigentlich noch Kaffee da?", fragte sie im selben Atemzug.

„Wenn Marina was Schlimmes passiert wäre, dann wäre Viktor doch gar nicht erst zum Frühstück gekommen", erwiderte Elfriede. „Vielleicht haben die beiden Streit. Kommt ja immer mal vor in so 'ner Beziehung. Das kriegen die schon wieder hin."

Ilse kommentierte Viktors ungewöhnlichen Abgang nicht weiter, doch war sie darüber ebenso erstaunt wie alle anderen. Was auch immer der Grund für sein merkwürdiges Verhalten war, so hoffte sie doch inständig, dass es nichts mit Hartmut Schröder zu tun hatte. „Ich rufe dann mal Malous Tochter an", murmelte sie und stand von ihrem Platz auf. „Hoffentlich gibt es wenigstens da gute Neuigkeiten. Könnte nicht mit dem Gedanken leben, dass ich schuld an ihrer Herzattacke bin."

„Obwohl man das ja nicht ganz abstreiten kann", gab Gerda ihr mit auf den Weg.

8

Die verkohlte Leiche im komplett ausgebrannten Fahrzeug fiel nicht in die Zuständigkeit der Gerichtsmedizinerin Dr. Anja Wilkens, was David Büttner ein wenig bedauerte. Er arbeitete gerne mit ihr zusammen, war sie doch stets freundlich und besonnen. Der Leiter der Rechtsmedizin in Oldenburg hingegen blickte sie am Sonntagmorgen bereits beim Betreten seines Refugiums aus deckenhoch gekachelten Wänden und grellem Neonlicht mit mürrischem Blick an. Womöglich konnte er es nicht leiden, an einem Wochenende zum Dienst gerufen zu werden. Büttner aber hatte darauf gedrängt, dem brikettartigen Körper so schnell wie möglich einen Namen zuzuordnen.

„Moin." Büttner nickte dem dürren und bleichen Mann zu, der wie eine Kopie seiner sonst wohl üblichen Kundschaft aussah. Büttner stellte sich und seinen Assistenten vor und wartete darauf, dass dies auch sein Gegenüber tat, doch außer einem unwilligen Brummen kam nichts. Büttner räusperte sich und fragte direkt: „Und mit wem haben wir das Vergnügen?"

„Hätten Sie das Schild gelesen, wüssten Sie es." Der Arzt deutete auf die Tür. „Aber ist natürlich ein bisschen viel verlangt von den Herren Gesetzeshütern."

Büttner runzelte die Stirn, während Sebastian Hasenkrug das Ganze aus unerfindlichem Grund lustig zu finden schien, denn seinem Mund entwich ein amüsiertes Glucksen.

„Graf", murmelte der Arzt. Oder so was Ähnliches. Graf war zumindest das, was Büttner verstanden hatte. Das konnte aber auch daran liegen, dass dieser Mann eine gewisse Ähnlichkeit mit Graf Zahl aus der Sesamstraße aufwies. Die gleiche spitze Nase, der gleiche breite Mund. Ja, selbst die Eckzähne stachen ungewöhnlich lang aus dem Gebiss hervor. Aber eigentlich war es ja auch egal, denn Büttner hatte ohnehin nicht vor, ihn näher kennenzulernen. Zunächst hatte er sogar überlegt, die Angelegenheit telefonisch abzuhandeln, doch hatte er sich dann dagegen entschieden. In diesem Fall schien es ihm vernünftiger zu sein, sich selbst ein Bild vom Leichnam zu machen.

Wortlos schlug der Rechtsmediziner die grüne Decke zurück, unter der das Brandopfer verdeckt lag. Büttner verzog das Gesicht, als er das verschrumpelte Etwas in Augenschein nahm. Mit einem Menschen hatte die klumpige Masse nicht mehr allzu viel gemein. Auch sah sie aus, als würde sie sofort zu Staub zerfallen, wenn man sie berührte, aber das hatte Büttner ja sowieso nicht vor. „Irgendwelche Hinweise, um wen es sich bei diesem … ähm … Brikett handeln könnte?", fragte er, als der Arzt keine Anstalten machte, von sich aus etwas zu erläutern.

„Noch nicht. Ist nicht besonders viel zu erkennen. Warte noch auf den Zahnabgleich." Graf Zahl tippte mit dem Finger auf den vorderen Bereich des Schädels oberhalb der Nase und schien plötzlich ganz in seinem Element zu sein, denn er geriet ins Plaudern. „Würde aber mal behaupten, dass ihm jemand das Nasenbein ins Hirn gerammt hat. Gut möglich, dass er daran gestorben ist. Denke nicht, dass er durch das Feuer ums Leben kam. Das diente vermutlich nur dem Vernichten der Spuren. Aber das rauszufinden, ist Ihr Job."

Büttner brauchte ein paar Sekunden, bis ihm die Bedeutung dieser Erläuterung aufging. Dann jedoch spürte er, wie ihm der kalte Schweiß ausbrach. Das konnte doch nicht sein! Er warf Hasenkrug einen hilfesuchenden Blick zu. Auch der schien die Tragweite der Worte gerade begriffen zu haben, denn er stieß hörbar die Luft aus und bohrte dann seine Schneidezähne in die Unterlippe. „Schöner Mist", murmelte er kaum hörbar. Lauter fragte er: „Kann das als gesichert gelten?"

„Zu über neunzig Prozent, würde ich sagen. Es sei denn, das Opfer hatte eine angeborene Form der Schädeldegeneration. Was ich nicht zu beurteilen vermag, solange ich nicht weiß, um wen genau es sich handelt."

Hasenkrug räusperte sich nach einem entschuldigenden Blick auf seinen Chef. „Es könnte tatsächlich der Mann sein, nach dem wir fahnden. Hartmut Schröder."

Der Arzt zog nachdenklich die Stirn in Falten. „Ist das nicht der mit der Fahrerflucht?"

„Ja. Er … er hatte solch eine Verletzung, als er ins Auto stieg."

„Ach ja?" Graf Zahl hob fragend die Brauen. „Und woher wissen Sie das?"

„Zeugenaussage", antwortete Hasenkrug knapp.

„Interessant." Der Arzt pulte und drückte noch einmal am verkohlten Schädel herum. „Ja, in der Tat, es könnte ein Faustschlag gewesen sein oder so was. Ist gar nicht so selten, dass das zeitverzögert zum Tode führt. In diesem Fall wäre es besser gewesen, er wäre gleich tot umgekippt, dann hätte er wenigstens niemanden mehr über den Haufen fahren können."

„Schöner Mist", murmelte Hasenkrug.

Nun, dem konnte sich Büttner nur anschließen. Er verfolgte das Gespräch nur noch wie durch einen Nebel. Ihm war schlecht, sein Kopf dröhnte wie von einer Keule getroffen, seine Gedanken schlugen Purzelbäume. Konnte es tatsächlich sein, dass er selbst den Tod von Hartmut zu verantworten hatte? „Ich … ich muss hier raus", stieß er hervor, und noch ehe jemand etwas erwidern konnte, hatte er bereits den Raum verlassen.

„Was hat er denn? Ist er immer so sensibel?", hörte er Graf Zahl noch mit spöttischem Tonfall sagen, die Antwort seines Assistenten aber hörte er nicht mehr.

„Alles klar, Chef?", fragte Hasenkrug, als er kurze Zeit später zu Büttner ins Auto stieg.

„Ja, natürlich, alles super. Ging mir nie besser", stöhnte der und wischte sich mit in den Nacken gelegtem Kopf müde durchs Gesicht. Seine Finger zitterten. „Das ist eine Katastrophe, Hasenkrug, eine verdammte Katastrophe."

„Es kann auch alles ganz anders gewesen sein", versuchte Hasenkrug, ihn zu beschwichtigen, doch klang er dabei alles andere als überzeugt. „Und vielleicht handelt es sich bei dem Stück Kohle ja gar nicht um Hartmut Schröder."

„Natürlich nicht", erwiderte Büttner. „Rolls-Royce-Fahrer

mit eingeschlagener Nase fahren ja zu tausenden auf unseren Straßen herum. Kein Grund, sich Sorgen zu machen."

„Es … es tut mir leid, Chef."

„Das weiß ich. Mir auch. Die Frage ist, was wir jetzt tun."

Hasenkrug schwieg einen Moment, dann sagte er: „Nun warten wir erst mal ab, was bei dem Zahnabgleich herauskommt. Erst wenn es sich wirklich um Hartmut Schröder handelt, müssen wir nach einer … hm … Lösung suchen."

„Machen wir uns nichts vor, in diesem Fall gibt es nur eine Lösung", erwiderte Büttner ungeschminkt. „Man wird mir den Fall entziehen. Vermutlich werde ich sogar bis auf weiteres vom Dienst suspendiert und es wird ein internes Ermittlungsverfahren gegen mich eingeleitet."

„Das heißt aber nicht, dass man Ihnen ein Verbrechen anlastet. Schließlich haben Sie in Notwehr gehandelt. Alles andere müsste man Ihnen erst einmal beweisen." Hasenkrug klang, als müsste er nicht nur seinem Vorgesetzten, sondern auch sich selber Mut zusprechen.

„Und nun?" Büttner sah seinen Assistenten fragend an. Er hatte sich selten so hilflos gefühlt.

„Und nun fahren wir einen Kaffee trinken. Sie sehen aus, als könnten Sie einen gebrauchen."

„Gibt es auch einen Schokoriegel dazu?"

„So viele Sie wollen."

„Danke."

Hasenkrug startete den Motor und fuhr los. Eine ganze Weile schwiegen beide und blickten starr vor sich auf die Straße und die vorbeiziehenden Häuser. „Da wir schon mal in Oldenburg sind, könnten wir nach dem Kaffee auch gleich mal dem einen oder anderen aus der Wohngruppe – Sie wissen schon, der Wollsockenfraktion, wie Sie sie nannten – einen Besuch abstatten", schlug er schließlich vor. „Ich hab das mit den Oldenburger Kollegen abgeklärt, das geht okay."

„Sie sind auf Zack", stellte Büttner fest. „Aber woher wissen wir denn, wer zu dieser Wohngruppe gehört?"

„Das habe ich inzwischen herausgefunden. War nicht besonders schwer. Die geprellten Mitglieder betreiben eine Homepage, auf der sie das ihnen zuteilgewordene Unrecht beklagen und Gerechtigkeit fordern."

„Hm. Und wen von denen besuchen wir?"

„Einen gewissen Viktor Eisenroth."

„Warum ausgerechnet den?"

„Wie es sich für einen gut organisierten Zusammenschluss deutscher Mitbürgerinnen und Mitbürger gehört, verfügt auch dieser über einen gewählten Sprecher. Und der heißt Viktor Eisenroth."

„Aber zuerst einen Kaffee."

Hasenkrug nickte. „Zuerst einen Kaffee. Mit einer Familienpackung Schokoriegel." Er lenkte sein Fahrzeug auf den Hof eines Cafés. „Ich denke mal, dass wir hier richtig sind." Er deutete auf ein Schild, auf dem hausgemachte Buttercremetorte angepriesen wurde. „Vielleicht passt die ja auch noch in Sie rein."

Büttner lächelte. „Manchmal kann ich Sie richtig gut leiden, Hasenkrug."

Als sie schließlich im Café an einem Tisch saßen und ihre Bestellung aufgegeben hatten, checkte Sebastian Hasenkrug seine E-Mails und Textnachrichten.

„Irgendeine Spur von Antje Peters?", fragte Büttner.

„Nichts."

„Sie kann sich doch nicht in Luft aufgelöst haben."

„Und ohne Auto muss sie sich anderweitig fortbewegen. Aber da gibt es natürlich tausend Möglichkeiten." Hasenkrug legte sein Smartphone auf den Tisch. „Für einen kurzen Moment hatte ich befürchtet, dass sie womöglich im Kofferraum des Rolls-Royce gefunden wird."

Büttner nickte. „Ja, solche Gedanken kamen mir auch schon. Vor allem will es mir einfach nicht in den Kopf, dass Hartmut und sie womöglich eine Zigarette zusammen geraucht haben. Das würde ja bedeuten, dass die beiden sich kannten. Doch woher? Was könnte eine drogenabhängige Prostituierte wie Antje Peters mit einem Immobilienhai wie Hartmut Schröder zu tun haben?"

„Oh, da würde mir eine ganze Menge einfallen", bemerkte Hasenkrug und zog eine Grimasse. „Die Herren Wichtigwichtig treiben sich doch alle gerne in einschlägigen Etablissements herum oder halten sich junge Geliebte, um sich selbst und der Welt zu beweisen, dass sie echte Kerle sind. Gut möglich, dass sich auch die beiden auf diese Art begegnet sind."

Die Kellnerin stellte Kaffee und Kuchen vor ihnen ab. „Guten Appetit wünsche ich."

Büttner nickte ihr abwesend zu. „Angeblich ist Antje Peters seit zwei Jahren clean", gab er zu bedenken, nachdem die Frau gegangen war. Er griff nach seiner Gabel und schob sich einen großen Bissen Torte in den Mund.

„Dennoch kann sie ja weiterhin ihren Körper verkaufen", entgegnete Hasenkrug.

„Und dafür treffen sich die beiden mitten in der Nacht

vor meiner Haustür?", fragte Büttner zweifelnd. „Noch dazu in Begleitung ihres Freundes? Scheint mir eher abwegig zu sein."

„Manche stehen auf flotte Dreier."

„Komischer Dreier, bei dem einer vom anderen totgefahren wird."

„Stimmt."

„Es gibt nur eine, die uns erzählen kann, wie es tatsächlich war", meinte Büttner, „und das ist Antje Peters."

„Na, dann wollen wir mal das Beste hoffen", erwiderte Hasenkrug. Er wischte sich mit der Serviette Milchschaum von der Oberlippe. „Wenn sie allerdings auch tot ist, werden wir wohl nie erfahren, was wirklich passiert ist."

„Wenn sie nicht tot ist, musste sie womöglich mit ansehen, wie ihr Freund überfahren wurde."

„Ja. Aber es besteht auch die Möglichkeit, dass sie an dem Mord beteiligt war. Womöglich saß sie bei Schröder im Auto. Vielleicht wollte sie Max aus irgendeinem Grund loswerden."

Büttner nahm einen Schluck Kaffee, dann sagte er: „Ich stelle fest, wir tappen ziemlich im Dunkeln."

„Ja. Solange Antje nicht wieder auftaucht, können wir über ihre Rolle nur spekulieren. Es sei denn, es findet sich jemand, der plaudert. Aber ihr näheres Umfeld ist ja bereits von den Kollegen befragt worden. Ohne Erfolg. Das ist alles wenig befriedigend, wenn Sie mich fragen." Hasenkrug winkte der Kellnerin, ihm ein Glas Wasser zu bringen. „Möchten Sie auch eins?", fragte er seinen Chef.

„Nee, lieber eine Flasche Whiskey."

„Hm." Hasenkrug schüttelte in Richtung der Kellnerin den Kopf.

Büttner rührte nachdenklich in seinem Kaffee herum. „Ich frage mich, wie lange wir das mit Hartmuts tödlicher Verletzung geheim halten können", sagte er leise. „Ich hätte zumindest noch gerne die Chance, weiter an der Sache dranzubleiben. Schließlich bin ich ja irgendwie persönlich betroffen." Er seufzte. „Inzwischen sogar mehr, als mir lieb ist."

„Allzu lange werden wir den Bericht von Doktor Graben …"

„Wer ist Doktor Graben?", unterbrach Büttner ihn.

„Der Oldenburger Rechtsmediziner mit dem sympathischen Wesen. Ich habe auf dem Schild nachgesehen, als ich rausging."

„Ach, Graf Zahl."

Hasenkrug grinste breit. „Ist Ihnen die Ähnlichkeit auch aufgefallen?"

Büttner grinste zurück. „War sie denn zu übersehen?" Dann aber wurde er gleich wieder ernst. „Aber Sie haben recht. Vermutlich handelt es sich nur noch um Stunden, bis definitiv klar ist, dass es sich bei dem Brikett um Hartmut Schröder handelt. Die Zeit sollten wir nutzen und in diese paar Stunden so viel Ermittlungsarbeit wie möglich hineinpacken. Vielleicht … vielleicht kommt es für mich ja gar nicht so schlimm." Als Hasenkrug ihn nur mit einem unergründlichen Gesichtsausdruck ansah, fügte er hinzu: „Okay, es wird schlimm kommen. Umso wichtiger ist es, dass wir gründlich arbeiten. Schließlich war es nicht ich, der das Fahrzeug angesteckt hat. Es sind also noch andere Personen im Spiel. Der Vater von Max Staudtner zum Beispiel, der von dem verbrannten Auto und womöglich auch von Schröders Leiche schon zu wissen schien, als wir noch nichts davon gehört hatten. Hm. So war zumindest mein

Eindruck. Gott sei Dank war ich zu der Zeit, als es passierte, mit Ihnen zusammen. Nicht auszumalen, was passieren würde, wenn ich kein Alibi hätte."

„Insofern könnte sich der Brand sogar noch als Glücksfall herausstellen", meinte Hasenkrug. „Immerhin lebte Schröder noch, als er Ihr Haus verließ. Ja, es muss definitiv noch jemand anderes ein Interesse gehabt haben, Schröder für immer beiseitezuschaffen. Auch wenn es dafür weiß Gott schlauere Methoden gibt, als jemanden zu verbrennen."

„Sehen Sie, Hasenkrug", sagte Büttner mit einem bitteren Unterton in der Stimme, „und genau deswegen kann ich es schon nicht gewesen sein. Wenn jeder Mörder so intelligent wäre wie ich, würde die Polizei nämlich keinen Mord mehr aufklären."

„Wie schön, dass Sie Ihren Humor noch nicht verloren haben, Chef."

„Das sieht nur so aus." Büttner legte einen Geldschein auf den Tisch und stand auf. „Carpe diem, Hasenkrug", sagte er. „Wir haben nicht viel Zeit."

9

Viktor hatte geglaubt, er würde es durchstehen. Heute Vormittag beim Frühstück der Gruppe Mehrgenerationenwohnen aber hatte er schnell bemerkt, dass das Gute-Miene-zu-bösem-Spiel-machen nicht sein Ding war. Zumindest nicht in diesem Fall, denn der ging ihm viel zu sehr unter die Haut.

Dass dieser Saukerl tot war, geschenkt. Er hatte es nicht anders verdient. Natürlich war sein Ableben nicht geplant gewesen, aber immerhin hatte es nicht den Falschen getroffen. Er hätte es anders haben können, aber durch das, was er Max und Antje angetan hatte, hatte er sich selbst disqualifiziert. Wer Bockmist baute, musste mit den Konsequenzen leben, so war es nun mal. Möge man ihm in der Hölle ordentlich einheizen.

Dennoch war nicht zu übersehen, dass die Sache völlig aus dem Ruder lief. Seit Max' Tod hatte Viktor kein Auge mehr zugetan. Alles war so verworren, dass es in seinem Hirn nur noch Krautsalat gab. Alle Fäden liefen durcheinander, seine Gedanken folgten keiner logischen Ordnung, sondern verhedderten sich mit jeder Sekunde mehr. Zu schade, dass es keinen Reset-Knopf gab, der alles wieder auf Anfang stellte. Denn wenn es mit seinem wirren Denken so weiterging, dann würde das Chaos, das sich daraus ergab, immer größer werden. Nie war es wichtiger gewesen, den Durchblick zu behalten, als in dieser Situation. Doch er versagte kläglich. Es war wirklich zum Verrücktwerden.

Viktor ging in die Küche seiner im zweiten Stock gelegenen Oldenburger Mietwohnung, um sich einen Kaffee zu machen. Zwar hatte er auch bei Ilses Frühstück schon mindestens einen Liter Kaffee getrunken, doch konnte er derzeit von dem Zeug gar nicht genug bekommen. Irgendwie musste er schließlich wachbleiben, auch wenn er sich nichts sehnlicher wünschte, als einfach nur für ein paar Stunden tief und fest zu schlafen. Doch das gelang ihm noch weniger, als einen klaren Kopf zu behalten.

Es klingelte an der Tür. Viktor lief zur Gegensprechanlage und drückte auf den Knopf: „Ja?"

„Ich bin's, Harry. Mach auf!"

Viktor schloss die Augen und atmete tief durch. Der hatte ihm gerade noch gefehlt! Kurz überlegte er, ihn einfach unten vor der Haustür stehen zu lassen, doch wusste er, dass das nichts bringen würde. Harry gehörte zu der Sorte Mensch, die einen nicht in Ruhe ließen, solange sie nicht das bekamen, was sie wollten. Nicht umsonst war er im heiß umkämpften Rotlichtmilieu eine Größe geworden, mit der zu rechnen war. Kaum einer traute sich noch, ihm Kontra zu geben. So mancher, der es versucht hatte, weilte nicht mehr unter den Lebenden. Selbst die Bullen schienen einen weiten Bogen um ihn zu machen. Es dürfte schon mindestens ein Jahr her sein, dass er von ihnen das letzte Mal „vorgeladen" worden war. Und nun stand genau dieser Typ vor seiner Haustür. Na prima. Viktor hätte es wissen müssen, nach allem, was passiert war.

Viktor machte per Knopfdruck die Haustür auf und hörte gleich darauf Schritte auf der knarzenden Holztreppe. Gemächliche Schritte. Harry hatte es nicht nötig, sich zu beeilen, denn jeder, der bei klarem Verstand war, würde sowieso nicht abhauen, wenn er vorsprach. Es sei denn, er war suizidal veranlagt.

Ohne ein Wort stieß Harry zur Begrüßung seine Faust gegen die von Viktor. Seinem Gesichtsausdruck war nicht anzusehen, in welcher Stimmung er war. Der knapp vierzigjährige Mann machte wie immer einen auf smart. Schwarzer Anzug, weißes Hemd mit offenem Kragen, das dunkle Haar mit Gel hinter den Ohren gebändigt, die Sonnenbrille über die Stirn geschoben, im Mund eine Zigarette. Auf der Straße würde man ihn vermutlich für einen Geschäftsmann oder Banker halten. Mit gespreizten Beinen, die Hände in den Hosentaschen vergraben, stand er da und musterte mit schmalen Augen den Hausflur. Er sah Viktor an und hob und senkte in einer schnellen Bewegung den Kopf. Viktor deutete auf die Küchentür. „Da lang", sagte er und bemühte sich um eine feste Stimme. „Gibt frischen Kaffee."

„Hab gehört, du willst hier ausziehen", war das Erste, was Harry sagte, nachdem Viktor ihm eingeschenkt hatte. „Mehrgenerationenwohnen. Coole Sache, wie man hört. Hab schon überlegt, dir meine Mutter mitzugeben. Könnte ein bisschen Gesellschaft gebrauchen, die Gute."

Viktor war sich nicht sicher, ob Harry das ernst meinte, also fragte er nur: „Warum bist du hier?", und setzte sich Harry gegenüber. „Doch nicht wegen deiner Mutter."

„Du weißt, warum ich hier bin." Harry nahm einen

Schluck Kaffee und verzog das Gesicht. „Bäh! Was ist denn das für eine Plörre?" Er stellte den Becher wieder auf den Tisch und grinste Viktor an. „Willst mich wohl vergiften?"

Viktor spürte, dass dies nicht der richtige Moment war, um sich dummzustellen. „Ich hab keine Ahnung, wo Antje ist", erklärte er ohne Umschweife.

Harrys Grinsen nahm nun fast schon teuflische Züge an. „Hab ich mir gedacht, dass du das sagst." Er legte die Unterarme auf den Tisch und beugte sich vor. „Wer sollte es denn sonst wissen, wenn nicht du? Ich glaube dir kein Wort."

„Dein Problem. Ich weiß es trotzdem nicht." Viktor hatte gehofft, dass Harry es endlich aufgegeben hätte, Antje wieder zu sich zurückholen zu wollen. Mehrere Jahre, schon im Teenageralter, war sie für ihn anschaffen gegangen, hatte dann aber entschieden, auf eigene Rechnung zu arbeiten – was Harry naturgemäß nicht sonderlich gefallen hatte. Allerdings hatte er für Antje schon immer ein ganz besonderes Faible gehabt, sodass er zwar damit gedroht hatte, ihr diese Untreue heimzuzahlen, außer dass er ihr ständig irgendwo aufgelauert und sie beschimpft hatte, war aber nichts geschehen. Warum, wusste keiner genau zu sagen. So manch andere Nutte hätte sich diese Zurückhaltung von ihm gewünscht. Die zahlreichen Hämatome und Platzwunden aber, die sie aufzeigten, wenn sie ihm blöd gekommen waren, zeugten davon, dass Antje bei ihm einen Sonderstatus genoss. Fast hätte man sie deswegen als Glückskind bezeichnen können, wäre ihre Vergangenheit nicht die reinste Hölle gewesen.

„Du weißt also nicht, wo Antje ist, soso." Harry zog einen Mundwinkel nach oben, was seinem Gesichtsausdruck etwas Spöttisches gab. Er legte seinen rechten Arm über die Stuhllehne und rutschte mit ausgestreckten Beinen nach vorne. Er hing mehr auf dem Stuhl, als dass er saß. Vermutlich sollte das lässig aussehen, machte aber auf Viktor eher einen unbequemen Eindruck. „Gib mir eine Zigarette", verlangte er, nachdem er seine vorherige in der Erde einer Topfpflanze ausgedrückt hatte. Viktor reichte ihm eine und gab ihm Feuer.

„Ist ein komisches Ding, das mit diesem Rolls-Royce-Fritzen", meinte Harry. Er kniff die Augen zusammen, als etwas Zigarettenrauch hineingeriet. „Man kriegt ja nicht viel zu hören in den Nachrichten, aber ich hab mal meine Leute losgeschickt. Ist tot, der Kerl. In seiner Luxuskarosse verbrannt. Ein Scheißende, wenn du mich fragst." Er schnippte die Asche seiner Zigarette auf den Küchenboden. „Möchte mal wissen, womit er das verdient hat."

„Ja, klingt nach Stress, den er gehabt hat. Mit wem auch immer."

„Stress. Hm. Ja." Harry schaute ihn sekundenlang nur an. „Möchte mal wissen, warum du das gemacht hast."

Viktor schnaubte. „Ich? Was hab denn ich mit dem Kerl zu tun?"

„Sag's mir."

„Außer, dass er uns mit dem Grundstück beschissen hat, weiß ich nichts über ihn."

„Wenn das alles wäre, dann hätte er Antjes neuen Stecher nicht plattgemacht. Wie hieß der noch gleich?"

„Max."

Harry nickte. „Max. Ja. Blöd gelaufen für ihn."

„Kann man so sagen." Viktor konnte überhaupt nicht

einschätzen, wie viel Harry von der Angelegenheit wusste. Und ganz gewiss würde Harry sein Wissen nicht ausgerechnet ihm auf die Nase binden. Völlig klar dürfte hingegen sein, dass ihm Max im Grunde scheißegal war. Das Einzige, was ihn interessierte, war offensichtlich, was mit Antje passiert war. Viktor hoffte, dass Harry nicht versuchen würde, eine Antwort von seinen Schlägern aus ihm herausprügeln zu lassen. Schließlich hätte auch Viktor selbst viel darum gegeben, zu wissen, wo sie sich aufhielt. Aber das würde Harry ihm vermutlich nicht glauben.

„Wenn Antje was passiert ist, mache ich dich dafür verantwortlich." Harry sagte es so ruhig, als würde er übers Wetter referieren.

Viktor schluckte schwer. „Wieso mich?" Seine Stimme hatte zu zittern begonnen. „Ich weiß bis heute nicht, warum sich die drei getroffen haben."

„Du weißt also nicht, warum sie zu ihm ins Auto gestiegen ist?" Harry setzte seinen gefürchteten Adlerblick auf, mit dem er Menschen fixierte wie eine Beute, die es zu erlegen galt. Und als genau diese hatte er Viktor vermutlich gerade identifiziert.

„Sie soll bei Schröder ins Auto gestiegen sein? Warum hätte sie das tun sollen?" Viktor bemühte sich, so verwundert wie möglich zu klingen.

„Sag du's mir."

Viktor donnerte mit der Faust auf den Tisch und legte so viel Nachdruck wie möglich in seine Stimme. „Herr Gott noch mal, Harry, ich hab mit der Sache nichts zu tun, okay? Keine Ahnung, wie da was miteinander zusammenhängt. Ich hoffe verdammt noch mal nur, dass Antje noch lebt und dass es ihr gutgeht!" Er starrte Harry nun seinerseits an. „Aber was mich wirklich interessieren würde: Woher weißt du denn, dass sie zu Schröder ins Auto gestiegen ist? Warst du etwa dabei?"

Harry blies ihm den Rauch seiner Zigarette mitten ins Gesicht, dann senkte er den Kopf und schaute ihn von unten herauf an. „Ich hab meine Leute. Schon vergessen? Glaub mir, ich weiß immer, was Antje macht."

„Ach ja?" Viktor lachte hämisch auf. „Und deshalb fragst du dauernd nach ihr? Wenn du weißt, wo sie ist, dann verrate es mir, ich wüsste es nämlich auch gerne."

„Gib mir dein Handy!"

„Was?"

„Du sollst mir dein Scheißhandy geben." Harry machte eine fordernde Bewegung mit seinen Fingern.

„Aber …"

Als Harry nun aufstand und drohend auf ihn zukam, wollte Viktor es lieber nicht darauf ankommen lassen. Er war zwar auch kein Waisenknabe, wenn es darum ging, sich gegen andere zur Wehr zu setzen, doch gegen Harry würde er keine Chance haben. Womöglich trug er sogar eine Waffe mit sich herum. Also zog Viktor sein Handy aus der Hosentasche und reichte es ihm.

Harry wischte und tippte für eine Weile auf dem Display herum, dann nickte er und gab es ihm zurück. „Okay. Glück gehabt."

Viktor atmete innerlich auf. Er wusste genau, was Harry hatte überprüfen wollen, nämlich ob er seit Antjes Verschwinden Kontakt mit ihr gehabt hatte. Nun, da musste er schon früher aufstehen, denn genau so etwas hatte Viktor vorausgesehen. Schließlich kannte er Harry nicht erst seit gestern. „Sag ich doch, dass ich nicht weiß, wo sie ist", brummte er und ließ sein Handy demonstrativ auf dem Tisch liegen zum Zeichen, dass er nichts zu verbergen hatte.

Harry beugte sich zu ihm herab und hielt ihm den Zeigefinger dicht vor die Nase. „Wenn du mich verarschst, dann mache ich eine von deinen Omas kalt."

„Was?" Viktor spürte, wie eine Gänsehaut seinen Körper überzog.

Harry richtete sich wieder auf und zupfte sein Jackett zurecht. „Du hast mich schon verstanden. Für jeden Versuch, mich zu verarschen, wird eine deiner Omas, mit denen du am Sonntag immer so nett frühstückst, ins Gras beißen. Plötzlich und unerwartet, aber keineswegs unblutig. Gut möglich, dass dann alle Spuren zu dir führen. Knast statt fröhliches Mehrgenerationenwohnen. Na, wie würde dir das schmecken?"

„Das würdest nicht mal du bringen", krächzte Viktor. Sein Mund fühlte sich plötzlich staubtrocken an.

Harry warf den Kopf in den Nacken und lachte auf. „Lass es besser nicht darauf ankommen, Viktor." Wieder schnellte sein Zeigefinger vor. „Noch mal: Wenn Antje auch nur ein Haar gekrümmt wurde, dann mache ich dich dafür verantwortlich. Hör dich in meinem Kiez um, wenn du wissen willst, wie es aussieht, wenn ich meine Drohungen wahrmache."

Nun, das musste Viktor nicht, denn er hatte nicht nur eines von Harrys Opfern leibhaftig zu Gesicht bekommen. Fest stand nur, dass er, wenn Harry dahinterkam, was er in den letzten Tagen getrieben hatte, gründlich in der Scheiße

saß. Also musste Antje so schnell wie möglich wieder auftauchen. Nur hatte Viktor nicht den blassesten Schimmer,
wie er dafür sorgen sollte.

10

Auf der Treppe des Mehrfamilienhauses kam ihnen ein Mann im Anzug entgegen, der sie lächelnd grüßte. Hauptkommissar David Büttner lächelte wortlos zurück, doch sagte ihm eine innere Stimme, dass an diesem Kerl irgendetwas faul war. Nach Jahrzehnten im Polizeidienst täuschte ihn seine Menschenkenntnis nur selten.

„Rotlichtmilieu", murmelte Sebastian Hasenkrug, als der Mann die Haustür hinter sich ins Schloss hatte fallen lassen.

„So was in der Art war auch mein Eindruck", nickte Büttner. „Aber Gott sei Dank hat er uns nicht zu interessieren."

„Es sei denn, bei ihm handelt es sich um Viktor Eisenroth."

„Meinen Sie?" Büttner sah über die Schulter zurück. Der Mann war längst verschwunden.

„Vielleicht hätten wir ihn fragen sollen."

„Ein Mann, der mit einer Wollsockenfraktion in ein Mehrgenerationenhaus zieht, trägt am helllichten Tag keinen Anzug", behauptete Büttner. „Das würde mein ganzes Weltbild auf den Kopf stellen."

Sie waren im zweiten Stock angekommen. Büttner war völlig außer Atem, während man Hasenkrug keine der Treppenstufen anmerkte. „Sie sollten mir mal Ihr Trainingsprogramm verraten", keuchte Büttner, die Hände auf den Knien abgestützt.

„Das würde Sie nur in eine tiefe Depression stürzen", konterte Hasenkrug. „Schauen Sie mal, hier sind wir richtig." Ohne noch weiter auf seinen japsenden Chef zu achten, schritt er auf die Wohnungstür zu, auf dessen Klingelschild der Name Eisenroth stand. Er drückte auf den Klingelknopf, ein sonorer Ton erklang. Nur wenige Sekunden später wurde die Tür schwungvoll geöffnet.

„Was gibt's denn jetzt noch, Harry …?" Der Mann mit eindeutig osteuropäischem Akzent stutzte. „Ach so, entschuldigen Sie … ähm … Sie wünschen?"

„Ist Harry der Mann, der uns gerade auf der Treppe entgegenkam?", fragte Büttner. „So einer im Anzug?"

„Ich wüsste nicht, was Sie das angeht." Wie auf Kommando verschloss sich der Gesichtsausdruck des Mannes und er verschränkte abweisend die Arme vor dem Körper.

Büttner zog seinen Dienstausweis aus der Tasche und stellte sich und seinen Assistenten vor. „Sind Sie Herr Eisenbraun?"

„Eisenroth", zischte Hasenkrug ihm zu. „Viktor Eisenroth."

Der Gefragte machte einen Schritt zur Seite. „Kommen Sie rein."

Diese Aufforderung nahm Büttner als ein Ja. Er betrat hinter Eisenroth die Wohnung. Vom Flur aus konnte er in zwei Zimmer sehen, sie wirkten freundlich und aufgeräumt. Auch die Küche, die sie jetzt betraten, war modern und sauber. Insgesamt kein Vergleich mit dem, was sie bei Max' Eltern vorgefunden hatten. Eisenroth wies auf zwei Stühle und sie setzten sich.

„Was führt Sie zu mir?" Ihr Gastgeber blieb an die Küchenzeile gelehnt stehen. Er musterte sie mit offenem

Blick, keine Spur von Misstrauen oder Nervosität. Sowieso machte der Mann mit den slawischen Gesichtszügen und dem schütteren Haar auf Büttner einen recht sympathischen Eindruck, auch wenn er für seinen Geschmack ein bisschen zu viel Zeit im Fitnessstudio zu verbringen schien, denn seine Oberarme waren aufgeblasen wie Ballons. Auch seine ebenso zahlreichen wie düsteren Tattoos, die sich über Arme und – wie man an den Rändern des T-Shirts erkennen konnte – anscheinend auch über Brust und Rücken zogen, gefielen ihm nicht. Aber daraus konnte man wohl kaum auf seinen Charakter schließen. Allerdings sah er ganz und gar nicht nach Wollsockenfraktion und Mehrgenerationenhaus aus, aber auch das hatte er nicht zu beurteilen.

Als Eisenroth nicht sofort eine Antwort bekam, fragte er: „Geht es um Hartmut Schröder?"

„Ja. Sie wissen, dass er gesucht wird?" Büttner hielt bewusst die Info zurück, dass Schröder vermutlich die verbrannte Leiche war. Noch lag ihnen darüber ja auch noch keine gesicherte Auskunft vor.

Eisenroth zog eine Grimasse. „Weiß irgendjemand in Deutschland nicht, dass er gesucht wird?"

„Vermutlich nicht", musste Büttner zugeben. „Aber das war ja auch unsere Absicht."

„Und? Haben Sie den Drecksack gefunden?"

„Wie wir hörten, hatten Sie Stress mit Schröder", ging Büttner nicht auf die Frage ein.

Eisenroths Gesicht umwölkte sich. „Ja, allerdings, das kann man so sagen. Er hat uns – also meine potenzielle WG und mich – um jede Menge Geld betrogen. Und nun ja anscheinend auch noch einen jungen Mann totgefahren." Er schüttelte langsam den Kopf. „Was für ein erbärmliches Arschloch, aber ehrlich jetzt. Ich hoffe, Sie schnappen ihn bald. Der ist doch 'ne Gefahr für die Menschheit, so skrupellos wie der ist."

„Haben Sie Max Staudtner gekannt?", fragte Hasenkrug.

„Wer soll das sein?"

„Der junge Mann, der von Schröder überfahren wurde", klärte Hasenkrug ihn auf.

Büttner meinte, ein kurzes nervöses Flackern in Eisenroths Augen gesehen zu haben, als Max' Name fiel, aber ganz sicher war er sich nicht.

„Nee, keine Ahnung, woher soll ich den kennen?" Viktor Eisenroth setzte sich zu den beiden Beamten an den Tisch. Er sah von einem zum anderen. „Sowieso glaube ich nicht, dass ich Ihnen in dieser Sache weiterhelfen kann. Schließlich kann ich Schröder nicht herbeizaubern."

„Und Antje Peters? Sagt Ihnen der Name etwas?"

Nun war sich Büttner sicher, dass Eisenroth auf diesen Namen reagiert hatte, auch wenn er sagte: „Nein. Auch nie gehört. Außer im Radio natürlich, wo ständig von einer Antje die Rede ist." Zwischen seinen Augenbrauen bildete sich eine steile Falte. „Bestimmt hat Schröder die auch um die Ecke gebracht. Oder was glauben Sie?"

„Uns interessiert nur das, was wir wissen, nicht das, was wir glauben", erwiderte Büttner. Er beschloss, nicht weiter nach Max und Antje zu fragen, denn ganz sicher würde Eisenroth nicht von seiner Behauptung abweichen, sie nicht zu kennen. Welchen Grund auch immer er dafür hatte, es zu verschweigen. Aber sie würden schon herausfinden, warum er sie diesbezüglich anlog. Wenn Eisenroth die beiden kannte, dann würde es in seinem Umfeld Menschen geben, die das auch wussten und die reden würden. Womöglich sogar in der Wohngruppe.

Büttner beobachtete sein Gegenüber, der mit den Fingern die Holzmaserung des Tisches nachzeichnete, für ein paar Momente, dann sagte er: „Könnten Sie sich vorstellen, dass irgendjemand aus Ihrer Gruppe vom Mehrgenerationenwohnen in die Angelegenheit involviert ist?"

Eisenroth runzelte die Stirn. „Welche Angelegenheit meinen Sie denn genau?"

„Bevor Schröder verschwand, sagte er, er fühle sich verfolgt. Er fürchtete um sein Leben. In diesem Zusammenhang erwähnte er Ihre Wohngruppe und dass er deren Rache fürchte."

Eisenroth stutzte für einen Augenblick, dann legte er den Kopf in den Nacken und lachte. Nachdem er sich wieder beruhigt hatte, schlug er mit der flachen Hand auf den Tisch und fragte: „Wem hat er denn das aufgetischt? So eine abgebrühte und niederträchtige Kreatur wie Schröder soll sich von ein paar harmlosen Seniorinnen bedroht und verfolgt fühlen?" Wieder lachte er. „Und das haben Sie geglaubt? Muss ja ein überzeugender Zeuge gewesen sein, dass Sie sich trauen, so einer", er machte vor seinem Gesicht einen Scheibenwischer, „so einer völlig wahnwitzigen Behauptung überhaupt Beachtung zu schenken."

„In Ihrer Wohngruppe gibt es aber – so suggeriert es ja schon der Begriff Mehrgenerationenwohnen – nicht nur Seniorinnen", wandte Hasenkrug ein. „Schließlich gehören auch Sie ihr an." Er ließ seinen Blick an Viktors muskulösen Oberkörper herabwandern. „Und, ehrlich gesagt, sehen Sie nicht so aus, als könnten Sie sich nicht zur Wehr setzen."

„Oder jemanden aktiv bedrohen", ergänzte Büttner.

Eisenroth seufzte. „Nur weil ich ein paar Muskeln und Tattoos habe, bin ich noch lange nicht aggressiv. Das trifft übrigens auf alle Mitglieder unseres Wohnprojektes zu. Es geht dabei schließlich um ein friedliches und unterstützendes Miteinander und nicht darum, gemeinsam Intrigen gegen wen auch immer auszuhecken."

„Das haben Sie aber schön gesagt", brummte Büttner. „Ein friedliches und unterstützendes Miteinander. Fast hätte ich Lust, mir bei Ihnen ein Zimmer reservieren zu lassen."

Eisenroth hob gespielt bedauernd die Hände. „Tja, Pech, Herr Kommissar, wir sind leider ausgebucht."

„Wie viele Menschen gehören zu Ihrer Gruppe?", hakte Hasenkrug nach.

„Insgesamt sind wir zweiundzwanzig." Eisenroth zählte sie an seinen Fingern ab. „Vier Seniorinnen, zwei Senioren, meine Lebensgefährtin und ich, zwei alleinerziehende Frauen mit jeweils zwei Kindern, zwei Ehepaare mit einem Kind im Grundschulalter und zwei Teenies. Eine fürchterlich kriminelle Bande, wenn Sie mich fragen." Wieder lachte er, doch kam Büttner das Lachen aufgesetzt vor. Es schien fast, als wäre Eisenroth beim Aufzählen ein Gedanke gekommen, den er zu überspielen versuchte.

„Jetzt fehlen Ihnen nur noch das passende Grundstück und natürlich das passende Gebäude", stellte Hasenkrug fest. „Haben Sie schon Alternativen in Aussicht, nachdem es mit dem von Schröder versprochenen Grundstück nicht geklappt hat?"

„Nee." Eisenroth sah ihn finster an. „Woher sollen wir das wohl so schnell bekommen? Hier in Oldenburg spielt doch alles verrückt, wenn es um Grundstücke geht."

„Und da hat Sie das Angebot von Schröder nicht stutzig gemacht?", fragte Büttner. „Ich meine, es schien für Oldenburger Verhältnisse ein wahres Schnäppchen zu sein. Warum sollte solch ein Filetstück zum Spottpreis ausgerechnet an Sie gehen? An welchen Schrauben wurde da gedreht?"

„Wie meinen Sie denn das jetzt?"

„Menschen wie Schröder sind keine sozialen Wohltäter, sondern Immobilienhaie", erklärte Büttner. „Und damit so ziemlich das Geldgeilste und Skrupelloseste, was es in kapitalistisch geprägten Gesellschaftssystemen gibt. Von Bankern, Versicherern und Politikern mal abgesehen. Warum also sollte er Ihnen ein Grundstück unter Marktwert verkaufen, wenn er dafür auch locker das Doppelte an Geld bekommen könnte?"

Eisenroth zuckte die Schultern. „Vielleicht brauchte er noch ein paar Punkte auf seinem Karmakonto. Damit dürfte er nämlich ziemlich im Minus sein. Nach dem Mord an dem Jungen erst recht."

„Karmapunkte." Büttner schaute ihn ungläubig an. „Nicht Ihr Ernst."

„Dann suchen Sie sich was anderes aus. Bei Typen wie Schröder ist eins so wahrscheinlich wie das andere." Eisenroth kräuselte die Lippen, bevor er hinzufügte: „Aber Sie haben vermutlich recht. Er wollte uns von Anfang an über den Tisch ziehen. Und dafür kriegt er von uns seinen Allerwertesten aufgerissen." Er grinste. „Natürlich nur im Rahmen des gesetzlich Vertretbaren, versteht sich. Unsere Anwälte arbeiten dran."

„Und dieser Harry?", kam Hasenkrug noch mal auf ihre Begegnung im Treppenhaus zu sprechen. „Bewegt der sich auch im Rahmen des gesetzlich Vertretbaren?"

Eisenroths Grinsen war plötzlich wie weggewischt. „Keine Ahnung, was Sie meinen."

„Also nicht. Na ja, es dürfte nicht schwer sein, ihn in unserer Kartei zu finden."

Büttner entschied sich nach diesen Worten seines Assistenten für einen Bluff. „Im Rotlichtmilieu bleibt gemeinhin keiner lange ein unbeschriebenes Blatt. Nicht, wenn er wirklich jemanden darstellt. Und dieser Harry, das habe ich gleich gesehen, ist keiner vom Fußvolk, sondern spielt in der obersten Liga." Als er sah, dass Eisenroths Gesichtsfarbe bei diesen Worten um eine Spur blasser geworden war, fügte er hinzu: „Weiß man in Ihrer Wohngruppe eigentlich, dass Sie mit solchen Kreaturen Umgang pflegen?"

Statt einer Antwort warf Eisenroth einen Blick auf die über der Küchentür hängende Wanduhr. „War's das dann? Ich müsste nämlich gehen. Ich bin verabredet und würde ungern zu spät kommen."

„Ja, fürs Erste war's das." Büttner stand auf, ein verwundert dreinblickender Hasenkrug tat es ihm gleich. „Bitte halten Sie sich zu unserer Verfügung", gab Büttner Eisenroth mit auf den Weg. „Wir werden ganz sicher noch mehr Fragen an Sie haben."

Eisenroth deutete eine Verbeugung an. „Es wird mir ein Vergnügen sein."

„Ich trau dem nicht", sagte Hasenkrug, als sie wenig später über die Straße zu ihrem Auto liefen.

„Ach was", erwiderte Büttner, „das überrascht mich jetzt." Er öffnete die Beifahrertür und stieg ein. Dabei warf er einen unauffälligen Blick zu Eisenroths Fenster hinauf. Wie er sich gedacht hatte, stand der davor und schaute ihnen hinterher. „Fahren Sie los, Hasenkrug", sagte er. „Aber nur um die nächste Ecke. Dort parken Sie so, dass wir den Hauseingang noch im Blick haben. Ich wette, der Kerl kommt gleich raus."

„Sie meinen, er hat wirklich eine Verabredung, Chef? Ich hatte eher den Eindruck, er wollte uns loswerden."

„Natürlich wollte er das. Von der Verabredung hat er vermutlich erst etwas gewusst, als wir ihn nach diesem Harry gefragt haben. Mich interessiert ganz einfach, was er jetzt macht. Wenn er in der nächsten halben Stunde das Haus nicht verlässt, fahren wir zurück nach Emden. Wenn doch, dann bleiben wir ihm auf den Fersen."

Büttner behielt mit seinem Bauchgefühl recht. Es dauerte keine zehn Minuten, bis Eisenroth aus der Haustür trat, in den Hinterhof seines Hauses ging und wenig später mit seinem Auto an ihnen vorbeifuhr.

Hasenkrug fädelte sich in angemessenem Abstand in den Verkehr ein.

11

„Ich fahr in die Stadt rein." Arno Staudtner schob sein Pre-paid-Handy, mit dem er gerade noch telefoniert hatte, in die Innentasche seiner Cargoweste. Es gab interessante Neuigkeiten. Wie gut, dass er seine Informanten hatte.

„Was?" Seine Frau, die immer noch am Tisch saß und in ihr Taschentuch heulte, sah ihren Mann misstrauisch an. „Was willst du denn da?"

„Muss was rausfinden", lautete die knappe Antwort. Arno Staudtner sah sich mit gerunzelter Stirn in der Kü-che um. „Hast du mein Portemonnaie gesehen?"

„Was hab ich mit deinem Portemonnaie zu schaffen?"

„Wenn du da schon wieder Geld rausgenommen hast, dann ..." Er hob die Hand, als wollte er ihr eine Ohr-feige verpassen, sie aber sah ihn nur teilnahmslos an und zuckte nicht einmal mit der Wimper.

„Ich brauch einen Schnaps", verkündete sie und stand auf, um sich eine Flasche aus dem Gefrierfach zu neh-men.

„Vom Saufen wird's auch nicht besser." Arno Staudtner schnaubte verächtlich.

„Scheißegal, was ich jetzt mache", konterte Carmen, „unser Junge kommt sowieso nicht zurück." Sie brach er-neut in Tränen aus und sah ihren Mann aus flehenden

Augen an. „Sieh zu, dass du die findest, die unserem Jungen das angetan haben."

„Was glaubst du wohl, warum ich in die Stadt fahre?", brummte ihr Mann, der sein Portemonnaie gefunden hatte und es jetzt in eine der hinteren Hosentaschen schob. „Schröder war nur der Anfang. Der Rest von der Bagage ist so gut wie tot. Und wenn ich diese Schlampe in die Finger krieg, dann …" Er strich sich mit der Hand über die Kehle.

„Lass dich bloß bei nix erwischen. Nicht dass sie dich auch noch kaltmachen." Max' Mutter schenkte sich einen Korn ein und kippte ihn auf ex. Sofort füllte sie das Glas erneut. Sie wischte die Hände an der Jeans ab. „Verdammt, ist die Flasche kalt!", fluchte sie. Sie kippte sich die zweite Portion in den Mund und schüttelte sich. „Bäh, das brennt wie die Hölle." Was sie nicht davon abhielt, erneut nachzuschenken. Wenn sie in diesem Tempo weitermachte, würde sie innerhalb kürzester Zeit betrunken sein.

Arno Staudtner störte das nicht. Ihn interessierten ganz andere Dinge. Sollte seine Alte machen, was sie für richtig hielt. Hauptsache, sie ließ ihn das tun, was er tun musste, und jammerte ihn nicht voll. „Ich bin dann weg", verkündete er und verließ die Wohnung.

Das mussten sie sein. An jedem Sonntag würden sie sich hier treffen, hatte Arno am Telefon erfahren. Normalerweise sei Antje mit von der Partie gewesen, diesmal aber sei sie nicht dabei. Schade eigentlich. Es war das, worauf Arno insgeheim gehofft hatte. Andererseits: Warum sollte das Mädchen ausgerechnet hier auftauchen, wenn sie sich seit dem Tod von Max vor Gott und der Welt versteckt hielt?

Sein Telefonpartner hatte behauptet, Antje würde noch leben. Er sei sich ganz sicher. Nach Beweisen gefragt, hatte er allerdings passen müssen. Gerüchte um das Mädchen gab es wie Sand am Meer. Die meisten waren wertlos. Aber vielleicht führte die heiße Spur tatsächlich zu den Leuten, mit denen Antje angeblich regelmäßig verkehrte.

Für einen kurzen Moment, gleich nachdem er vom Mord an seinem Sohn erfahren hatte, hatte Arno sich gewünscht, dieses Miststück, das seinen Sohn verführt und in die Scheiße geritten hatte, wäre tot. Dann jedoch hatte er mehr und mehr gehofft, sie möge am Leben sein – und er würde sie als Erster erwischen. Stunde um Stunde hatte er sich ausgemalt, was er mit ihr machen würde, wenn er sie erst einmal hätte. Leiden würde sie, das war so sicher wie das Amen in der Kirche. Noch mehr leiden, als es Max getan hatte. Eine Vorstellung, die ihm gefiel. Ja, es wäre wirklich schön, wenn er Antje vor der Polizei fand. Nur so könnte Gerechtigkeit zumindest ein wenig wieder hergestellt werden – auch wenn keine Strafe dieser Welt das, was sie Max angetan hatte, aufwiegen konnte.

Die Personen, auf die Arno es abgesehen hatte und die alle zwischen Mitte und Ende zwanzig sein mochten, saßen um einen Kneipentisch in der Emder City herum, auf dem ein Wimpel mit der Aufschrift *Stammtisch* stand. Zwei Männer waren es und zwei Frauen. Sie alle trugen eine Leichenbittermiene zur Schau, gesprochen wurde, zu Arnos Leidwesen, kaum ein Wort. Ob sie mehr über Antje wussten als er? Schauten sie so depressiv aus der Wäsche, weil sie wussten, dass sie tot war? Oder waren sie einfach nur frustriert, weil sie genauso wenig über ihren Verbleib wussten wie er selbst? Eine dritte Möglichkeit war, dass sie es waren, die Antje versteckt hielten. Denn sowie Arno gehört hatte, waren sie ihre besten Freunde. Angeblich hatten sie sie bei einer bestimmten Sache unterstützt, die mit ihrer Vergangenheit zu tun hatte. Worum genau es sich bei dieser Sache handelte, wusste Arno jedoch nicht. Deshalb war er hier. Blieb zu hoffen, dass sie in den nächsten Minuten endlich mal ihr Maul aufmachten. Vielleicht gerieten sie ins Plaudern, wenn der Alkohol ihre Zunge löste – immerhin stand vor jedem von ihnen ein Glas Bier. Arno jedenfalls würde so lange hier sitzenbleiben, bis er etwas Neues erfahren hatte. Mit viel Glück würde es Antjes Aufenthaltsort sein.

„Tot oder lebendig", murmelte er leise, „aber lieber lebendig." Ein schwaches Grinsen huschte über sein Gesicht, während er sich in der Kneipe umsah. Überall massives, dunkles Holz. Dominiert wurde der Raum von einer mächtigen Theke. Vom Regal über dem Tresen hingen Gläser, im Regal vor der von oben beleuchteten Spiegelwand standen Dutzende Flaschen und noch mehr Gläser. Die alten Holztische waren zerkratzt, etliche Gäste hatten ihre Namen oder schlüpfrige Sprüche hineingeritzt. Alles in diesem Raum wirkte irgendwie schmuddelig, heruntergekommen und sehr alt. Die ehemals wohl weißen Tapeten waren von Zigarettenrauch vergilbt, genauso wie die altmodischen Vorhänge; was darauf schließen ließ, dass hier seit dem Rauchverbot nicht renoviert worden war. Vermutlich handelte es sich sogar um dieselben Tapeten und Vorhänge, die man irgendwann in der Nachkriegszeit angebracht hatte. Auch der dunkle, an bestimmten Stellen völlig abgewetzte Teppichboden hatte schon bessere Zeiten gesehen – genauso wie der Wirt, der mindestens so alt zu sein schien wie das Inventar.

„Was willste?", rief der zu ihm rüber, als sich ihre Blicke trafen. Bislang hatte er es nicht für nötig befunden, Arno nach seinem Getränkewunsch zu fragen. Vielleicht weil Arno ein Fremder war, vielleicht weil der Wirt ein beschissener Geschäftsmann war. Wer wusste das schon zu sagen.

„Bier und Korn", antwortete Arno. „Und ein paar Erdnüsse dazu, wenn du hast. Hab Hunger."

Außer einem Brummen kam nichts zurück. Arno konzentrierte sich wieder auf das, was am Nebentisch gesprochen wurde. Leider waren es immer noch nur Allgemeinplätze, man war beim Thema Garten angekommen. Angeblich war wegen der anhaltenden Trockenheit alles eingegangen, was zu dieser Jahreszeit normalerweise blühte und gedieh. Arno seufzte schwer. Wen interessierte das? Hatten sie denn gar nichts zum Verschwinden von Antje zu sagen? Oder dazu, warum Max hatte sterben müssen?

Arno war fest davon überzeugt, dass Antje mit Schröder gemeinsame Sache gemacht hatte. Nichts anderes war für ihn vorstellbar, nach allem, was passiert war. Dieses Mädchen gehörte ausgelöscht, je früher, desto besser.

„Ude hat sie gesehen", hörte Arno einen Mann am Nebentisch sagen, der gerade noch verkündet hatte, er müsse seine Nachrichten im Smartphone checken. Arno horchte auf. Redete der etwa von Antje? Angestrengt lauschte er auf die Erwiderungen, die nur mit gesenkter Stimme geäußert wurden. Aus dem Augenwinkel sah er, dass sich alle vier vorbeugten. Anscheinend war das Thema ein brisantes. Warum sonst sollten sie plötzlich über dem Tisch die Köpfe zusammenstecken und flüstern?

„So, bitte, Pils und Korn. Wohl bekomms!" Der Wirt stellte ihm die beiden Gläser auf den Tisch und schmiss eine kleine Packung Erdnüsse daneben. Dann kritzelte er ein paar Ziffern auf einen Bierdeckel.

„Danke." *Und nun hau ab!*, fügte Arno in Gedanken hinzu. Wenn er irgendwas jetzt überhaupt nicht gebrauchen konnte, dann war es jemand, der ihn mit Belanglosigkeiten zusülzte. Gott sei Dank schien der Wirt nicht in Plauderlaune zu sein, denn tatsächlich humpelte er, nach einem Blick auf den Nachbartisch, an dem noch zwei Bier bestellt wurden, zur Theke zurück. Er schien's mit der Hüfte zu haben.

„Ist das verlässlich?", fragte eine Frau der Vierergruppe. „Schließlich gibt es tausend Gerüchte, wo sie sich aufhält. Man kommt ja kaum noch mit bei all denen, die sich allein schon auf Twitter und Facebook damit wichtigmachen, was sie angeblich alles über Antje und ihren Aufenthaltsort wissen."

Bingo! Sie sprachen also tatsächlich über Antje!

„Ude hat sie wirklich gesehen. Hat sogar ein Foto mitgeschickt."

„Ein Foto? Zeig her!" Die Köpfe schoben sich noch weiter zusammen, der etwas bieder aussehende junge Mann, der in Max' Alter sein mochte, hielt sein Smartphone in die Mitte und drehte es in alle Richtungen.

Arno stöhnte gequält auf. Zu gerne hätte er einen Blick auf das Bild erhascht. Aber wie, zur Hölle, sollte er das anstellen?

„Und das soll Antje sein? Gib mal her, Nils!", sagte schließlich eine Frau. Sie riss dem Mann das Smartphone aus der Hand und schaute mit gerunzelter Stirn darauf. „Na ja, wäre möglich. Ist aber ziemlich weit weg und außerdem unscharf. Wo soll denn das gewesen sein?"

„Greetsiel", antwortete Nils knapp. „Sieht man doch." Er ließ sich das Smartphone zurückgeben und tippte dann auf das Display. „Greetsiel. Eindeutig."

„Da könnste recht haben", sagte die Frau nach einem weiteren Blick. „Aber was macht sie ausgerechnet da? Kennt sie da jemanden? Möchte nur mal wissen, warum sie sich nicht bei uns meldet. Schließlich wollen wir ihr doch nur helfen."

„Ich würde auch niemandem mehr trauen, nach dem Mist", erwiderte einer der Männer. „Vielleicht nimmt sie an, dass das alles von uns so eingefädelt war."

„Von uns?", rief die Frau empört aus, senkte jedoch sofort wieder die Stimme, als andere Gäste sich nun nach ihr umdrehten. „Von uns?", wiederholte sie flüsternd. „Das ist doch wohl totaler Quatsch!"

„Wann ist denn das Foto gemacht worden?", wollte ein junger Typ wissen, dessen Haare wie Pfeilspitzen in die Luft ragten. Er war mindestens ebenso gepierct und tätowiert wie Antje. „Ich meine, man könnte ja hinfahren und sie suchen. Aber wenn das Foto schon alt ist, ist sie womöglich schon längst wieder woanders."

„Das Foto ist 'ne halbe Stunde alt. Kann ja aber trotzdem sein, sie ist gar nicht mehr da."

„Wenn sie's überhaupt ist." Die Frau schien nach wie vor ihre Zweifel zu haben. „Warum sollte Antje mitten durch

Greetsiel laufen, wenn sie nicht gesehen werden will? Ich meine, in dem Kaff ist um diese Jahreszeit die Hölle los, die Touris trampeln sich da gegenseitig platt."

„Eben", belehrte sie der junge Mann mit erhobenem Zeigefinger. „Da fällt sie doch gar nicht auf, bei all dem Volk, das da rumläuft."

Die Frau lachte schrill auf. Doch dachte sie diesmal dran, leise zu sprechen. „Antje und nicht auffallen? Wie soll denn das wohl gehen? Gegen sie wäre doch jeder bunte Hund 'ne graue Maus. Na, du machst mir Spaß! Die geht einmal zum Bäcker und jeder erkennt sie sofort wieder, mit all den Piercings und Tattoos und was sie sonst noch schön findet, um ihren Körper zu verstümmeln. Nee, nee, das macht überhaupt keinen Sinn, dass sie ausgerechnet dort sein soll."

Arno ließ das volle Glas Korn in sein Bier sinken, dann nahm er einen kräftigen Schluck und wischte sich den Schaum vom Mund. Nachdem er die eingeschweißten Erdnüsse endlich aus ihrem Korsett befreit hatte, schob er sich eine Handvoll in den Mund. Gegen seinen Hunger würde diese Mikroportion wohl nicht viel ausrichten können, aber sie war besser als nichts.

Was sollte er jetzt tun? Auf gut Glück nach Greetsiel fahren und nach Antje Ausschau halten? Arno schielte unauffällig zum Nachbartisch hinüber. Wenn er doch nur einen Blick auf das verdammte Smartphone werfen könnte, um sich selbst ein Urteil zu bilden. Schließlich hatte Max die Kleine oft genug mit nach Hause gebracht. Arno war sich ziemlich sicher, dass er erkennen würde, ob sie die Frau auf dem Foto war. Doch hatte dieser Nils das Smartphone wieder in die hintere Hosentasche geschoben. Es war ein Ding der Unmöglichkeit, da dran zu kommen. Zumindest, solange der Typ da flankiert von den anderen saß.

Arno trank sein Glas in einem Zug leer und bedeutete dem Wirt, ihm noch mal das Gleiche zu bringen. Sein Magen knurrte. Doch gab es jetzt Wichtigeres. „Noch eine Packung Erdnüsse!", rief er zum Tresen hinüber.

„Okay, lass uns nach Greetsiel fahren. Einen Versuch ist es wert", sagte Nils. „Wenn jeder in eine andere Richtung geht, dann wird jemand sie vielleicht in all dem Trubel finden. Wenn einer sie gefunden hat, ruft der die anderen zusammen."

„Haha, guter Witz! In Greetsiel ist nämlich beschissener Handyempfang", erwiderte sein Sitznachbar spöttisch. „Glaubste doch selbst nicht, dass das mit dem Zusammenrufen klappt."

„Und wenn Antje keinen Bock auf uns hat?", warf ein anderer ein. „Wir können sie ja schlecht fesseln und knebeln."

„Glaub ich nicht", erwiderte eine der Frauen. „Die freut sich doch, wenn sie Unterstützung kriegt."

„Und wieso hat sie dann nicht längst angerufen?"

„Ist gut jetzt!" Nils hob die rechte Hand, um dem Gemäkel Einhalt zu gebieten. „Wenn wir es nicht versuchen, werden wir es nicht erfahren. Also, in fünf Minuten ist Abfahrt. Zuerst muss ich aber noch mal ins Keramikstudio." Er erhob sich von seinem Stuhl. Ganz nüchtern schien er nicht mehr zu sein, denn er schwankte leicht. Aus seiner rechten hinteren Hosentasche lugte sein Smartphone hervor.

Arno sah seine Chance gekommen. Schnell kippte er Bier und Schnaps hinunter, die der Wirt ihm soeben auf den Tisch gestellt hatte, dann folgte er dem Mann auf die Toilette. Gott sei Dank schienen die anderen eine strapazierfähigere Blase zu haben, denn sie gingen schon in Richtung Tür, während eine der Frauen beim Wirt für alle die Rechnung beglich.

Als Taschendieb war Arno noch nie ungeschickt gewesen. Als er neben Nils vor den Urinalen stand und beide ihren Hosenschlitz schließlich wieder zuzogen, ließ er ein paar Geldmünzen fallen, die er zwischenzeitlich aus der Hosentasche gekramt hatte. „Oh", rief er aus, „ich glaube, Ihnen ist da was runtergefallen!"

„Mir?" Nils zog die Stirn in Falten. „Sind Sie sicher?"

Nee, aber das war auch egal, denn der junge Mann bückte sich jetzt und hob die Münzen auf. Arno nutzte die Gelegenheit und zog ihm mit schnellen Fingern das Smartphone aus der Tasche. Ohne noch ein Wort zu sagen, verließ er den Raum, während Nils das Geld in seine Hosentasche schob und dann zu den Waschbecken ging. Den Diebstahl hatte er ganz offensichtlich nicht bemerkt. Alles andere hätte Arno auch gewundert.

12

„Was will er denn hier?" Hauptkommissar David Büttner sah seinen Assistenten fragend an. Viktor Eisenroth hatte seinen Wagen am Straßenrand einer Wohnsiedlung geparkt und war ausgestiegen. Jetzt drückte er beim Hauseingang eines dreigeschossigen Gebäudes auf einen Klingelknopf, gleich darauf wurde die Tür geöffnet und er trat ein.

Sebastian Hasenkrug, der Eisenroth konzentriert beobachtet hatte, stieg wortlos aus dem Auto und ging nun ebenfalls auf das Haus zu. „Er hat bei Hansen geklingelt", berichtete er, als er wenig später zum Fahrzeug zurückgekehrt war.

„Und wer soll das sein?"

„Keine Ahnung. Ich lasse aber mal überprüfen, ob jemand mit diesem Namen im Rahmen unserer Ermittlungen auftaucht. Sollte mich wundern, wenn er hier nach unserem Besuch einfach nur zum Kaffeeklatsch erscheint." Er griff nach seinem Smartphone und hatte gleich darauf einen Kollegen an der Strippe, der von ihm den Auftrag bekam, Namen und Adresse zu überprüfen. Es dauerte nur wenige Minuten, bis der sich wieder meldete. „Wohnhaft an der Adresse ist eine Frau Ilse Hansen, vierundsiebzig Jahre alt."

„Hat sie irgendwas mit Hartmut Schröder oder einem gewissen Viktor Eisenroth zu tun?"

„Sie war eine der Damen, die die Leiche von Hartmut Schröder entdeckt haben."

„Ach so?" Hasenkrug warf seinem Chef, der mithörte, einen bedeutungsvollen Blick zu. „Das kann Zufall sein oder auch nicht. Ist irgendwas über eine Beziehung zu Eisenroth bekannt?"

„Ich hab die Liste dieses Generationswohnens gecheckt. Dort taucht der Name von Ilse Hansen auch auf."

„Ach so?", sagte Hasenkrug erneut. „Na, da fällt es mir schon schwerer, an Zufall zu glauben. Mal sehen, was wir jetzt mit dieser Info anfangen." Er bedankte sich und legte auf. „Im Protokoll habe ich nichts davon gelesen, dass die Damen Schröder kannten", stellte er fest.

Büttner überlegte kurz und sagte dann: „Das könnte daran liegen, dass zu dem Zeitpunkt noch niemand daran gedacht hatte, dass es sich bei der Leiche um jenen Schröder handeln könnte."

„Da haben Sie natürlich recht", nickte Hasenkrug.

Büttner räusperte sich. „Mich würde vor allem interessieren, was Eisenroth und Frau Jansen …"

„Hansen."

„Was die beiden da oben zu besprechen haben. Nachdem wir nun wissen, dass sie zur Wohngruppe gehören, nehme ich an, dass er sie über unseren Besuch unterrichtet." Er sah die Fassade des Mehrfamilienhauses hinauf, in dem Eisenroth verschwunden war. Im ersten Stock bewegte sich eine Gardine, doch konnte er nicht zuordnen, ob es sich bei dem dazugehörigen Fenster um die Wohnung der Hansen handelte oder nicht.

„Und nun?", fragte Hasenkrug.

„Nun warten wir ab. Mein Bauchgefühl sagt mir, dass dieser Besuch bei Frau Hansen nicht allzu lange dauern wird. Wenn er aus dem Haus kommt, bleiben wir ihm auf der Spur."

„Sie glauben, dass er noch weiterfährt?"

„Wenn ich es wüsste, wäre mir wohler. Normalerweise würde ich sagen, wir kümmern uns morgen um ihn, aber da ich dann vermutlich nicht mehr da sein werde, würde ich die mir verbleibende Zeit wirklich ganz gerne nutzen, um herauszufinden, was hier gespielt wird."

„Das klingt ja beinahe, als würde das Schafott auf Sie warten", bemerkte Hasenkrug.

Büttner seufzte und griff sich an den schmerzenden Kopf. „So ähnlich fühle ich mich auch, Hasenkrug, so ähnlich fühle ich mich auch."

Für rund zwanzig Minuten saßen die beiden Beamten schweigend nebeneinander, während Hasenkrug über sein Smartphone versuchte, an weitere Informationen über die Wohngruppe und speziell über Viktor Eisenroth zu kommen. Aufgeschreckt wurde er, als Büttner plötzlich sagte: „Ach herrje, was ist denn das?"

Hasenkrug schaute auf und folgte mit den Augen dem Finger seines Chefs, der zur gegenüberliegenden Straßenseite zeigte. „Ach herrje", sagte nun auch er. Dann war er, genau wie Büttner, mit einem Satz aus dem Auto.

„Haben Sie sich verletzt?", rief Büttner, als sie bei einer am Boden liegenden älteren Frau ankamen. Sie war mitsamt ihrem Rollator auf dem Bürgersteig gestürzt und zappelte nun auf dem Rücken liegend wie ein hilfloser Käfer mit Armen und Beinen. „Hasenkrug, rufen Sie einen Rettungswagen!"

„Ich … bitte … keinen Rettungswagen, bitte! Mir fehlt nichts." Die Frau streckte ihre Hand aus. „Bitte … wenn Sie mir einfach nur auf die Beine helfen könnten … Ich glaube, ich schaffe das nicht alleine."

Hasenkrug stand unschlüssig da und fummelte an seinem Telefon herum, während Büttner in der Hocke vor der Frau saß und nach ihrer Hand griff. „Sind Sie sicher, dass Sie keinen Rettungswagen wollen?", fragte er.

„Ja. Natürlich. Das passiert mir öfter. Alles halb so schlimm. Ich muss nur … nur wieder auf die Beine kommen, dann geht es schon."

„Sie könnten sich was gebrochen haben", befürchtete Büttner.

„Nein, nein, das würde ich doch merken. Es ist wirklich … alles gut."

„Trotzdem wäre mir wohler …"

„Bitte!" Die alte Dame drückte Büttners Hand und versuchte mit der anderen mehrmals, sich nach oben zu stemmen, doch schien sie dafür nicht die Kraft zu haben.

„Hasenkrug, nun fassen Sie doch mal mit an!", schimpfte Büttner, als die Frau trotz seiner Unterstützung immer wieder zurücksank.

„Ach so, ja, natürlich. Entschuldigung." Rasch griff Hasenkrug der Dame ebenfalls unter die Arme, und es dauerte nur wenige Sekunden, bis sie wieder auf den Beinen stand. Tatsächlich schien sie sich nicht verletzt zu haben, denn sie klopfte ihre sommerliche Kleidung ab und lächelte die beiden Beamten freundlich an. „Da hab ich aber Glück gehabt, dass Sie gerade in der Nähe waren", strahlte sie. „Ich würde Sie als Dank gerne auf eine Tasse Kaffee einladen. Kuchen habe ich auch gebacken." Sie deutete die Straße hinab. „Ist gar nicht weit von hier."

Als das Stichwort Kuchen fiel, hätte Büttner nur zu gerne zugesagt, doch schüttelte er pflichtgemäß den Kopf. „Vielen Dank, Frau …"

„Müller."

„Vielen Dank, Frau Müller, aber wir müssen leider weiter. Wenn Sie allerdings gerne wollen, dass wir Sie bis zur Haustür begleiten, dann …"

Sie winkte ab. „Nein, nein, vielen Dank. Das schaffe ich schon alleine."

„Nicht dass Sie wieder fallen …"

„Nein, nein. Das geht schon. Bin nur blöd gestolpert." Sie deutete auf das uneben verlegte Pflaster. „Es ist wirklich eine Schande, wie die Stadt uns alte Leute behandelt. Vernünftige Bürgersteige dürfte man doch wohl erwarten können, wenn man schon sein ganzes Leben Steuern gezahlt hat. Aber da kann man ja reden, wie man will, das interessiert die Politiker überhaupt nicht. Hauptsache, sie können sich selber die Taschen vollmachen." Sie hatte sich ein wenig in Rage geredet, wobei ihr Gesicht einen tiefen Rotton angenommen hatte. Ansonsten aber schien sie in Ordnung zu sein, denn sie marschierte, nachdem sie ihnen mit einem weiteren „Danke schön" die Hand gegeben hatte, mit ihrem Rollator los, als wäre nichts gewesen. „Alles Gute, Ihnen beiden", lächelte sie mit einem Blick über die Schulter. „Ich werde Sie heute Abend in mein Nachtgebet einschließen."

„Na, wenn schon nicht für Kuchen, dann wenigstens für Gottes Lohn", murmelte Büttner und sah der alten Frau bedauernd hinterher.

„Ach, du Scheiße!", entfuhr es Hasenkrug.

„Na, na, Hasenkrug, so schlimm ist das mit dem Nachtgebet nun ja auch nicht. Wer weiß, vielleicht nützt es ja sogar was."

„Das Auto ist weg."

„Was?" Büttner schaute zur anderen Straßenseite hinüber. „Aber da steht es doch."

„Viktor Eisenroth", entgegnete Hasenkrug. „*Sein* Auto ist verschwunden."

„Oh." Büttner sah auf den Platz, auf dem gerade noch Eisenroths Fahrzeug geparkt hatte. Er wurde soeben von einem anderen Wagen in Beschlag genommen. Na prima! „Wenn wir das früher gewusst hätten, dann hätte es doch noch für ein Stück Kuchen gereicht." Er blickte den Bürgersteig hinunter, aber die Seniorin war verschwunden. „Das nennt man dann wohl dumm gelaufen", stellte er resigniert fest.

„Na, Ihre Probleme möchte ich haben", bemerkte Hasenkrug. „Und jetzt?"

„Jetzt bleibt uns wohl nichts weiter übrig, als zurück nach Emden zu fahren."

„Wir könnten uns aber auch mit Frau Hansen unterhalten", schlug Hasenkrug vor. „Schließlich muss Eisenroth einen Grund gehabt haben, ihr einen Kurzbesuch abzustatten, und den würde ich gerne erfahren."

„Na gut, wenn wir schon mal hier sind", murmelte Büttner. Sein Assistent hatte natürlich recht, und Büttner ärgerte sich, dass er nicht selbst diesen Vorschlag gemacht hatte. Vielleicht sollte er sich manchmal doch lieber auf die Arbeit konzentrieren als auf leibliche Genüsse. Aber diese Erkenntnis würde er Hasenkrug jetzt gewiss nicht auf die Nase binden.

„Okay, du kannst jetzt gehen. Ich bleib so lange am Telefon, bis du an der Haustür bist, und gebe Bescheid, wenn die Luft rein ist." Ilse Hansen stand am Fenster ihrer im ersten Stock gelegenen Wohnung und schaute, die Gardine einen Spalt breit beiseitegeschoben, auf die Straße hinaus. Sie hatte sich das Schauspiel mit größter Zufriedenheit angeschaut. Elfriede hatte ihre Rolle wirklich gut gespielt. Man nahm ihr die gebrechliche alte Dame ab. „Die Kommissare sind mit Elfriede gut beschäftigt und achten nicht mehr auf uns."

„Ihr seid klasse." Viktor drückte Ilse einen Kuss auf die Wange. „Sag Elfriede einen lieben Dank für ihren spontanen Einsatz, hörst du! Immerhin ist sie ja ein gewisses Risiko eingegangen, indem sie sich einfach hat fallen lassen."

„Ach was", winkte Ilse ab. „Elfriede hat ihr Leben lang geturnt. Die ist so gelenkig, die weiß immer noch ganz genau, wie man fällt. Deshalb hab ich ja sie um diesen Gefallen gebeten und nicht Gerda mit ihren morschen Knochen."

„Gut, ich bin dann weg", sagte Viktor, der – sein mit Ilses Telefon verbundenes Handy in der Hand haltend – bereits an der geöffneten Wohnungstür stand. „Ich hoffe, Elfriede hält die Schauspielerei lange genug durch."

„Da mach dir mal keine Sorgen, die hat alles im Blick. So was macht ihr Spaß", beruhigte Ilse ihn. Sie wedelte mit ihrem Handy in der Luft herum. „Wie gesagt, ich bleibe am Telefon."

Viktor warf ihr eine Kusshand zu, dann war er verschwunden.

Ilse lächelte zufrieden, als Viktor in seinem Auto saß und davonfuhr. *Tja, Jungs*, dachte sie, *wenn ihr Viktor erwischen wollt, müsst ihr schon ein bisschen früher aufstehen.*

Offensichtlich hatten die beiden Polizisten beschlossen, ihr einen Besuch abzustatten, denn sie kamen jetzt auf ihr Haus zu. Damit hatte sie gerechnet. Gleich darauf klingelte es. Immerhin waren sie soweit auf Zack, dass sie anscheinend herausgefunden hatten, wen Viktor hier besuchte. Ilse drückte auf den Türöffner. Die Show konnte beginnen.

„Frau Hansen?", fragte der ältere und korpulentere der beiden Polizisten, als sie schließlich vor ihrer Wohnungstür standen. Sein Atem ging stoßweise, anscheinend hatte ihn das Treppensteigen angestrengt.

„Ja, bitte?" Ilse lächelte freundlich. „Was kann ich für Sie tun?"

„Mein Name ist Büttner, dies ist mein Assistent Hasenkrug. Wir sind von der Kriminalpolizei. Hätten Sie vielleicht …?"

„Ach herrje!", unterbrach Ilse ihn und riss erschrocken die Augen auf. „Kriminalpolizei? Es ist doch nichts passiert? Ist was mit meinen Kindern?"

„Nein, nein, beruhigen Sie sich bitte, es ist alles in Ordnung", sagte der Mann mit Namen Büttner schnell. „Wir würden gerne mit Ihnen über den vermissten Hartmut Schröder sprechen."

Ilse wartete darauf, dass er auch Viktors Besuch erwähnen würde, doch nannte er dessen Namen nicht. „Oh, ja", nickte sie. Sie machte eine einladende Geste. „Bitte, kommen Sie doch rein. Da bin ich aber froh, dass meinen Kindern nichts passiert ist. Man kriegt ja immer gleich einen Schrecken, wenn die Polizei so mir nichts, dir nichts vor der Tür steht."

Büttner nickte ihr dankbar zu und trat, gefolgt von seinem Kollegen, ein.

Ilse geleitete die beiden Männer ins Wohnzimmer und bat sie, in einem der Sessel Platz zu nehmen. „Möchten Sie denn wohl eine Tasse Tee? Oder Kaffee?", fragte sie. „Ich hätte auch noch ein wenig Kuchen da. Wissen Sie, meine Freunde waren heute Morgen zum Frühstück hier, da bleibt immer 'ne Menge übrig. Und so viel kann ich alleine ja gar nicht essen."

„Das wäre nett, danke schön", sagte Büttner und sein Assistent nickte.

Ilse ging in die Küche und atmete ein paarmal tief durch. Die beiden sahen nicht so aus, als könnte man ihnen so schnell etwas vormachen. Sie musste höllisch aufpassen, sich nicht zu verplappern. Aber das würde sie schon hinkriegen. Zumindest der Dicke sah so aus, als ließe er sich von einem Stück Kuchen einwickeln.

„Haben Sie Schröder denn inzwischen gefunden?", fragte sie, als sie Minuten später mit einem Tablett in den Händen das Wohnzimmer betrat.

„Wie wir hörten, gehören Sie zu der Wohngruppe, die von Schröder um ihr Geld geprellt wurde", sagte Büttner ausweichend.

„Und nun glauben Sie, dass wir was mit seinem Verschwinden zu tun haben?" Ilse tat empört.

„Wir glauben gar nichts", antwortete der jüngere Mann, an dessen Namen Ilse sich nicht mehr so recht erinnerte. Irgendwas mit Hasen … „Wir ermitteln nur nach allen Seiten. Schließlich geht es auch um den Tod des jungen Mannes, den Schröder mutmaßlich überfahren hat. Sie haben sicherlich davon gehört."

„Natürlich habe ich das. Was für eine ungeheuerliche Tat! Man stelle sich das mal vor! Ich wusste ja, dass der Kerl skrupellos ist, denn schließlich hat er uns um unser Geld betrogen. Aber dass der dann auch noch …" Sie schüttelte den Kopf. „Nee, das hätte ich dann ja doch nicht gedacht. Aber du guckst so Leuten ja nicht hinter die Stirn." Ilse verteilte das Geschirr auf dem Tisch und schenkte Tee ein. Außerdem legte sie jedem ein Stück Schokoladencremetorte auf den Teller, was Büttner mit einem Lächeln quittierte.

„Vorhin haben wir zufällig einen Mann hier ins Haus gehen sehen. Er heißt Viktor Eisenroth und gehört wohl auch zu Ihrer Gruppe, die gerne ein Mehrgenerationenhaus gründen würde", sagte der junge Polizist. „War er bei Ihnen zu Besuch?"

Zufällig, soso. Ilse musste sich bemühen, keine entsprechende Bemerkung zu machen. „Viktor, ja, der war hier. Ist noch gar nicht so lange her, dass er wieder gegangen ist", sagte sie lächelnd. „Sie haben ihn knapp verpasst."

„Kommt er öfter mal zu Besuch?"

„Ja, sicher." Ilse setzte einen schwärmerischen Blick auf. „Viktor ist ein guter Junge. Er schaut immer nach dem Rechten. Nicht nur bei mir, auch bei Elfriede, Gerda und Malou. Die gehören auch zur Wohngruppe, wissen Sie."

Sie blickte traurig zu Boden. „Leider ist Malou gerade im Krankenhaus. Das Herz. Auch daran ist dieser Schröder schuld. Malou hat sich ganz furchtbar über ihn aufgeregt."

„Das tut mir leid." Büttner griff nach seinem Teller und schaufelte sich zwei Bissen Torte in den Mund. Sie schien ihm zu schmecken, denn er verzog anerkennend das Gesicht.

„Herr Eisenroth war aber schnell wieder verschwunden", stellte der junge Polizist fest, nachdem auch er von der Torte probiert hatte.

„Oh, ja, das stimmt." Ilse nickte. „Er wollte ja noch zu Malou ins Krankenhaus. Hat hier nur schnell was für sie abgeholt. Erdbeeren. Malou liebt Erdbeeren, wissen Sie? Deswegen hab ich ihr welche gekauft. Aber weil ich sie erst morgen besuchen gehen kann, hab ich Viktor gebeten, die Erdbeeren mitzunehmen. Die werden ja immer so schnell schlecht. Viktor ist immer so hilfsbereit. Wir sind so froh, ihn als Nachbarn zu haben. Wie schade, dass er nicht mehr hier ist. Sie hätten ihn kennenlernen können. Er ist ein guter Junge."

„Wir wären schon früher da gewesen", behauptete Büttner, „aber leider ist eine ältere Dame auf dem Bürgersteig gestürzt. Da mussten wir natürlich erst einmal helfen."

Ilse presste sich die Hand aufs Herz. „Ach, herrje, ihr ist doch hoffentlich nichts Schlimmes passiert? Wer war es denn? Kenne ich sie vielleicht?"

„Eine Frau Müller. Sie wohnt wohl hier in der Nachbarschaft. Es geht ihr gut."

Ilse grinste innerlich. Da hatte Elfriede ihnen also einen falschen Namen genannt. Wenn sie schon schauspielerte, dann auch richtig. Sie legte die Stirn in Falten. „Frau Müller, sagen Sie? Nee, ich glaube, die kenne ich nicht. Und es ist wirklich alles in Ordnung mit ihr?"

„Ja, ihr ist nichts passiert."

„Na, Gott sei Dank! In unserem Alter bricht man sich bei einem Sturz nämlich ruckzuck die Knochen, wissen Sie?" Ilse stieß einen tiefen Seufzer aus. „Alt werden ist nichts für Feiglinge, sag ich immer."

„Sie kennen nicht zufällig eine junge Frau namens Antje Peters?", kam Büttner wieder aufs Thema zurück. „Oder haben Sie vielleicht Max Staudtner gekannt? Das ist der Mann, der überfahren wurde. Antje ist seine Freundin, die seither vermisst wird."

„Nee." Ilse sah ihn bedauernd an. „Nee, die kenne ich beide nicht. Sonst hätte ich Ihnen das längst gesagt, Herr Kommissar. Wir alle zusammen, also unsere Wohngruppe, haben ständig hin und her überlegt, ob wir die beiden schon mal irgendwo gesehen haben. Bei Schröder oder so. Aber nee. Tut mir leid. Hoffentlich lebt das arme Mädchen noch."

„Ja, das hoffen wir auch." Die letzten beiden Bissen Torte fanden den Weg in Büttners Mund, dann stand er auf. „Vielen Dank für die Bewirtung, Frau Hansen. Wir gehen dann mal wieder." Er legte ihr seine Visitenkarte auf den Tisch. „Falls Ihnen noch etwas einfällt, scheuen Sie sich bitte nicht, mich anzurufen."

„Auf Wiedersehen, Frau Hansen, es hat mich gefreut", verabschiedete sich nun auch der jüngere Polizist.

„Mich auch, Herr Hasen… ähm …pflug."

„Krug. Mein Name ist Hasenkrug."

„Oh, entschuldigen Sie bitte, da habe ich wohl was falsch verstanden." Ilse setzte eine zerknirschte Miene auf.

„Kein Problem, Frau Hansen." Hasenkrug lief seinem Kollegen hinterher zur Tür. „Bitte, bleiben Sie sitzen, wir finden alleine raus."

Ilse nickte zufrieden, als die beiden verschwunden waren. Das hatte sie gut gemacht.

13

Unter all diesen Menschen fiel er gar nicht auf. Arno Staudtner konnte sich nicht daran erinnern, jemals in Greetsiel gewesen zu sein. Aber was er sah – wenn er denn etwas sah –, gefiel ihm. An diesem sommerlichen Sonntag war der kleine Ort am Rande der Krummhörn so sehr mit Menschen gefüllt, wie Arno es allenfalls vom Emder Stadtfest kannte. Dicht an dicht drängten sie sich durch die rotgepflasterten Gassen, blieben manchmal unvermittelt stehen, sodass die nachfolgenden Personen aufliefen. Was nicht selten zu amüsanten Auseinandersetzungen führte.

Arno ging davon aus, dass die meisten der hier herumlaufenden Menschen Touristen waren. Bestimmt hatte keiner der Einheimischen Bock, sich ins Gewühl zu stürzen, was er gut verstand. Ihm selbst gingen die Leute, die überall mit Bussen angekarrt wurden, auch zunehmend auf den Keks. Anstatt wirklich einmal Urlaub zu machen und die Krabbenkutter, die Seeluft oder einfach nur die Aussicht vom Deich zu genießen, glotzten viele nur auf ihre Smartphones und daddelten darauf herum. Genauso wie er. Nur dass es nicht sein eigenes Smartphone war, auf das er glotzte.

Kaum dass sie hier angekommen waren, hatten sich Antjes Freunde in eines der Cafés am Hafen gesetzt und sich Kaffee bestellt. Seither wurde an ihrem Tisch eifrig durcheinandergesprochen und heftig gestikuliert.

Zu gerne hätte Arno sich wieder neben sie gesetzt, um zu verstehen, was sie besprachen. Allerdings befürchtete er, von ihnen als der Mann erkannt zu werden, der bereits in Emden mit ihnen in der ollen Spelunke gesessen hatte. Vor allem bei Nils hatte er Bedenken, schließlich hatten sie in der Kneipentoilette sogar kurz miteinander gesprochen. Also hatte Arno sich einen Platz im Café nebenan gesucht, um sie von dort aus zu beobachten. Alles, was ihn interessierte, war, dass sie ihn zu Antje führten. Warum sie sich hier mit ewig langen Vorreden aufhielten, verstand er nicht. Konnten sie nicht endlich mal in die Pötte kommen, anstatt wie bekloppt zu diskutieren?

Aber egal, so blieb ihm wenigstens Zeit, in dem geklauten Smartphone zu stöbern, das unvorsichtigerweise nicht passwortgeschützt war. Arno hatte keine Ahnung, ob der Eigentümer – er hatte aufgrund der Einträge inzwischen herausgefunden, dass er mit vollem Namen Nils Beenken hieß – es schon vermisste. Aber selbst wenn Nils ihn hier mit dem Smartphone sitzen sah, würde er wohl kaum Verdacht schöpfen, denn schließlich sahen die Dinger alle gleich aus. Solange er Arno selbst nicht erkannte, war alles gut.

Das Foto von Antje, von dem sie in der Kneipe gesprochen hatten, hatte Arno schon gefunden. Es war Nils per Textnachricht von einem gewissen Ude Kampinga zugespielt worden. Allerdings war auch Arno sich nicht sicher, ob es sich bei der nur unscharf abgebildeten Frau tatsächlich um Antje handelte. Konnte sein, konnte nicht sein.

Im Hintergrund des Fotos war eines der kleinen Friesenhäuser am Kutterhafen zu erkennen, die nahezu auf jeder Postkarte von Greetsiel abgebildet waren. Arno konnte die Kate von seinem Platz aus sogar sehen, wenn sich nicht gerade eine Menschentraube vor seine Aussicht schob.

Er leerte sein Bierglas und verlangte bei der sichtlich überforderten Bedienung, die gerade vorbeilief, nach einem weiteren Gezapften. Da sie nicht darauf reagierte, konnte Arno nicht sagen, ob sie seine Bestellung überhaupt registriert hatte. Normalerweise hätte er nun irgendetwas hinter ihr her geplärrt, hier in Greetsiel aber wollte er unter gar keinen Umständen auffallen. Also blieb ihm nur abzuwarten, ob ein weiteres Bier kam oder nicht.

Er scrollte in den Nachrichten herum, die sich Ude und Nils in den letzten Wochen geschrieben hatten. Bei einem Eintrag stutzte er, denn es tauchte der Name Max auf. Meinten die etwa seinen Sohn? Je mehr Arno von der Nachricht erfasste, desto schwummriger wurde ihm im Kopf. Das durfte doch alles nicht wahr sein! Er versuchte sich einzureden, dass es sich nicht um seinen Sohn handelte, von dem hier die Rede war. Denn was hier stand, konnte einem die Fußnägel hochkrempeln, so gemein war das. Doch je weiter er sich in das Hin und Her der Nachrichten einlas, desto deutlicher wurde ihm, dass es tatsächlich sein Max war, über den sie sich ausgelassen hatten. Er griff sich an die Stirn, hinter der es plötzlich dumpf pochte. Verfluchter Mist! Wenn das alles wahr war, dann …!

Arno wurde übel. Er warf einen Blick zu der Gruppe hinüber, die nach wie vor keine Anstalten machte, ihren Tisch am Gehweg zu verlassen. Im Gegenteil hatten sie sich noch eine zweite Runde Kaffee bestellt, die gerade von der Kellnerin gebracht wurde.

Leider war keine der Nachrichten auf Nils' Smartphone älter als vier Wochen. Klar war, dass sie Schröder gehasst hatten. Nur warum das so war, das stand hier nicht.

Auch seinen Sohn Max schienen sie in der Gruppe nicht besonders gemocht zu haben. Und das war noch milde ausgedrückt. Vor allem war man wohl der Meinung, er habe Antje nicht gutgetan. Nicht gutgetan! Pah! Arno hätte beinahe laut aufgelacht. Wer in dieser Beziehung wem nicht gutgetan hatte, das lag ja wohl auf der Hand! Völlig versaut hatte die Schlampe seinen Jungen, völlig versaut. Und ihn dann auch noch diesem Psychopathen Schröder ausgeliefert. Gut möglich sogar, dass sie und ihre Freunde ihn geopfert hatten, für wen oder was auch immer. Klar war jedenfalls, dass Max tot war und alle anderen aus der Gruppe noch lebten. Inklusive Antje vermutlich, davon ging er jetzt einfach mal aus. Ja, genau, um Antjes Leben zu retten, hatten sie Max ins Messer laufen lassen. So musste es gewesen sein. So konnte es nur gewesen sein. Denn warum sonst wohl hatte sein Junge, der niemandem etwas getan hatte, sterben müssen?

Es fiel Arno nicht leicht, ruhig sitzen zu bleiben. Am liebsten wäre er aufgesprungen und hätte sich einen nach dem anderen von dem Viererpack vorgeknöpft. Ja, eine richtige Schlägerei, das wäre jetzt sein Ding. Er wusste kaum, wohin mit seiner Wut, als er sich tiefer und tiefer in den Gedanken verrannte, dass Max' Tod womöglich ein von der Gruppe geplanter Mord gewesen war. Ja, sie hatten Max geopfert, einfach so! Und das nur, weil sie ihn nicht leiden konnten und weil diese Schlampe anscheinend Ärger mit diesem Schröder gehabt hatte. Was einen ja nicht verwunderte, so wie die drauf war. Was sollte man von der schon erwarten, außer dass sie Ärger machte? Nach allem, was er von ihr mitbekommen hatte, wunderte sich Arno jedenfalls nicht, dass sie abgetaucht war. Irgendwann wurde die Scheiße, die man baute, eben zu viel. Wahrscheinlich wurde sie von den Bullen gar nicht gesucht, weil man sich Sorgen um sie machte. Verhaften wollten sie sie, was denn wohl sonst!

Arno wurde ganz heiß, als ihm plötzlich ein Gedanke in den Kopf schoss. War es womöglich gar nicht dieser Schröder gewesen, der Max überfahren hatte? Vielleicht wussten die Bullen längst, dass es Antje war, die hinter dem Steuer dieses verdammten Rolls-Royce gesessen hatte. Bestimmt hatte es ihr Spaß gemacht, immer und immer wieder über Max rüberzurollen. Und das alles mit der Hilfe ihrer verdammten Freunde hier. Blieb nur die Frage, warum die jetzt nach Antje suchten, wenn sie gemeinsame Sache gemacht hatten. Oder hatten sie ganz einfach nur Schiss, dass Antje sie verpfeifen würde, wenn man sie fand? War all die Sorge um sie nur vorgeschoben, um keinen Verdacht zu erregen? Wollten sie sie womöglich auch kaltmachen, genauso wie Max? Oder lag ihnen wirklich etwas an ihr und sie wollten sie einfach nur aus der Schusslinie nehmen? Nun, das konnten sie vergessen, denn schließlich war er ja auch noch da.

Arnos Gedanken schleuderten in wilden Loopings durch seinen Kopf. Gott sei Dank hatte die Kellnerin ihm inzwischen sein Bier gebracht, und er schüttete es in einem Zug in sich hinein. Hach, das tat gut! Ohne ein ordentliches Pils konnte schließlich kein Mensch klar denken.

Antje! Er musste sie finden! Jetzt noch mehr als zuvor. Bei den Bullen würde sie sowieso nur gestreichelt werden, weil sie wahrscheinlich eine schwere Kindheit hatte oder so. Das konnte er, nach allem, was er jetzt wusste, noch weniger zulassen als noch vor ein paar Stunden. Dieses Miststück musste dran glauben, komme, was wolle. Ganz bestimmt würde Arno ihr nicht im Gerichtssaal gegenübersitzen und sich von ihr frech ins Gesicht grinsen lassen. Wenn es ganz blöd lief, würde sie dem Richter womöglich weismachen können, dass Hartmut es gewesen war, der Max überfahren hatte. Aber nicht ihm, nicht Arno Staudtner. Um ihn zu linken, musste diese Göre schon früher aufstehen. Er würde die Wahrheit aus ihr herausprügeln und ihr dann ganz langsam ihren mageren Hals umdrehen, so wahr, wie er hier saß. Was dann hinterher mit ihm geschah, interessierte ihn einen Dreck. Wichtig war nur, dass der Mord an seinem Jungen gesühnt wurde. Auf seine Weise.

Endlich stand die Gruppe auf. Nils deutete in verschiedene Richtungen, die anderen nickten. Sie machten sich nun also auf die Suche nach Antje.

Arno entschied sich dafür, an dem dürren Kerl dranzubleiben, der genau wie Antje überall gepierct war. Irgendwie sah der pfiffig aus. Wenn einer das Miststück aufspürte, dann vermutlich er. Der Typ machte sich Richtung *Haus der Begegnung* auf den Weg.

Arno folgte ihm.

Was zum Teufel trieb Harry nach Greetsiel? Noch dazu an einem Sonntagnachmittag, wenn diese ostfriesische Puppenstube von Urlaubern geradezu überrollt wurde? Ganz gewiss war Harry nicht der Typ, der einfach Lust darauf hatte, in einem malerischen Örtchen bei Sonnenschein ein Krabbenbrötchen zu essen. Auch war nicht anzunehmen, dass er dort geschäftlich zu tun hatte. Denn was, bitte schön, sollte der Rotlichtkönig in diesem Dorf Interessantes vorfinden?

Viktor war sich sicher, dass es nur einen Grund gab, warum Harry persönlich hier war, und der hieß Antje. Der Zuhälter hatte seine Spitzel überall. Und wenn sich Antje hier im Fischerdorf herumtrieb, dann würde er es als einer der Ersten erfahren.

Wie gut, dass auch Viktor seine Leute hatte, die ihn über das Wichtigste auf dem Laufenden hielten. Jetzt musste er Harry in diesem Gewühl nur noch finden und verhindern, dass er Antje in die Finger bekam. Natürlich, Harry würde ihr nichts antun. Nichts Körperliches wenigstens. Aber nach allem, was passiert war, würde er sie in der Hand haben. Und das wäre nicht gut, gar nicht gut.

Zwar konnte Viktor nicht sagen, was genau Harry über Antjes Verhältnis zu Hartmut Schröder und die Umstände von Max' Tod wusste. Wenn es aber das war, was Viktor vermutete, dann sah es für Antje nicht gut aus. Nicht auszuschließen, dass Harry sie mit seinem Wissen erpressen und sie zwingen würde, wieder für ihn zu arbeiten. Und das war das Letzte, was Antje gebrauchen konnte. Natürlich, sie war eine Nutte, die es mit fast jedem trieb, der sie dafür bezahlte. Einfach, weil ihr dieser Job nach wie vor Spaß machte. Aber sie war frei zu entscheiden, ob, wann und für wen sie diese Dienstleistung erbrachte. Das würde sie bei Harry nicht mehr sein. Und genau das musste verhindert werden.

„Nun pass doch auf, du ungehobelter …!"

Völlig in Gedanken versunken, spürte Viktor plötzlich einen harten Gegenstand gegen sein Bein schlagen. Wie der Blitz schleuderte er herum – und sah in die Augen einer kleinen, uralten Frau, die ihn aus schmalen Augen und mit geschürzten Lippen finster musterte. „Kannst du denn nicht gucken, wo du hinläufst?", fauchte sie ihn an und fuchtelte mit ihrem Gehstock nun vor seinem Gesicht herum. „Hat deine Mutter dir nicht beigebracht, dass man keine alten Frauen umrennt?"

Viktor wusste nicht, ob er lachen oder sich ärgern sollte. Er entschied sich für nichts von beidem, sondern sagte lediglich: „Bitte entschuldigen Sie, ich war wohl unachtsam. Es wird nicht wieder vorkommen."

„Das will ich dir auch geraten haben!", bellte sie ungehalten. „Es kann ja wohl nicht angehen, dass ihr jungen Leute …"

„Wübkea, sieh zu, dass du herkommst! Ich will endlich mein Eis!", rief eine andere, mindestens ebenso alte Dame ihr zu.

„Es tut mir wirklich leid", wiederholte Viktor, woraufhin die Alte sich mit einem „Na gut!" umdrehte und, sich auf ihrem Gehstock aufstützend, in der Menge verschwand.

Viktors Smartphone kündigte eine Nachricht an. Er zog es aus der Hosentasche und las: *Harry geht in Richtung der Zwillingsmühlen. Hat anscheinend einen Tipp bekommen.*

Shit! Viktor fluchte laut vor sich hin, denn er selbst war gerade am anderen Ende von Greetsiel angekommen und kämpfte sich durch die Massen in der Nähe der Kirche. Es würde eine Ewigkeit dauern, bis er es durch das Gewühl zu den Mühlen geschafft hatte. Wenn Antje sich aber tatsächlich dort aufhielt und Harry ihr auf der Spur war, dann musste sie schleunigst von dort verschwinden.

Viktor zögerte kurz, dann tippte er eine Nummer in sein Telefon und wartete auf das Freizeichen.

14

Hauptkommissar David Büttner hatte gehofft, dass er an diesem Sonntag bei der Lösung des Falls noch ein gutes Stück vorankommen würde, doch sah es nicht danach aus. Da ihnen Viktor Eisenroth durch die Lappen gegangen war, hatten sie keinen konkreten Anknüpfungspunkt mehr für ein weiteres Handeln. Zwar recherchierte Sebastian Hasenkrug auch nach ihrer Rückkehr in Emden weiterhin in allen Dateien, die ihnen zur Verfügung standen, einen überzeugenden Treffer aber hatte er noch nicht landen können. Wenn wenigstens Antje Peters wieder auftauchen würde, dann hätten sie endlich eine neue Fährte, die sie womöglich näher zur Lösung des Falls brachte. Doch leider würde daraus wohl an diesem Sonntag nichts mehr werden, wenn kein Wunder geschah. Und wer wusste schon zu sagen, was morgen war ...

„Nichts Interessantes, Hasenkrug?", fragte Büttner, als er nach einer halben Stunde Luftschnappen wieder ins Büro zurückkam. Seine Nerven lagen auch nach diesem kurzen Spaziergang noch blank, er fühlte sich hundsmiserabel. Aber was nützte alles Klagen und Zetern, irgendwie würde es auch nach dem zu erwartenden Tiefschlag weitergehen.

„Leider nicht, Chef", antwortete Hasenkrug, und in seiner Stimme lag echtes Bedauern.

Büttner seufzte. Genau das hatte er sich schon gedacht. Leider war das Kommissariat am Sonntag nur spärlich besetzt, ansonsten hätten sie eine ganz andere Manpower in die Recherche stecken können. So aber blieb ihnen auch dafür nur der morgige Montag.

„Ich habe nur was zu Viktor Eisenroth gefunden", erklärte Hasenkrug, „doch weiß ich derzeit noch nicht, ob das für uns von Belang sein könnte. Er ist kein ganz unbeschriebenes Blatt, wurde im Rotlichtmilieu auffällig. Genauso übrigens wie dieser Harry, dem wir auf der Treppe begegnet sind. Den hab ich in der Kartei gefunden. Viktor wurde vor einigen Jahren Zuhälterei vorgeworfen, verurteilt worden ist er jedoch nie. Er scheint seit Längerem sauber zu sein. Zumindest sagt das unsere Aktenlage. Ob er es wirklich ist, weiß man natürlich nicht, aber das hilft uns jetzt nicht weiter. Da aber Antje Peters auch in diesem Milieu verkehrt, wäre es immerhin möglich, dass die beiden sich kennen. Das Antje Harry kannte, ist sicher."

„Irgendwas zu dem Vater von Max?"

„Arno Staudtner? Ja. Kneipenschlägereien, Körperverletzung, begangen immer im Suff. Aber auch keine größeren Sachen. Nicht vorbestraft. Ist seit geraumer Zeit arbeitslos, seine Frau geht putzen. Wie so ein Leben aussieht, davon konnten wir uns ja ein Bild machen."

„Na ja, seinen eigenen Sohn wird er wohl kaum getötet haben. Allerdings ist nicht auszuschließen, dass er zur Selbstjustiz schreitet. Ich glaube nach wie vor nicht, dass er den Tod seines Sohnes einfach auf sich beruhen lässt. Hm." Büttner zog die Stirn in Falten. „Vielleicht hätten wir lieber ihn im Auge behalten sollen als diesen Eisenroth."

„Der – Achtung! – übrigens nie im Krankenhaus war", erwiderte Hasenkrug und hob den Zeigefinger.

„In welchem Krankenhaus?" Büttner stand auf dem Schlauch.

„Ilse Hansen hatte uns gesagt, sie habe ihm Erdbeeren mitgegeben, weil er ihre Freundin", er blätterte in seinen Notizen, „weil er eine gewisse Malou im Krankenhaus besuchen wolle."

„Dann hat er die Erdbeeren wohl lieber selber gegessen", mutmaßte Büttner, wurde aber sogleich wieder ernst. „Entweder hat uns Frau Hansen von Anfang an verschaukelt, oder sie hat tatsächlich geglaubt, er würde zu dieser Malou fahren."

„Ich denke, wir können getrost von Ersterem ausgehen", erklärte Hasenkrug. „Ich habe nämlich im Krankenhaus angerufen und gefragt, ob wir Malou – die eigentlich Marieluise Beenken heißt – besuchen und zum Fall Hartmut Schröder befragen dürfen. Die Schwester sagte mir, dass sie überhaupt keinen Besuch empfangen dürfe, geschweige denn vernehmungsfähig sei. Wir sind diesbezüglich also von Frau Hansen angeflunkert worden. Was auch immer der Grund dafür sein mag."

„Hm." Während Büttner seinem Assistenten zuhörte, hatte er zwei Tassen Kaffee gemacht und stellte Hasenkrug nun eine davon auf den Schreibtisch. „Wenn es so ist, wie Sie sagen, dann frage ich mich wirklich, ob es Zufall war, dass ausgerechnet die Damen der Wohngruppe das brennende Fahrzeug und den ebenso in Flammen stehenden Hartmut Schröder gefunden haben."

„Vermutlich Hartmut Schröder."

„Wie bitte?" Büttner schaute irritiert.

„Wir haben noch immer keinen hundertprozentigen Beweis, dass es sich bei der verbrannten Person überhaupt um Hartmut Schröder handelt."

Büttner atmete tief durch. „Sie wissen genauso gut wie ich, dass die Wahrscheinlichkeit hier sehr klar für Schröder spricht."

Hasenkrug schaute Büttner betreten an. „Wie dem auch sei, wir sollten Frau Hansen dahingehend auf jeden Fall noch einmal befragen."

„Wie hießen die anderen Frauen, die mit ihr angeblich auf der Nordic-Walking-Tour waren?"

„Elfriede Schlüter und Gerda Bonnen", antwortete Hasenkrug nach einem Blick in die Akte. „Ich würde vorschlagen, dass wir alle drei zur Vernehmung vorladen. Wenn sie nicht nach Emden kommen können, lässt sich das mit Sicherheit auch in Oldenburg einrichten."

„*Sie* sollten sie vorladen, Hasenkrug, nicht wir." Büttner stieß einen tiefen Seufzer aus. „Ich denke, wir müssen den Tatsachen ins Auge sehen, und das heißt, dass ich ab morgen aus dem Spiel sein werde."

„Ja, daran habe ich nicht gedacht", nickte Hasenkrug. „Dennoch würde ich, wenn es irgendwie geht, ungern auf Sie verzichten, Chef. Vielleicht ließe sich da ja was … hm … einfädeln?"

Büttner schluckte schwer. Genau auf diese Worte hatte er gehofft. Hasenkrug war einfach eine treue Seele, die es in diesem Moment beinahe schaffte, seinen Vorgesetzten zu Tränen zu rühren. Doch ließ er sich nichts anmerken, sondern sagte nur: „Das sehen wir dann. Vermutlich wird man Ihnen eine

Vertretung für mich zur Seite stellen. Wenn Sie schlau sind, bestehen Sie darauf, dass es jemand ist, mit dem Sie …"

„Sophie Reimers", unterbrach Hasenkrug ihn.

„Zum Beispiel", grinste Büttner zufrieden. „Eingespieltes Team und so. Ich sehe, wir verstehen uns." Er trank seinen Kaffee aus und stand auf. „Ich denke, dass ich dann mal nach Hause fahre und mich von meiner Frau ein wenig bedauern lasse." Er nickte Hasenkrug zu. „Wir sehen uns morgen, vor meinem Gang in die Höhle des Löwen."

„Ich werde Sie in mein Nachtgebet einschließen", sagte Hasenkrug mit einem schiefen Grinsen.

„Kümmern Sie sich lieber um irdischen Beistand", erwiderte Büttner. „Das erscheint mir in meiner Situation weniger … abstrakt, wenn Sie verstehen, was ich meine." Damit verschwand er zur Tür hinaus.

„Suspendieren? Dich?" Susanne starrte ihn an wie ein Alien. „Aber das können sie doch nicht machen!" Ihre Empörung entlud sich in den Tellern, die sie gerade für das Abendessen auf den Tisch stellte. Sie schepperten bedenklich. „Hätte ich das gewusst, dann hätte ich dir Speckpfannkuchen gemacht. Für die Nerven."

„Schon gut, Sauerbraten mit Rotkohl und Kartoffeln ist auch ganz wunderbar", murmelte Büttner und strich sich müde über die Augen. Er fühlte sich völlig ausgebrannt.

„Echt jetzt, Paps?" Auch Büttners Tochter Jette, die unangemeldet erschienen war – was in der Regel bedeutete, dass es auf ihrem Studentenkonto finanziell knapp wurde – schien das Ganze für einen Scherz zu halten. „Du redest doch Müll, oder?"

Büttner schüttelte den Kopf. „Leider wird mir wohl der Schlag zum Verhängnis werden, den ich Hartmut Schröder verpasst habe."

„*Du* hast jemanden geschlagen?" Jette entgleisten nun endgültig die Gesichtszüge. „Einfach so? Ja, sag mal, Paps …!"

Susanne, die inzwischen die dampfenden Schüsseln mit Essen auf den Tisch gestellt hatte, setzte sich zu ihnen und schaute ihren Mann besorgt an. „Man hat eine verkohlte Leiche in einem Rolls-Royce gefunden, sagten sie in den Nachrichten. Hat man Schröder in seinem eigenen Auto verbrannt?"

„Was? Du hast ihn auch noch verbrannt?" Jettes Augen weiteten sich vor Entsetzen. „Aber, Paps, warum tust du so was?"

„Nun rede mal keinen Quatsch, Jette, natürlich habe ich ihn nicht verbrannt", entgegnete Büttner unwirsch. Er lud sich ein paar Kartoffeln auf den Teller, dann ein wenig Rotkohl. „Erstens sind das nur Vermutungen. Die Untersuchungen der Leiche sind noch nicht abgeschlossen. Und dann habe ich ihm nur mit dem Ellenbogen … Es war ein Reflex in Notwehr, okay?" Er machte eine wegwerfende Handbewegung. „Ach, ist ja auch egal."

„Du hast in Notwehr gehandelt, da können sie dich doch nicht so einfach vom Dienst suspendieren. Ich meine, du kannst doch nichts dafür, wenn hier einer nachts bei uns vor der Tür steht und an die Scheibe klopft und du Heim und Hof verteidigen willst. Für so was wird man doch nicht suspendiert!" Susanne sagte es in einem Tonfall, als könnte sie das Damoklesschwert, das über ihrem Mann schwebte, zum kontrollierten Absturz bringen.

Als nun auch Jette wieder zum Reden ansetzte, sagte

Büttner schnell: „Bevor ihr euch in Spekulationen verliert, würde ich euch gerne genau erklären, worum es eigentlich geht. Aber erst mal würde ich gerne etwas essen. Auch wenn mir inzwischen gründlich der Appetit vergangen ist." Er rieb sich den Bauch. „Die ganze Sache ist mir ordentlich auf den Magen geschlagen." Was natürlich auch an den zwei großen Stück Torte vom Mittag liegen könnte, wie er in Gedanken hinzufügte. Aber seine beiden Frauen mussten ja nicht alles wissen.

„Was genau ist denn jetzt los?", fragte Susanne, als sie alle schließlich Messer und Gabel beiseitegelegt hatten. Das Essen war weitgehend schweigsam verlaufen. Auch war ungewöhnlich viel übriggeblieben. Es gab einfach Nachrichten, die einem das beste Mahl verhageln.

Büttner schenkte für alle Rotwein ein, dann erläuterte er, wie sich die Dinge in der Zwischenzeit zu seinen Ungunsten entwickelt hatten. Nachdem er geendet hatte, herrschte erst einmal betretenes Schweigen im Raum. Selbst Heinrich, der während des Essens ständig um den Tisch herumgeschlichen war, hatte sich in seinen Korb zurückgezogen. Eine Vorderpfote hatte er über die Schnauze gelegt, sodass es aussah, als wollte er sich verstecken. Vermutlich war auch ihm die gedrückte Stimmung im Hause Büttner aufs Gemüt geschlagen.

„Schöne Scheiße", brach Jette schließlich das Schweigen. „Ich hab echt gedacht, du machst einen deiner komischen Scherze, Paps, aber das … Puh!" Sie ließ den Rest des Satzes in der Luft hängen und nippte an ihrem Rotwein. „Oh Gott", sagte sie dann fassungslos, „wenn ich mir vorstelle, dass mein Vater einen Mann auf dem Gewissen hat …!"

„Ich hab überhaupt niemanden auf dem Gewissen", wehrte Büttner ab, obwohl er sich da alles andere als sicher war. War sein Schlag vielleicht doch heftiger ausgefallen, als er zunächst gedacht hatte?

„Aber so schwer war Schröder doch gar nicht verletzt", sagte Susanne, als könnte sie seine Gedanken lesen. „Ich meine, ich hab ihn doch gesehen. Wenn du mich fragst, war sein Nasenbein nicht gebrochen. Eine fette Prellung, ja, aber doch kein Bruch!"

„War aber so", knurrte Büttner. „Sonst hätte der Doc das ja wohl kaum festgestellt. Das siehst du dem Verletzten ja auch nicht unbedingt sofort an. Und im Gesicht herumgetatscht, um die Prellung genau zu untersuchen, haben wir Schröder ja auch nicht. Wer weiß schon, wie schlimm die Verletzung wirklich war? Fakt ist nur, dass ich nach dem Mord an Max zu Protokoll gegeben habe, dass ich Schröder ins Gesicht geschlagen habe."

„Wer ist denn nun schon wieder Max?", fragte Jette. „Und wieso wurde er ermordet?"

„Sag mal, informierst du dich denn über gar nichts?" Susanne sah ihre Tochter tadelnd an. „Das läuft seit gestern Morgen in Dauerschleife auf allen Kanälen. Mord mit Fahrerflucht. Hier bei uns vor der Haustür. Eine junge Frau wird noch gesucht."

„Ach das!" Jette schlug sich mit der flachen Hand an die Stirn. „Klar, hab ich von gehört. So oft kannste ja gar nicht wegschalten, wie die diese Suchmeldung bringen." Sie schaute ihren Vater von der Seite an. „Und du hast echt diesen Mörder zusammengeschlagen? Respekt, Paps! So was hätte ich dir gar nicht zugetraut."

„Ich hab ihn nicht zusammengeschlagen", entgegnete Büttner gequält. „Er hat mich von hinten gepackt und ich hab ihm aus einem Reflex heraus ein paar auf die Zwölf gegeben. Das war alles. Und zwar vor dem Mord an Max, nicht danach. Spektakulär ist daran nun wirklich nichts."

„Bis auf die Folgen, die dieser Schlag nach sich zieht." Susanne zog eine Grimasse. „Was genau hat dein Vorgesetzter denn dazu gesagt?"

„Noch gar nichts."

„Noch gar nichts?"

„Nee. Noch liegen die Untersuchungsergebnisse der Gerichtsmedizin nicht vor. Er wird sich erst morgen darüber freuen können, wenn er zum Dienst kommt."

„Dann weißt du also noch gar nicht sicher, ob du suspendiert wirst", stellte Jette fest.

„Um das zu wissen, muss ich kein Hellseher sein. Das bringt die Sachlage so mit sich. Schließlich kann ich in keinem Mordfall ermitteln, in den ich selber involviert bin."

Susanne verschluckte sich an ihrem Wein. Offensichtlich war ihr gerade ein erschreckender Gedanke gekommen. „Aber, aber …", krächzte sie zwischen zwei Hustenanfällen, „dann kann es ja auch sein, dass sie dir … dass sie dir das mit dem Feuer anhängen. Wenn wirklich Schröder die verbrannte Leiche ist, dann … dann gehen sie vielleicht davon aus, dass du Spuren vernichten wolltest."

„Nee, tun sie nicht", entgegnete Büttner. „Schließlich hab ich schon vor dem Brand zu Protokoll gegeben, dass ich Hartmut geschlagen habe. Wäre ja schön dumm, ich würde hinterher losrennen, um die Sache für mich noch schlimmer zu machen. Nee, das werden sie mir ganz sicher nicht anhängen, zumal ich zur Tatzeit meilenweit vom Tatort entfernt war."

Heinrich ließ ein Seufzen vernehmen, das sich anhörte, als sei er von dieser Argumentation nicht überzeugt. Verräter!

„Und wie geht's jetzt weiter?", fragte Jette. „Ich meine, die müssen den Fall doch lösen. Den Mörder überführen – soweit du es nicht vielleicht doch bist – und diese vermisste Frau finden. Und das alles ohne dich? Wie soll denn das funktionieren?"

„Danke für die Blumen, mein Kind, aber es gibt tatsächlich noch andere Mordermittler als mich auf diesem schönen Erdenrund. Sie werden Hasenkrug schon jemanden zur Seite stellen."

„Sophie Reimers?", vermutete Susanne.

„Möglich."

„Das wäre gut. Sie würde wenigstens nicht in die falsche Richtung ermitteln."

„Sehe ich genauso." Büttner schaute auf seine Uhr. „So, und nun gehe ich ein wenig Fortbildung machen. Der neue Tatort kommt. Vielleicht überzeugt das meinen Chef, dass ich trotz allem weiterermitteln kann."

„Na, deinen Galgenhumor möchte ich haben", seufzte Susanne.

15

Gegen Abend wurde es ruhiger in Greetsiel, viele Tages-
gäste reisten wieder ab. Die Sonne stand noch immer hoch
am Himmel und würde sich erst in einigen Stunden hinter den Horizont zurückziehen. Obwohl so dicht an der
Küste gelegen, hatte es an diesem Sonntag außergewöhnlich wenig Wind gegeben. Normalerweise trieb dieser die
Hitze aus den geklinkerten Gassen, doch war ihm das
heute nicht gelungen. Straßenpflaster und Mauern hatten
sich mit Wärme aufgetankt und würden diese auch noch
an ihre Umgebung abgeben, wenn sich längst die Dunkelheit über dieses pittoreske Fischerdorf gelegt hatte. Es
würde eine laue Nacht werden, wie es sie in Ostfriesland
nur selten gab.

Doch das alles interessierte Arno Staudtner nicht. Vielmehr hatte sich eine gewisse Gereiztheit in ihm breitge-
macht, obwohl er zwischenzeitlich durchaus die berech-
tigte Hoffnung gehabt hatte, Antje aufgespürt zu haben.
Doch stellten sich alle Tipps, die er per Textnachricht bekam, als wertlos heraus. Und auch Antjes Freunde, die
stundenlang nach ihr Ausschau gehalten hatten und denen
er abwechselnd gefolgt war, waren in ihrer Suche erfolg-
los geblieben. Kilometer um Kilometer hatten sie im über-
schaubar großen Ortskern abgerissen, hin und her und hin

und her waren sie gelatscht. Mit dem Ergebnis, dass sie sich irgendwann wieder in einem Café getroffen und mit Bier ihren Frust hinuntergespült hatten. Inzwischen waren sie mit enttäuschtem Gesichtsausdruck wieder davongefahren.

Arno hingegen hatte sich dazu entschlossen zu bleiben. Sein Instinkt sagte ihm, dass Antje hier zu finden war, auch wenn es dafür keinen konkreten Anhaltspunkt gab, außer den fehlgeschlagenen Hinweisen, die ihn am Nachmittag mehrfach aufgescheucht hatten. Sein Kumpel, den er losgeschickt hatte, weil er ihm noch was schuldig war, arbeitete bereits daran, Arnos Instinkt zu bestätigen. Bei dessen Geschick war es sicherlich nur eine Frage der Zeit, bis er fündig wurde. Er hatte schon ganz andere Kaliber aufgespürt als ein kleines Mädchen.

Nachdem er es sich den ganzen Tag über verkniffen hatte, etwas Vernünftiges zu essen, war das Hungergefühl inzwischen so heftig geworden, dass Arno sich dazu entschloss, sich wenigstens eine Pizza zu gönnen. Die schien ihm nach einem Blick auf die ausgehängten Speisekarten der Restaurants am preiswertesten zu sein.

Wie schon am Mittag setzte er sich an der Hafenpromenade an einen gerade freigewordenen Tisch und gab seine Bestellung auf. Ein großes Pils, ein Korn und eine Pizza mit allem. Das musste bis zum nächsten Morgen genügen, denn mehr Ausgaben konnte er sich nun wirklich nicht leisten.

Aber mit viel Glück würde seine Aufgabe dann ja sowieso erledigt sein.

Gerade wollte Arno einen ersten Bissen von seiner Pizza

abschneiden, als sein Blick auf einen nur wenige Meter von ihm entfernt stehenden Mann fiel, der ihm vage bekannt vorkam. Groß, muskulös, tätowiert. Arno fand, dass er osteuropäisch aussah, so wie ein Pole oder Russe oder so was. Ja, irgendwo hatte er ihn schon mal gesehen, aber es wollte ihm partout nicht einfallen, wo es gewesen sein könnte. Der Mann telefonierte, wobei sein Gesichtsausdruck immer finsterer wurde. Wild gestikulierend redete er auf seinen Gesprächspartner ein, doch konnte Arno leider kein Wort verstehen, da um ihn herum ein Geräuschpegel wie in einem Schwimmbad herrschte. Lediglich einzelne Wortfetzen fasste er auf, aus denen er allerdings nicht schlau wurde. Na ja, egal. Schließlich begegneten einem im Laufe des Lebens so viele Menschen, dass man sie sich unmöglich alle merken konnte.

Mit Heißhunger widmete sich Arno wieder seiner Pizza, die, wie er fand, hervorragend schmeckte. Gerne hätte er sich noch eine zweite bestellt, denn leider hatte sich trotz des üppigen Belags kein Sättigungsgefühl einstellen wollen. Aber er verkniff sie sich. Bis seine nächste Stütze kam, waren es noch fast zwei Wochen hin, und die Erfahrung zeigte, dass es zum Monatsende immer verdammt knapp wurde mit dem Geld. Und nun kam ja auch noch die Beerdigung des Jungen hinzu.

Arno spürte, wie ihm beim Gedanken an Max, der schon bald in der Erde verrotten würde wie eine tote Ratte, die Tränen in die Augen schossen. Sein Tod war einfach nicht gerecht. Was hätte er darum gegeben, an Max' Stelle treten zu können. Dann bekäme sein Sohn eine neue Chance, und er, Arno, hätte das ganze Elend endlich hinter sich.

Wer brauchte schon so ein Leben, wie er es hatte? Arno wusste, dass Max seine Chancen besser zu nutzen gewusst hätte als er selbst. Der Junge war auf einem so guten Weg gewesen, und dann, einfach so, kamen ein Arschloch und eine Schlampe daher und bliesen ihm auf brutalste Weise das Licht aus. Nein, gerecht war diese Welt wirklich nicht. Aber er, Arno, würde hoffentlich noch in dieser Nacht dafür sorgen, dass sie ein klein weniger gerechter wurde.

Der Mann mit den osteuropäischen Gesichtszügen setzte seinen Weg immer noch telefonierend fort und verschwand in der Menge. Arno legte genau abgezählte Geldscheine und Münzen auf den Tisch und stand auf. Es wurde Zeit, dass auch er sich auf den Weg machte.

Sein Handy fiepte. Er zog es aus der Tasche und warf einen Blick aufs Display. Na endlich! Es war genau die Nachricht, auf die er gewartet hatte. Ein diabolisches Grinsen schlich sich auf sein Gesicht. Nun würde alles gut werden.

Die Edzard-Cirksena-Straße war nicht schwer zu finden. Als Orientierung galten Arno die Greetsieler Zwillingsmühlen, vor denen es, aus der Ortsmitte kommend, links abging. Es war eine Straße wie jede andere, gesäumt von Einfamilienhäusern aus rotem Klinker. Arno suchte ein ganz bestimmtes. Es dauerte nicht lange, bis er es gefunden hatte.

Von seiner Größe her glich das baufällig wirkende Haus mit den verrotteten Holzfenstern eher einer Gartenhütte. Das Grundstück, auf dem es stand, war um ein Vielfaches größer als sein Grundriss. Viele Bäume standen über den verwilderten Garten verteilt, es roch nach überreifem Obst und sommerlicher Blütenpracht.

Doch das alles nahm Arno nur am Rande wahr. Was ihn interessierte, war einzig und alleine die Antwort auf die Frage, ob Antje sich tatsächlich hier aufhielt oder ob er erneut enttäuscht werden würde. Schließlich war er Antjes Freunden schon am Nachmittag bis fast hierher gefolgt. Doch hatten die ihre Suche bereits in der parallel verlaufenden Okko-tom-Brook-Straße abgebrochen, nachdem sie zunächst ganz eifrig und schnellen Schrittes hingeeilt waren. Anscheinend war die Information, die sie von wem auch immer bekommen hatten, nicht ganz korrekt gewesen.

Und nun kam ihm auch in den Sinn, wo er den Mann mit den osteuropäischen Gesichtszügen schon mal gesehen hatte, nämlich genau dort, in der Okko-tom-Brook-Straße. Ob das eine Bedeutung hatte? War der Mann womöglich auch Antjes Freunden gefolgt? Dass er nicht zu ihnen gehörte, war offensichtlich gewesen. Aber irgendwie hatte er dennoch den Eindruck gemacht, als würde er etwas suchen. Oder spielte Arnos Erinnerung ihm einen Streich? Litt er womöglich schon an Verfolgungswahn und sah überall Gestalten, die ebenfalls auf der Suche nach Max' Mörderin waren? War der Typ vielleicht sogar ein Bulle?

Arno schaute sich um, hier aber war der Kerl nirgends zu entdecken. Und das war auch gut so, denn dann hätte Arno womöglich ein Problem gehabt.

Und nun? Unschlüssig stand er minutenlang versteckt hinter einer hohen Hecke, sodass man ihn vom Haus aus nicht sehen konnte. Ab und zu liefen Leute vorbei, aber kaum einer von ihnen beachtete ihn. Lediglich ab und zu grüßte mal einer mit einem knappen „Moin". Das mussten Einheimische sein, denn dass Touristen grüßten, kam äußerst selten vor. Und wenn, dann allenfalls mit einem *Guten Abend* oder einem *Grüß Gott,* niemals aber mit einem *Moin.*

Arno hatte seine Schirmmütze tief in die Stirn gezogen und eine Sonnenbrille aufgesetzt. Sollte man später nach ihm fahnden, dann würden potenzielle Zeugen wenigstens sein Gesicht nicht beschreiben können. Und er hoffte nichts so sehr, als dass man nach ihm fahnden würde. Denn dann hätte er alles richtig gemacht.

Wenn er nur wüsste, ob Antje sich tatsächlich in dieser armseligen Kate aufhielt. Auf gar keinen Fall durfte sie ihn kommen sehen, denn dann wüsste sie vermutlich sofort, was die Stunde geschlagen hat.

Nach rund einer Viertelstunde entschied er, dass es besser sei, sich hinter der Hecke wegzubewegen. Schließlich war es nicht ausgeschlossen, dass jemand aus den anderen Häusern auf ihn aufmerksam wurde. Kerle, die einfach irgendwo herumlungerten, waren gemeinhin nicht gerne gesehen. Womöglich würde man eine Polizeistreife vorbeischicken, um zu überprüfen, ob es sich bei ihm um einen Spanner oder sonstigen Perversling handelte, und das konnte er nun wirklich nicht gebrauchen.

Im Schutze der Hecke schlich er sich näher an das Grundstück heran. Er vergewisserte sich, dass ihn niemand beobachtete, dann stieg er über den niedrigen Zaun und lief rasch zu einem zum Häuschen gehörenden Holzschuppen hinüber. Er drückte sich in einen Spalt zwischen Nachbarhecke und Schuppen – was bei seinem Bauchumfang gar nicht so einfach war. Die Zweige der Hecke stachen unangenehm in seinen Rücken. Er schnaufte kurzatmig.

In dieser äußerst unbequemen Position würde er es jedenfalls nicht lange aushalten, ohne zudem noch ordentliches Magen- und Darmdrücken zu bekommen, das stand fest. Gut möglich auch, dass er angesichts der Hitze über kurz oder lang ersticken würde. Also quetschte er sich um den Schuppen herum und blieb an dessen Rückseite stehen. Ein perfekter Sichtschutz zum Haus hin, wie er zufrieden feststellte. Blieb nur zu hoffen, dass ihn niemand bei diesem Manöver beobachtet hatte.

Immer wieder lugte Arno um die Ecke des Schuppens in eines der Fenster hinein. Doch tat sich im Haus nichts, soweit er es durch die spiegelnde Scheibe erkennen konnte. Und das konnte er eigentlich nicht. Natürlich könnte er sich heranschleichen und versuchen, durch das Fenster etwas zu erspähen. Doch war das zu riskant. Am besten wartete er, bis es dunkel wurde. Mit viel Glück würde jemand im Haus das Licht anmachen, und mit noch mehr Glück würde dieser jemand Antje sein.

Stunde um Stunde verging, ohne dass sich Arno vom Fleck rührte. Lediglich ein Schwarm Insekten, die im Licht der untergehenden Sonne tanzten, leisteten ihm Gesellschaft. Und Stechmücken, jede Menge Stechmücken. Um ihn herum summte es ohne Unterlass. Ein paar von ihnen hatte er bereits erledigt, doch schien sich ihr Tod herumzusprechen, woraufhin Verwandte und Freunde zu ihrer Beerdigung eilten. Auf jeden Fall wurden es immer mehr, so Arnos Eindruck. Seine Arme und sein Nacken juckten wie verrückt. Er konnte gar nicht so schnell zuschlagen, wie die Viecher ihm zusetzten. Es war an der Zeit, dass er zur Tat schritt, bevor er eine einzige geschwollene Masse war.

Seine Mordlust jedenfalls war nach dieser Mückenattacke geweckt. Jeden einzelnen Stich würde die Schlampe ihm büßen. Jeden. Einzelnen. Stich.

Die Dämmerung schritt langsam aber sicher voran, und endlich, nach noch mal rund einer Stunde, war es soweit. Im Haus machte jemand das Licht an.

Es war so weit.

Arno schlich zum Haus und tastete sich an der Mauer entlang zum erleuchteten Fenster. Es war nicht allzu groß, aber auch nicht allzu hoch angebracht, sodass er bequem hineinsehen konnte. Mehrere Spinnennetze, in denen jede Menge verklumpte Insekten gefangen waren, verzierten Rahmen und Scheibe. Hier hatte anscheinend seit Ewigkeiten keiner mehr geputzt. Arno fragte sich, warum Antje die Vorhänge nicht zuzog, wenn sie sich verstecken wollte. Oder hieß dies vermeintlich unvorsichtige Verhalten womöglich nur, dass es gar nicht Antje war, die sich in diesem Häuschen mit den schiefen Mauern aufhielt?

Arno wartete darauf, dass ein Mensch den hinter der Scheibe liegenden Raum betreten würde. Anscheinend handelte es sich um das Wohnzimmer, denn bestückt war es mit diversen abgewetzten Polstermöbeln, einer wurmstichigen Vitrine und einem löchrigen Teppich. Auf einer Kommode stand ein eingeschalteter Röhrenfernseher, es lief eine Quizsendung. Es war das Zimmer von alten Leuten, nicht von einer Frau wie Antje. Ob er hier wirklich richtig war?

Sein Herz tat einen Sprung, als plötzlich jemand das Zimmer betrat. Schnell zog er den Kopf ein, schob ihn jedoch gleich wieder so weit nach oben, dass er gerade durch die Scheibe linsen konnte. Er grinste breit, als er sah, wer sich gerade, einen Teller mit belegtem Brot in der Hand, aufs Sofa setzte. Es war eine junge, drahtige und durchtrainierte Frau mit zahllosen Tattoos und Piercings, ihre Lippen schwarz geschminkt.

„Hab ich dich, du kleines Miststück!"

Nun stellte sich nur noch die eine Frage: Wie sollte er ins Haus kommen? Vorsichtig versuchte Arno es am Drehknopf der neben dem Fenster eingelassen Holztür, von der die dunkelgrüne Farbe in Streifen abblätterte. Sie rührte sich nicht. Als er um das Haus herumging, fiel sein Blick auf ein Kellerfenster, das aussah, als hätte es in früherer Zeit mal als Schüttluke für Kohlen gedient. Das morsche Sprossenfenster hing lose in den Angeln. Auf jeden Fall war die Luke groß genug, dass sogar er hindurchpasste. Ein paar Verrenkungen würden zwar nötig sein, aber was machte man nicht alles, um an sein Ziel zu kommen.

Nach ein paar Minuten mit unterdrücktem Ächzen, Stöhnen und Fluchen stand er schließlich gebückt im Keller. Fürs aufrechte Stehen reichte die Deckenhöhe nicht, wie er soeben schmerzhaft hatte feststellen müssen. Auch roch es unangenehm feucht und muffig. Gut möglich, dass dieser Raum schon öfter mal unter Wasser gestanden hatte. Als seine Augen sich an die Dunkelheit gewöhnt hatten, konnte er schemenhaft erkennen, dass der Keller bis auf ein wenig Gerümpel leer war.

Er tastete nach seinem Messer, das er am Gürtel angebracht hatte. Es fühlte sich herrlich kühl und fest an. Als seine Augen einen am feuchten Mauerwerk lehnenden, vom Rost zerfressenen Schürhaken erfassten, nahm er auch den mit. Sicher war sicher. Nun musste er auf dem Weg nach oben nur noch aufpassen, dass er nicht stolperte oder gegen irgendetwas trat, was schepperte.

Schließlich wollte er Antje die Überraschung nicht verderben.

16

„Und? War's schlimm?" Sebastian Hasenkrug sah David Büttner erwartungsvoll an, als der am Montagmorgen das Büro betrat.

Büttner meinte, in seinem Blick eine gewisse Besorgnis zu sehen, vermutlich, weil er die Suspendierung seines Chefs befürchtete. Leider konnte er diesbezüglich keine Entwarnung geben. Das Gespräch mit seinem Vorgesetzten war genauso verlaufen, wie er es hatte kommen sehen. Glücklich über die zu treffende Entscheidung hatte auch der nicht ausgesehen, doch blieb ihm keine andere Möglichkeit, als seinen Hauptkommissar von diesem Fall abzuziehen. Schließlich war Büttner nun selbst zu einem Verdächtigen geworden. So schnell konnte es zum Rollentausch kommen.

Fast wünschte sich Büttner, er hätte diesen verdammten Hieb, den er Schröder verpasst hatte, in seiner Aussage nie erwähnt. Kein Mensch wäre jemals auch nur auf die Idee gekommen, er könne etwas mit den Vorkommnissen zu tun haben. Das hatte man nun von seiner Ehrlichkeit.

Der Bericht der Gerichtsmedizin Oldenburg, der am Sonntagabend das Emder Kommissariat erreicht hatte, sprach eine eindeutige Sprache: Bei der verbrannten Leiche handelte es sich laut Zahnabgleich tatsächlich um den vermissten Hartmut Schröder, dessen Tod allerdings mit hoher Wahrscheinlichkeit nicht durch Verbrennen eingetreten war, sondern durch eine Hirnblutung, verursacht möglicherweise durch einen heftigen Schlag auf die Nase. Dem Bericht beigefügt waren Fotos vom verkohlten Schädel, mit Markierungen und Beschriftungen an den relevanten Stellen. Nasenbein sowie Stirnbein waren eindeutig gebrochen. Der Arzt vermutete, dass Knochenteile ins Gehirn eingedrungen waren und dort zu Blutungen geführt hatten.

„Genauso schlimm wie befürchtet", antwortete Büttner daher ungeschminkt auf die Frage seines Assistenten. „Laut Bericht von Graf Zahl habe ich Schröder so stark verletzt, dass er an Gehirnblutungen starb." Er setzte sich an seinen Schreibtisch und legte den Kopf in die Hände. „Gegen mich wird wegen fahrlässiger Tötung ermittelt werden, Hasenkrug. Ich habe mir nie vorstellen können, dass das mal passieren könnte. So schnell kann man in eine neue Rolle gedrängt werden. Man ist vor nichts sicher."

Hasenkrug war blass geworden. „Aber ... aber ... ohne Ihnen zu nahe treten zu wollen, Chef", stammelte er. „So einen harten Schlag haben Sie doch gar nicht, dass Sie damit ein Stirnbein zertrümmern können. Ich meine, dazu gehört schon was, einem ausgewachsenen Kerl einen Knochen ins Hirn zu rammen. Sie sind in so was doch völlig untrainiert." Er musterte seine eigene Faust, als wollte er diese Aussage für sich selbst überprüfen.

Büttner nickte und fuhr sich mit beiden Händen übers Gesicht. Er fühlte sich plötzlich müde und ausgelaugt. Nichts täte er jetzt lieber, als sich ins Bett zu legen und zu schlafen. Gut möglich, dass er dafür schon sehr bald genug Zeit haben würde, noch aber hatte er einiges mit seinem Assistenten zu besprechen. „Ich weiß auch nicht, ob Hartmut Glasknochen hatte oder so. Kann mir das alles nicht erklären", seufzte er.

„Bestimmt klärt sich alles schnell auf", versuchte Hasenkrug ihm Mut zuzusprechen.

„Das will ich hoffen", knurrte Büttner. „Ansonsten müssen Sie mir eine Feile in den Knast schmuggeln, Hasenkrug, versprechen Sie mir das?"

„In eine Buttercremetorte eingebacken und mit Schokoriegeln garniert, Chef, großes Indianerehrenwort!" Hasenkrug hob seine Hand zum Schwur, doch sein Grinsen wirkte ein wenig verzerrt. Die Sache schien ihm wirklich nahezugehen.

„Gibt es denn hier etwas Neues?", fragte Büttner, um von diesem leidigen Thema abzulenken.

Hasenkrug wand sich sichtlich auf seinem Stuhl. „Ähm ... ich weiß nicht ob ... ich meine, jetzt, wo Sie raus sind aus dem Fall ..."

Büttner hob die Hand. „So meinte ich es nicht, Hasenkrug. Natürlich sollen Sie mit mir nicht mehr über den Fall reden. Ich will Sie ja nicht in Schwierigkeiten bringen." Er schaute sich um, als befürchtete er, beobachtet zu werden, dann sagte er mit gesenkter Stimme: „Also wenigstens hier im Büro sollten wir uns nicht darüber austauschen. Zunächst einmal aber wollte ich nur wissen, ob mit Ihnen schon über eine Vertretung für mich gesprochen wurde."

„Die ist schon da", meldete sich eine Stimme von der Tür her. „Mein Chef schickt mich, ich soll hier aushelfen."

Büttner und Hasenkrug strahlten. „Frau Reimers, das ist ja schön", begrüßte Büttner sie, und Hasenkrug sagte: „Hallo, Sophie, da fällt mir aber ein Stein von Herzen."

„Ich freue mich auch, wieder hier zu sein." Sie schenkte beiden ein Lächeln und zog sich einen Stuhl heran. Nach einem weiteren Blick auf Büttner aber wurde sie ernst und sagte: „Ich konnte es gar nicht glauben, als man mir sagte, dass ich hier eingesetzt werden soll, weil Sie von dem Mordfall abgezogen worden sind. Gibt es dafür einen plausiblen Grund?"

„Ich bin der Täter", antwortete Büttner mit säuerlicher Miene.

„Ja, klar, das dachte ich mir schon." Sophie Reimers schob die Unterlippe vor und nickte wissend, den Blick voller Ironie. „Klingt total plausibel, wenn Sie mich fragen."

„Nee, im Ernst. Man geht derzeit davon aus, dass ich für Schröders Tod verantwortlich bin."

Als auch Hasenkrug anstatt zu lachen nur mit ernster Miene laut aufseufzte, starrte Sophie Reimers mit offenem Mund mehrmals von einem zum anderen. „Ganz ehrlich, ihr habt schon bessere Witze gemacht, Jungs. Geht es wieder um eine Kur oder so was? Wie damals in Bunde? Geht es Ihnen nicht gut, Herr Büttner? Oder haben Sie Urlaub und fliegen noch heute nach Mallorca?"

„Ich wurde vorläufig vom Dienst suspendiert, weil ich im Todesfall Schröder verdächtig bin", wiederholte Büttner mit Grabesstimme. „So ist es leider. Und sicherlich wünscht sich keiner mehr als ich, es wäre ein Witz und wir könnten jetzt gemeinsam darüber lachen."

Sophie Reimers hatte es offensichtlich die Sprache verschlagen. Zwar klappte sie ein paarmal den Mund auf und zu, doch kam kein Wort aus ihr heraus.

Stattdessen sagte Hasenkrug: „Wir müssen so schnell wie möglich rausfinden, wie es wirklich war, Sophie. Die Situation", er legte den Kopf in den Nacken und atmete einmal tief ein und aus, „die Situation ist unerträglich, ein Albtraum." Nachdem Büttner mit einem Nicken sein Einverständnis gegeben hatte, erläuterte er seiner Kollegin aus Leer ausführlich, was es mit dem Verdacht gegen seinen Chef auf sich hatte.

Sophie Reimers Gesichtsausdruck war mit jedem Wort, das Hasenkrug sagte, besorgter geworden. Ihre Stimme klang krächzend, als sie nun wie eine Verdurstende hervorstieß: „Haben … haben Sie vielleicht einen Kaffee für mich? Und … und einen Schokoriegel? Ich … ich brauche jetzt Nervennahrung. Das darf doch alles nicht wahr sein! Was für eine absurde Situation!"

Hasenkrug sprang sofort zur Kaffeemaschine, während Büttner seine Schreibtischschublade aufzog und zwei ganze Packungen Schokoriegel herausnahm. Einen der Riegel gab er seiner Kollegin, die sofort das Papier aufriss und herzhaft hineinbiss, die anderen legte er vor sich hin. „Die nehme ich wohl besser mit nach Hause. Ich fürchte fast, dass sich auch mein Bedarf in den nächsten Tagen erhöhen wird."

„Oh mein Gott, ich fasse es nicht! Ich fasse es wirklich nicht!" Sophie Reimers saß zusammengesunken da und raufte sich die Haare. Doch plötzlich, von einem Moment auf den anderen, richtete sie sich kerzengerade auf und sagte mit beinahe militärisch zackiger Stimme zu Bütt-

155

ner: „Wir holen Sie da raus! Jetzt ist Schluss mit Lamentieren, ab sofort wird gehandelt! Ich sehe das wie Sebastian, Sie sind doch gar nicht in der Lage, jemanden so schwer zu verletzen." Sie musterte ihn und nickte zufrieden. „Ich denke, der Richter wird es genauso sehen. Seien Sie froh, dass Sie nicht so durchtrainiert sind wie Sebastian. Der hätte in Ihrer Situation ganz schlechte Karten."

Na, so deutlich hätte sie ihm seine körperlichen Defizite ja nun auch nicht vor Augen führen müssen, dachte Büttner beleidigt. Gleichzeitig aber wusste er, dass sie recht hatte. Er war tatsächlich keiner, dem man brachiale körperliche Gewalt zutraute. Mal abgesehen davon, dass es mit der Schlagkraft seiner Gliedmaßen wirklich nicht besonders weit her war. Vielleicht würde ihm genau das letztendlich den Kopf retten, falls es zu entsprechenden Gutachten kommen sollte.

Sebastian Hasenkrug stellte ihm einen dampfenden Kaffee auf den Tisch. „Danke, aber ich dürfte eigentlich schon gar nicht mehr hier sein", murmelte Büttner. Er griff nach einem Schokoriegel und biss ein extragroßes Stück ab. „Aber wenn Sie mich nicht verraten, könnten wir ja vielleicht noch besprechen, wie es nun weitergeht."

„Im Kommissariat lassen Sie sich in den nächsten Tagen am besten nicht mehr blicken", sagte Sophie Reimers bestimmt. „Alles andere wäre kontraproduktiv."

„Danke, ja, der Gedanke war mir auch schon gekommen", erwiderte Büttner mit ironischem Unterton.

„Und dass Sie uns nicht das Land verlassen", witzelte Hasenkrug mit erhobenem Zeigefinger. „Halten Sie sich bitte zu unserer Verfügung."

„Das klingt schon besser." Auch Büttner grinste, obwohl ihm eigentlich nicht nach Scherzen zumute war. „Ist nur die Frage, wo, wann und wofür ich mich zur Verfügung halte."

„Das ergibt sich dann aus den Fortschritten in der Ermittlungsarbeit", behauptete Hasenkrug. „Wir halten Sie auf dem Laufenden."

„Genau." Sophie Reimers zwinkerte ihm spitzbübisch zu. „Schließlich wissen nur Sie, wie es im Kopf eines Totschlägers aussieht. Der ein oder andere Tipp könnte da schon hilfreich sein."

„Wenn Sie jetzt mal weghören könnten, Chef, dann würde ich unserer Kollegin gerne von meinen neuesten Erkenntnissen berichten." Hasenkrug schaute konzentriert auf seinen Rechner.

„Ich bin gar nicht da", erwiderte Büttner. Er lehnte sich in seinem Schreibtischstuhl zurück und nippte an seinem Kaffee. Er wusste, dass auch seine Sekretärin, Frau Weniger, ihn nicht verraten würde, sie war die Loyalität in Person. Natürlich hatte die Info seiner vorläufigen Suspendierung längst im gesamten Kommissariat die Runde gemacht, das ließ sich nicht verhindern. Doch hatte Frau Weniger ihm lediglich aufmunternd zugenickt, als er das Vorzimmer zu seinem Büro betrat. Blieb zu hoffen, dass sein Vorgesetzter keinen unangekündigten Kontrollgang machte. Noch viel mehr aber wünschte sich Büttner, dass die Presse keinen Wind von der Angelegenheit bekam. Auf eine öffentliche Hinrichtung konnte er, genauso wie die gesamte Polizei, ganz gut verzichten. Zumal Lügen und Verschwörungstheorien in Zeiten der sozialen Medien gemeinhin auf deutlich mehr Interesse stießen als die Wahrheit und sich somit auch schneller verbreiten würde, als irgendwer eine Pressemitteilung mit den tatsächlichen Sachverhalten schreiben und herausgeben konnte. Es galt also, so lange es eben ging, die Klappe zu halten. Leider aber gab es in jedem Laden immer einen, der quatschte. Büttner hoffte inständig, dass der Ich-weiß-was-Schreier aus ihrem Kommissariat gerade in einem weit entfernten Land Urlaub machte und dort noch für ein paar Wochen bleiben würde.

„Gut, wenn Sie nicht da sind, dann sind wir ja auf der sicheren Seite", stellte Hasenkrug in sachlichem Tonfall fest, musste sich jedoch sichtlich ein Grinsen verkneifen. „Es geht um Antje Peters."

„Das ist die Frau, die seit dem Mord an Max Staudtner verschwunden ist?", vergewisserte sich Sophie Reimers.

„Ja, genau. Wie vom Erdboden verschluckt. Es kann nicht ausgeschlossen werden, dass sie auch ermordet wurde."

„Aber nicht von mir", brummte Büttner.

Hasenkrug ignorierte ihn. „Ich habe mal ein wenig recherchiert, ob es gegebenenfalls irgendeinen Ort gibt, an dem sie untertauchen könnte. Einen Ort, von dem womöglich niemand etwas weiß."

„Und?", fragte Sophie Reimers.

„Ich bin fündig geworden. Diesen Ort gibt es in Greetsiel."

„Und wieso sollte den keiner kennen?"

„Das ist nur eine Vermutung", antwortete Hasenkrug. „Fakt ist, sie hat erst vor wenigen Wochen ein kleines Häuschen in Greetsiel geerbt. Von ihrer Großtante. Sie ist die einzige noch lebende Verwandte der jüngst verstorbenen Dame. Natürlich weiß ich nicht, ob Antje jemandem von diesem Erbe erzählt hat oder ob sie dort womöglich regelmäßig Partys schmeißt. Aber zumindest könnten wir uns das Häuschen ja mal ansehen. Wenn wir Glück haben, läuft sie uns dabei über den Weg."

„Na, da müssten wir aber schon ganz viel Glück haben." Aus Sophie Reimers' Tonfall waren die Zweifel deutlich herauszuhören. „Liegt das Häuschen so abgelegen, dass sie dort keiner bemerkt?"

„Am Rand einer Siedlung."

„Sie muss sich versorgen und alles. Irgendjemand hätte sie entdeckt."

„Trotzdem, einen Versuch ist es wert", insistierte Hasenkrug. Er verzog das Gesicht. „Zumal wir sonst nicht viel Brauchbares haben. Irgendwo müssen wir ja schließlich ansetzen. Warum also nicht genau hier?"

Noch ehe Sophie Reimers etwas erwidern konnte, klopfte es an der Tür und Frau Weniger betrat das Büro. Sie hielt einen Notizzettel in der Hand, den sie bei Hasenkrug auf den Schreibtisch legte. „Die Meldung kam gerade rein. In einem Haus in Greetsiel wurde eine Leiche gefunden. Ich hab Ihnen die Adresse aufgeschrieben."

„Edzard-Cirksena-Straße?" Hasenkrug hob erstaunt die Brauen. „Aber das ist doch …" Er warf einen Blick auf seinen Bildschirm.

„Darf ich raten?", fragte Sophie Reimers. „Es ist die Adresse, unter der man Antjes Häuschen findet?"

Hasenkrug nickte. „Sag ich doch, dass wir uns dort mal umsehen sollten."

17

Die Tränen kullerten unaufhaltsam ihre faltigen Wangen hinunter. Untröstlich, sich aneinander festhaltend, standen Ilse, Gerda und Elfriede am Krankenhausbett ihrer Freundin Malou, die vor rund zwei Stunden verstorben war. Diese letzte Herzattacke sei zu viel für sie gewesen, hatte der Arzt gesagt. Dabei hatte gerade Malou sich so sehr darauf gefreut, womöglich bald mit ihren Freunden zusammenziehen zu können. So viele Pläne hatte sie geschmiedet, sich das Leben in der Gemeinschaft in den buntesten Farben ausgemalt. Und ausgerechnet sie sollte dieses Glück nun nicht mehr erleben? Das war wirklich ungerecht.

Und schuld daran war einzig und allein Hartmut Schröder.

„Wirklich schade, dass der Kerl schon tot ist", bemerkte Elfriede. Sie wischte sich mit einem Taschentuch die Tränen von den Wangen, doch kamen gleich neue nach. „Ich hätte ihm sonst eigenhändig den Hals umgedreht, das könnt ihr mir glauben."

„Und wir hätten dir dabei geholfen", schluchzte Gerda. Sie strich Malou über die erkaltete Wange. „Mach's gut, meine Süße", schluchzte sie. „Reservier uns schon mal Plätze da oben, ist ja nicht mehr so lang, dann sind wir wieder bei dir."

Bei diesen Worten wurde das Wehklagen der drei Freundinnen wieder lauter. Umso dankbarer waren sie, als nun Malous Enkel zur Tür hereinkam. In den Händen balancierte er ein Tablett mit vier Tassen darauf.

„Das ist aber lieb, dass du uns Tee bringst, Nils." Gerda schenkte ihm ein Lächeln. „Es hätte Malou sicher gefreut, wenn sie sehen könnte, wie nett du dich um uns alte Frauen kümmerst." Sie beugte sich zu ihrer toten Freundin hinunter und musterte sie mit schiefgelegtem Kopf. Dann richtete sie den Blick zur Zimmerdecke. „Aber vielleicht sieht sie uns ja gerade von dort oben zu. Wer weiß schon, was mit uns passiert, wenn wir uns von hier verabschieden. Kann ja sein, alles wird viel schöner."

Nils stellte das Tablett auf dem kleinen quadratischen Tisch ab, der vor dem Bett seiner Großmutter stand. „Ist kein Ding", sagte er nur und bot den drei Damen einen Platz an. Er selber blieb stehen, denn einen vierten Stuhl gab es in diesem Krankenzimmer nicht.

„Sind deine Eltern und Geschwister unterwegs?", fragte Ilse. „Ich wundere mich ein klein wenig, dass sie noch nicht hier sind." Sie schaute sich im Zimmer um, als könnte sie die Familie, die Malous ganzer Stolz gewesen war, hier irgendwo entdecken.

„Ja." Nils nickte. „Ausgerechnet heute Morgen sind sie nach Hamburg gefahren. Aber sie sind auf dem Rückweg, stehen allerdings im Stau. Kann noch ein bisschen dauern, bis sie hier sind."

Während die Frauen an ihrem Tee nippten, setzte sich Nils auf das Bett seiner Oma und griff nach ihrer kalten Hand. Nun traten auch in seine Augen Tränen, die er mit einer schroffen Geste wegwischte. Vermutlich war es ihm peinlich, vor den alten Frauen zu heulen. „Hat Oma eigentlich noch mitbekommen, dass Hartmut Schröder tot ist?", fragte er leise. „Ich hätte es ihr ja gerne erzählt, aber man hat mich nicht zu ihr gelassen. Irgendwie bilde ich mir ein, dass es sie wieder gesund gemacht hätte."

Die Frauen sahen sich gegenseitig an, dann schüttelten sie den Kopf. „Nein, leider hat sie es nicht mehr erfahren", sagte Ilse, die jetzt noch mehr als zuvor mit ihrem schlechten Gewissen kämpfte, weil sie es gewesen war, die Malou mit dem Fahndungsaufruf im Fernsehen so aufgeregt hatte. „Nachdem sie hier eingeliefert worden war, durften wir ja auch nicht mehr zu ihr. Könnte mir aber vorstellen, dass ihr diese Nachricht gut gefallen hätte."

„Dann war alles umsonst", murmelte Nils.

„Was war umsonst?" Im Gegensatz zu ihren Freundinnen hatte Ilse noch ein gutes Gehör.

„Ach, nichts." Nils machte eine wegwerfende Handbewegung.

Elfriede meldete sich mit lauerndem Blick zu Wort. Für einen Augenblick vergaß sie sogar, in ihr Taschentuch zu schluchzen. „Als die Sache mit unserem Wohnprojekt gescheitert ist, hat Malou mir gesagt, dass du dich um Schröder kümmern wirst. Was genau meinte sie damit? Ich hab sie gefragt, aber sie hat dann nichts mehr dazu gesagt. Hat nur ganz geheimnisvoll getan."

„Ach, nichts", sagte Nils erneut. Er zögerte kurz, dann fügte er hinzu: „Vielleicht meinte sie, dass ich mich darum kümmere, ihr Geld wieder einzutreiben. Schließlich arbeite ich beim Rechtsanwalt. Der hat sie dann ja auch vertreten."

Ilse glaubte ihm kein Wort, aber sie schwieg. Sicher, der unscheinbare, etwas pummelige Nils arbeitete beim Rechtsanwalt. Eine Tatsache, die an sich schon erstaunlich war, denn trotz seines unauffälligen Äußeren hatte es der junge Mann faustdick hinter den Ohren, wie man hörte. Angeblich traf er sich regelmäßig mit einer Gruppe völlig verkommener Kreaturen, die tätowiert waren, sich Anstecker durch die Lippen bohrten und ähnlich Furchtbares. Sogar von Drogen und Alkoholexzessen war die Rede. Warum er das tat, war Ilse immer ein Rätsel gewesen. Schließlich gab es ja auch normale junge Menschen, mit denen er seine freie Zeit hätte verbringen können. Vermutlich aber wäre ihm ein solches Leben zu langweilig. Nils brauche *den Kick*, hatte Malou ihr erklärt, als Ilse sich ihr gegenüber mal verwundert über seinen eigentümlichen Freundeskreis geäußert hatte. *Den Kick*. Was auch immer das hieß.

„Was tatschst du dir denn immer an die Hosentaschen?", fragte Gerda, nachdem sie Nils für eine Weile beobachtet hatte. Seine linke Hand hielt immer noch die seiner Oma, die rechte aber fuhrwerkte ständig an seiner Hose herum.

„Ach, nichts", antwortete er. Das schienen seine Lieblingsworte zu sein. Dann aber fügte er mit einem Schulterzucken hinzu: „Ich hab mein Smartphone verloren. Muss gucken, dass ich ein neues krieg. Fühl mich ganz nackt."

„Wenn ich das höre, wundere ich mich immer, wie wir ohne so ein Ding jahrzehntelang auskommen konnten", murmelte Elfriede über den Rand ihrer Tasse hinweg. „Und verloren haben wir auch nicht ständig was. Weil es nämlich nicht gleich Ersatz dafür gab. Ewig sparen mussten wir, wenn wir uns mal was leisten wollten."

163

„Nun lasst doch den Jungen in Ruhe", mahnte Ilse. „Und zeigt mal ein bisschen Respekt vor Malou, die noch keine drei Stunden tot ist. Solche Sachen muss man doch nun wirklich nicht in einem Sterbezimmer besprechen."

Elfriede und Gerda zogen den Kopf ein und blickten betreten zu Boden. Als aber die Tür im nächsten Moment schwungvoll aufgerissen wurde, schnellten ihre Köpfe wieder nach oben.

„Viktor!", rief Elfriede erfreut. „Wir dachten schon, du kommst gar nicht mehr." Sie senkte den Blick erneut, als Ilse aufs Bett zeigte und sie tadelnd ansah.

„Sorry, ich wurde aufgehalten", sagte Viktor. Er trat näher und drückte jeder der alten Damen ein Küsschen auf die Wange. Nils, der immer noch auf dem Bett seiner Oma saß, nickte er nur kurz zu und wandte sich dann, von der freien Bettseite her und mit vor dem Bauch gefalteten Händen, der Toten zu. „Sie sieht so friedlich aus", stellte er mit brüchiger Stimme fest und schluckte schwer. „Fast zufrieden. Schön, dass sie nicht mehr leiden musste." Er küsste sie auf die Stirn.

Ilse war aufgefallen, dass Nils bei Viktors Erscheinen alles andere als glücklich ausgesehen hatte. Genau genommen war sein Blick sogar fast feindselig gewesen. War womöglich irgendetwas zwischen ihnen vorgefallen? Bislang hatte Ilse nicht einmal gewusst, dass die beiden Männer sich kannten. Aber vielleicht hatten sie sich mal bei Malou getroffen, überlegte sie, denn schließlich waren ja sowohl Nils als auch Viktor regelmäßig bei ihr zu Besuch gewesen.

„Marina hatte wohl keine Zeit zu kommen", stellte Elfriede mit kritischem Unterton fest. Ihr Blick klebte vorwurfsvoll auf Viktor.

„Sie musste zu ihrer Mutter. Ist schwerkrank. Sieht nicht gut aus", erklärte Viktor. „Sie lässt sich entschuldigen. Ich hoffe, diese Erklärung ist ausreichend für dich." Er klang gereizt.

„Oh", sagte Elfriede.

„Ups", meinte Gerda.

„Richte Marina bitte unsere besten Wünsche für ihre Mutter aus", sagte Ilse, woraufhin Viktor ihr dankbar zulächelte.

Nils ließ die Hand seiner Großmutter los und räusperte sich. „Ich müsste dann mal wieder", sagte er. „Hab noch was zu erledigen."

„Jetzt?" Elfriede schaute empört zu ihm und dann zur leblosen Malou. „Deine Oma ist gerade gestorben, deine Eltern und Geschwister werden gleich hier sein. Und du hast was zu er-le-di-gen?" Sie betonte das letzte Wort auf jeder einzelnen Silbe.

„Tja, also, ich … wie gesagt … ähm … ich … ich komme dann nachher wieder." Nils zog den Kopf zwischen die Schultern und lief ohne einen weiteren Gruß zur Tür.

„Was hat er denn so plötzlich?", fragte Gerda. „Bestimmt muss er nun doch heulen und will nicht, dass … hä? Viktor?"

Die drei Frauen sahen Viktor, der Sekunden später ebenfalls aus der Tür stürmte, erstaunt hinterher.

„Muss der nun etwa auch heulen?", fragte Gerda.

Viktor folgte Nils bis zum Ausgang des Krankenhauses, ohne dass der ihn bemerkte. Auf dem Parkplatz stellte er ihn, indem er ihm von hinten an die Schulter fasste. „Hast du mir nicht noch was zu sagen?", presste er hervor. Seine Stimme zitterte vor Wut.

165

Nils drehte sich ganz langsam um. Sein Körper bebte. Er war mindestens zwanzig Zentimeter kleiner als Viktor, sodass er zu ihm aufsehen musste. Kaum konnte er Viktors stechendem Blick standhalten, doch versuchte er es zwanghaft. Was blieb ihm unter diesen Umständen auch anderes übrig, als den coolen Typen zu geben.

„Na? Raus mit der Sprache!" Viktor packte Nils so fest am Arm, dass der einen unterdrückten Schmerzensschrei ausstieß.

„Ich weiß nicht, was du meinst", wimmerte Nils.

„Ach so? Deshalb hattest du es wohl auch so eilig zu verschwinden, oder was?"

„Meine Oma ist gerade gestorben. Ich ertrage es einfach nicht …"

„Rede keinen Scheiß!", zischte Viktor. Er erhöhte den Druck auf Nils' Arm, woraufhin der in den Knien einsackte. „Scheiße, Mann, du tust mir weh!"

„Das war der Plan." Viktor drückte noch ein wenig fester. „Also, los, nun sag schon!" Verstohlen schaute sich Viktor auf dem Parkplatz um. Ungern hätte er Zeugen für diese Szenen gehabt. Zu seiner Erleichterung stellte er fest, dass sie alleine waren. Um sicherzugehen, dass das auch so blieb, schob er Nils ein paar Meter vor sich her und drückte ihn hinter ein paar Müllcontainer.

„W-was … was willst du von mir?", stammelte Nils. Er verzog weinerlich das Gesicht. Offensichtlich fehlte nicht viel und er würde anfangen zu flennen.

„Was hast du zu Schröder gesagt, du kleine Pestbeule?", zischte Viktor.

„Was?"

„Du weißt, was ich meine."

„N-nein. Nein, ich weiß ... aaaah!" Nils stieß einen spitzen Schrei aus, als Viktor ihm den Arm auf den Rücken drehte. „Wo ... wo ist Antje?", wimmerte er.

„Ich wüsste nicht, was dich das zu interessieren hat." Viktors Wut steigerte sich ins Unermessliche. Am liebsten hätte er Nils hier und jetzt den Rest gegeben. Aber so einfach würde er ihn nicht davonkommen lassen. Nicht bevor Viktor wusste, was er wissen wollte.

„Geht's ihr gut? Geht's Antje gut?", ließ Nils nicht locker. „Hat die Polizei sie endlich gefunden?"

Viktor lachte auf, doch klang dieses Lachen hart und kalt. „Du besitzt tatsächlich die Dreistigkeit, dich nach Antje zu erkundigen?", fuhr er Nils an. „Ausgerechnet du? Hast du ihr denn noch nicht genug angetan?"

„Ich ... ich weiß nicht, was du meinst."

„Ach nein?" Viktor verdrehte ihm den Arm so sehr, dass Nils mit einem Schmerzensschrei endgültig in die Knie ging. „Wo warst du kleine Ratte denn gestern Abend?", fragte er.

„Wo wohl? Zu Hause, Mann! Was soll denn da gewesen sein?"

„Falsch. Ich sag dir, wo du warst: in Greetsiel nämlich. Und du warst zu einem ganz bestimmten Zweck da. Los, spuck's aus! Was hattest du da zu suchen? Versuchst wohl immer noch, uns alle zu verarschen." Viktor beugte sich nach vorne und schob sein Gesicht soweit an Nils heran, dass sein Mund dessen Ohr berührte. „Wenn du dasselbe mit mir versuchst, dann siehst du deine Oma schneller wieder als gedacht, hörst du? Also, mach's Maul auf, Mann!"

„Ich … wir … wir haben sie doch nur gesucht", winselte Nils, dem jetzt Tränen über die Wangen liefen. „Wir machen uns Sorgen um sie, das ist doch normal, nach allem, was passiert ist."

„Nach allem, was passiert ist? Was ist denn passiert? Los, sag's mir, ich möchte es wirklich gerne wissen." Viktor versetzte Nils einen nicht allzu festen Fußtritt in die Rippen; der aber reichte, um ihn wie ein verwundetes Tier aufheulen zu lassen. „Gott, was bist du nur für eine Memme."

Nils heulte nun wie ein kleines Kind. „Lass mich los, bitte, lass mich los! Du tust mir weh!"

Viktor grinste. Der hatte vorerst genug. Es würde ihm hoffentlich eine Lehre sein. Er riss Nils an den Haaren mit Schwung nach hinten, dann ließ er ihn los und stieß ihn mit einem Fußtritt nach vorne, wo er hart mit dem Schädel gegen eine Mauer prallte. „Ich werde Antjes Freunden die Wahrheit sagen, hörst du? Ich schwöre dir, ab jetzt bin ich nicht mehr der Einzige, der dich am liebsten bleich am Boden sehen würde. Also schau dich zukünftig lieber ganz genau um, wenn du aus dem Haus gehst. Ruckzuck ist ein Unfall passiert. Und das wäre doch wirklich zu schade."

Mit diesen Worten drehte sich Viktor um und ging ins Krankenhaus zurück. Es war an der Zeit, in aller Stille um Malou zu trauern.

18

Das rotgeklinkerte Häuschen war bereits großräumig mit rotweißem Flatterband abgesperrt, als Sebastian Hasenkrug und Sophie Reimers am Tatort in Greetsiel eintrafen. Rund um das Flatterband herum hatten sich eine Menge Schaulustige eingefunden. Fast hatte man den Eindruck, als hätten sich sämtliche Einwohner und Urlauber des kleinen Ortes hier versammelt, um nichts von diesem aufregenden Ereignis zu verpassen. Hasenkrug fiel auf, dass keiner von ihnen ein Smartphone in der Hand hielt, um Fotos oder Videoaufnahmen zu machen. Das war außergewöhnlich. Anscheinend hatten die Kollegen bereits ein Verbot erteilt und mit saftigen Strafen gedroht, sollte dieses missachtet werden. Gut so. Es war höchste Zeit, dass bei der Behinderung von Einsatzkräften oder der Verletzung von Persönlichkeitsrechten hart durchgegriffen wurde.

Hasenkrug und seine Kollegin wiesen sich aus und durften umgehend unter dem Flatterband hindurchschlüpfen. Ein uniformierter Polizist deutete auf das Haus und sagte: „Da drin. Frau Dr. Wilkens ist schon da, genauso wie die Spurensicherung."

Als sie an der Haustür ankamen, streckte ein anderer Polizist ihnen blaue Überzieher entgegen, die sie sich über die Schuhe streiften. Überall wuselten Männer und Frauen in weißen Schutzanzügen herum und sicherten Spuren.

„Wo finden wir die Leiche?", fragte Hasenkrug.

„Geradeaus durch im Wohnzimmer", antwortete ein ihm unbekannter Kollege. Er hielt sich kurz die Nase zu und sagte dann: „Achtung, ist ziemlich muffig da drin. Muss seit Monaten nicht gelüftet worden sein, die Baracke."

Er hatte recht, wie Hasenkrug bedauernd feststellte. Die Geruchsmischung aus Moder, Mottenkugeln und kaltem Zigarettenrauch wirkte nicht gerade einladend.

„Ziemlich ärmlich hier", bemerkte Sophie Reimers nach einem Blick in die vom Flur abgehenden Räume. „Und staubig. Hier ist wohl länger nicht geputzt worden."

„Was ihr Frauen alles seht", murmelte Hasenkrug, der für solche Dinge gerade keinen Blick hatte. Das Einzige, was ihn interessierte, war die Identität der Leiche und die Umstände, die dazu geführt hatten, dass es hier überhaupt eine gab. Er rechnete fest damit, dass sie den leblosen Körper von Antje Peters hier vorfinden würden. Umso erstaunter war er, als Dr. Wilkens nach einer knappen Begrüßung sagte: „Also, gelitten hat er nicht. Zackbumm und das war's."

„Er?" Hasenkrug hob fragend die Brauen. „Unser Opfer ist ein Mann?"

„Ja. Ein Mann um die fünfzig." Sie zwinkerte ihm zu. „Sie klingen so enttäuscht, Herr Hasenkrug. Hätten Sie lieber eine weibliche Leiche gehabt? So zum Ausgleich, weil Ihre erste Leiche in diesem Fall ein Mann war?"

Hasenkrug musste wider Willen grinsen. „Ganz so ist es nicht. Das Gender-Mainstreaming mag ja ganz ordentliche Fortschritte gemacht haben. Es auch auf Mordopfer anzuwenden, erscheint mir dann aber doch ein wenig übertrieben." Er wurde wieder ernst. „Nein. Ehrlich gesagt habe ich damit gerechnet, die Besitzerin des Hauses ermordet aufzufinden."

„Die Besitzerin?", hakte Dr. Wilkens nach.

„Ja. Antje Peters. Sie hat dieses Haus vor wenigen Wochen geerbt. Es hätte zu unserem Fall gepasst, sie hier aufzufinden."

„Das ist die junge Frau, die seit dem Mord an Max Staudtner auf allen Kanälen gesucht wird, nicht wahr?"

„Ja, genau."

„Nun, dass sie unser Opfer ist, kann ich mit Sicherheit ausschließen. Eine solche Verwandlung macht so schnell keiner durch, auch wenn er sich noch so viel Mühe gibt." Sie bückte sich und hob die Plastikplane an, die den auf dem Boden liegenden Leichnam komplett verdeckte. „Sehen Sie selbst."

„Oh." Hasenkrug zog die Stirn in Falten. „Was macht denn der hier?"

„Du kennst ihn?", mischte sich erstmals Sophie Reimers ins Gespräch, die zwischenzeitlich ein paar Informationen von ihren Kollegen in Uniform und von der Spurensicherung eingeholt hatte.

„Ja. Arno Staudtner."

„Er ist mit Max Staudtner verwandt, nehme ich an?"

„Ja. Er ist sein Vater."

Sophie Reimers sog scharf die Luft ein. „Das dürfte ein harter Schlag für die Mutter sein. Oder gibt es keine?"

„Doch, doch." Der Anblick der ungepflegten und betrunkenen Frau baute sich vor Hasenkrugs innerem Auge auf, was ihm ein Seufzen entlockte. „Sie lebt in schwierigen

Verhältnissen. Glaube kaum, dass der plötzliche Verlust von Sohn und Mann dazu beiträgt, sie zu stabilisieren."

„Hatte Max Geschwister?"

„Einzelkind."

„Shit." Sophie Reimers verzog das Gesicht, als würde sie plötzlich von Zahnschmerzen gepeinigt. „In der Haut dieser Frau möchte ich wirklich nicht stecken." Sie legte nachdenklich den Zeigefinger an die Nase, dann sagte sie: „Jetzt würde mich noch interessieren, was Staudtner hier zu tun hatte."

„Vermutlich hat er ein wenig Detektiv gespielt und sie hier aufgespürt. Als wir mit den Staudtners gesprochen haben, war deutlich herauszuhören, dass er Antje eine Mitschuld an Max' Tod gab."

„Dann war womöglich sie es, die ihn umgebracht hat", schlussfolgerte Sophie Reimers. „Wie genau ist er denn ums Leben gekommen?", fragte sie die Gerichtsmedizinerin.

„Glatter Genickbruch. Saubere Sache. Ich würde mal behaupten, da hat sich jemand gut ausgekannt."

„Inwiefern?"

„Es ist nicht ganz einfach, einem Menschen das Genick zu brechen. Zumindest sollte man wissen, wo genau man dafür anzusetzen hat."

„Und der Mörder von Arno Staudtner wusste es?"

„Eindeutig. Ich tippe auf eine militärische Laufbahn oder Ähnliches. Oder kriminelles Milieu. Wie gesagt, er muss gewisse Kenntnisse gehabt haben."

„Könnte es auch eine Frau gewesen sein?", wollte Hasenkrug wissen.

„Sicher. Vor allem, wenn sie ihn von hinten überrascht

172

hat. Mit einer entsprechenden Ausbildung ist es ein einziger treffsicherer Griff und – voilà!" Dr. Wilkens legte zur Demonstration ihre Hand an Hasenkrugs Hals und simulierte einen kräftigen Ruck. Dieser wusste nicht, wie ihm geschah, und blickte nur irritiert zwischen Sophie Reimers und Dr. Wilkens hin und her.

„In diesem Fall würde mich interessieren, woher das Blut da hinten stammt." Sophie Reimers deutete auf mehrere Blutflecken und -spritzer, die sich in unmittelbarer Nähe eines umgekippten Stuhls befanden. Sie trat näher an diesen Stuhl heran und sah ihn sich genauer an. „Auch er ist blutverschmiert. Von wem ist das?"

„Nun, von ihm nicht." Dr. Wilkens ging in die Hocke und zeigte auf verschiedene Stellen des Leichnams. Vor allem an Händen und Armen und auf seinem T-Shirt waren Blutspritzer zu erkennen. „Er hat zwar auch etwas abbekommen, aber sein eigenes Blut ist es ganz sicher nicht. Er hat keinerlei offene Wunden."

„Das heißt, er hat jemanden verletzt?", schlussfolgerte Hasenkrug, der sich noch immer den Hals rieb.

„Ja, ich denke, davon können wir ausgehen. Jetzt müssen wir nur noch herausfinden, zu wem dieses Blut gehört."

„Ist ja nicht gerade wenig Blut", stellte Sophie Reimers fest. „Es dürfte also eine tiefere Wunde gewesen sein."

„Das hier haben wir neben dem Stuhl gefunden." Eine junge Kollegin reichte ihr einen Plastikbeutel.

„Kabelbinder?" Sophie Reimers runzelte die Stirn. „Es ist also jemand gefesselt worden?"

„Sieht ganz danach aus. Vermutlich wurden die Gliedmaßen der Person am Stuhl festgebunden."

Für einen langen Augenblick schwiegen alle, dann sagte Hasenkrug: „Es muss also noch eine dritte Person beteiligt gewesen sein. Schließlich ist kaum anzunehmen, dass die am Stuhl fixierte Person seinem Mörder das Genick bricht."

Sophie Reimers nickte und versuchte, den möglichen Ablauf der Ereignisse zu rekonstruieren: „Die logischste Variante wäre es, dass Arno Staudtner sein sitzendes Opfer – vielleicht Antje Peters – an den Stuhl gefesselt hat und von einer dritten Person bei seinem Tun – ich nehme an, es handelt sich um Folter – gestört wird. Was er prompt mit seinem Leben bezahlt. Die dritte Person befreit das Opfer und sie hauen gemeinsam ab."

„Vielleicht war es aber auch andersherum", gab Hasenkrug zu bedenken. „Arno Staudtner überrascht den Folterer bei der Arbeit, es kommt zur Rangelei und Staudtner zieht den Kürzeren. Dem Folterer wird es zu heiß, er schnappt sich sein Opfer und flüchtet mit ihm aus dem Haus. In diesem Fall wäre Antje Peters nach wie vor in Gefahr."

„Eine Variante, die ich für weniger wahrscheinlich halte als meine", sagte Sophie Reimers.

Nach kurzem Überlegen lenkte Hasenkrug ein: „Vielleicht hast du recht. Zumal Staudtner nicht in der Stimmung war, ausgerechnet Antje Peters zur Hilfe zu kommen. Aber dennoch wäre es eine Möglichkeit, die wir berücksichtigen sollten. Man weiß schließlich nie, was sich Menschen so alles einfallen lassen."

„Zunächst einmal müssen wir abwarten, ob es sich bei der verletzten – oder vielleicht ja auch bereits getöteten – Person tatsächlich um Antje Peters handelt", meinte

Sophie Reimers. „Ich hoffe, dass die Ergebnisse der Blutuntersuchung sehr bald vorliegen."

„Wer hat eigentlich den Leichenfund gemeldet?", fragte Hasenkrug nach kurzer Überlegung.

„Anonymer Anruf", antwortete die Polizistin. „Vermutlich entweder eine der flüchtigen Personen oder jemand, der nicht erkannt werden will, um nicht in einen Mordfall verwickelt zu werden. Der Anruf ließ sich jedenfalls nicht zurückverfolgen. Prepaid-Handy."

„Hat einer der Nachbarn irgendetwas beobachtet?"

„Angeblich nicht."

„Wie lange ist Staudtner denn schon tot?", fragte Sophie Reimers.

„Ich tippe auf Mitternacht. Plus minus eine Stunde", antwortete Dr. Wilkens.

„Da war es schon dunkel", stellte Hasenkrug fest. „Kann also gut sein, dass keiner etwas beobachtet hat. Hier werden ja spätestens in der Dämmerung die Bürgersteige hochgeklappt. Schade eigentlich." Er sah sich in dem beengten, schäbig eingerichteten Wohnzimmer um. Sein Blick fiel auf das geschlossene Fenster. Eine ganze Kolonie Spinnen hatte es anscheinend als Wohnstatt auserkoren. Ihre vom Morgennebel noch nassen Netze glitzerten im Sonnenlicht. „Gibt es irgendwelche Hinweise, wie Staudtner hier hereingekommen ist?"

Die junge Polizistin bedeutete ihm, ihr zu folgen. Sie führte ihn in einen modrig-feuchten Kellerraum, in dem er nur in gebückter Haltung stehen konnte. Hasenkrugs Blick folgte dem Finger der Kollegin. „Dort, in die Mauer eingelassen, ist eine größere Luke. Das Fenster davor scheint schon längere Zeit abgängig zu sein. Da ansonsten keine Türen oder Fenster beschädigt sind, gehen wir derzeit davon aus, dass Staudtner hier eingestiegen ist. Die dritte Person wahrscheinlich genauso, es sei denn, sie hatte einen Schlüssel zum Haus. Die Spuren haben wir bis in den Garten hinein bereits gesichert."

Hasenkrug war froh, als sie den Keller wenig später wieder verließen. Es war nicht besonders angenehm, in gebückter Haltung da zu stehen und zu spüren, wie sich nach und nach jeder einzelne Muskel des Nackens versteifte.

Als sie wieder oben im Hausflur standen, kam ein weiterer uniformierter Kollege auf ihn zu. Die junge Polizistin wandte sich wieder anderen Aufgaben zu.

„Haben Sie was für mich?", fragte Hasenkrug, denn der Kollege ließ einen Plastikbeutel durch die Luft pendeln. „Ist das das Smartphone des Toten?"

„Ja. Auch."

„Was heißt *auch*?"

„Es sind zwei Smartphones. Unser Opfer trug sie beide bei sich."

„Ach so?" Hasenkrug nahm den Beutel in die Hand und musterte den Inhalt. „Weiß man, warum?"

„Das eine gehört ihm", antwortete der Polizist. „Wie wir inzwischen herausfinden konnten, ist das zweite jedoch nicht seins."

„Sondern?"

„Der Eigentümer ist ein gewisser Nils Beenken. Wohnhaft in Oldenburg."

Hasenkrug zog nachdenklich die Stirn in Falten. Zumindest der Nachname kam ihm bekannt vor. Er meinte, ihm im Laufe der Ermittlungen schon einmal begegnet zu sein. Also zog er seinen Notizblock hervor, um nachzusehen. Dann nickte er. „Überprüfen Sie doch bitte mal, ob dieser Nils etwas mit einer gewissen Marieluise Beenken aus Oldenburg zu tun hat", bat er seinen Kollegen.

Sophie Reimers war neben ihn getreten und hörte interessiert zu. „Wohin muss ich diese Frau Beenken stecken?", fragte sie.

„Sie gehört zu der Wohngruppe, die in Oldenburg das Projekt zum Mehrgenerationenwohnen begründen wollte und von Hartmut Schröder über den Tisch gezogen worden ist. Nach einem schweren Herzanfall liegt sie zurzeit im Krankenhaus und ist nicht ansprechbar, wie wir unlängst erfahren mussten." Er erläuterte in kurzen Worten die Geschehnisse rund um Viktor Eisenroths Besuch bei Ilse Hansen.

„Ihr habt Eisenroth bei einer Beschattung aus den Augen verloren?" Sophie Reimers grinste. „Respekt!"

„Hätten wir die alte Dame vielleicht einfach auf dem Bürgersteig liegenlassen sollen?", schnappte Hasenkrug.

„Nein, natürlich nicht. Aber dafür einfach alles andere stehen und liegen zu lassen, muss ja auch nicht wirklich sein. Einer von euch hätte den Eingang zu Frau Hansens Wohnung im Blick behalten können. Ist von der gegenüberliegenden Straßenseite aus sicherlich nicht allzu schwer."

Hasenkrug schaute sie finster an. Er wusste, dass sein Chef und er sich bei dieser Aktion nicht gerade mit Ruhm bekleckert hatten. Umso weniger konnte er es ertragen, sich von seiner Kollegin Vorhaltungen machen lassen zu müssen. Verbockt war verbockt und ließ sich nicht mehr ändern. Es gab also keinen Grund, auf dieser fehlgeschlagenen Observierung noch länger herumzureiten. „Man kann sich schließlich nicht um alles gleichzeitig kümmern", brummte er ungehalten.

„Das ist richtig", nickte Sophie Reimers, und ihr Grinsen wurde breiter. „*Mann* kann das wirklich nicht. Bei solchen Einsätzen nimmst du die nächsten Male lieber mich mit. Dann bekommst du gleich noch eine Fortbildung in Multitasking oben drauf."

„Ja, sehr witzig." Hasenkrug verzog angesäuert das Gesicht. „Können wir uns jetzt wieder auf das Wesentliche konzentrieren?"

„Nils Beenken ist der Enkel von Marieluise Beenken." Der Kollege mit den Smartphones war erneut neben sie getreten.

„Oh, das ging ja fix", wunderte sich Hasenkrug. „Wie haben Sie denn das so schnell herausbekommen?"

Der Polizist tippte auf das Smartphone. „Telefonregister. Unter dem Stichwort *Oma* ist eine Nummer abgespeichert. Ich habe eine Abfrage gemacht und erfahren, dass diese Oma den Namen Marieluise Beenken trägt, wohnhaft in Oldenburg." Er machte eine kurze Pause und schüttelte den Kopf. „Tja, und zur Sicherheit habe ich im Krankenhaus angerufen, um zu erfahren, ob unsere Marieluise Beenken deckungsgleich mit der Patientin Marieluise Beenken ist."

„Und?"

„Sie ist es. Allerdings ist die Dame vor wenigen Stunden verstorben."

„Oh. Das tut mir leid für die alte Dame." Hasenkrug räusperte sich. „Dann dürfte es ja für uns nicht allzu schwierig sein, an ihren Enkel Nils heranzukommen. Schließlich versammelt sich zu solchen Gelegenheiten ja die gesamte Verwandtschaft. Es sei denn, die beiden hatten ein zerrüttetes Verhältnis."

„Danach sieht es nicht aus." Wieder tippte der Polizist auf das Smartphone. „Die beiden haben häufig miteinander telefoniert. Außerdem haben sie sich unzählige Textnachrichten geschickt. Ich habe ein paar gecheckt. Sieht alles nach einem sehr guten Verhältnis zwischen Oma und Enkel aus."

„Sehr gut. Dann können wir ihm ja jetzt einen Besuch abstatten und ein paar Fragen stellen. Vor allem würde mich brennend interessieren, wie sein Smartphone in den Besitz von Arno Staudtner kommt." Er deutete auf den Beutel. „Bitte bringen Sie das Gerät umgehend zu unseren Kriminaltechnikern. Sie sollen so schnell wie möglich herausfinden, mit wem Nils Beenken Kontakt hatte. Vielleicht taucht der ein oder andere Name auf, den wir bereits kennen."

„Wird gemacht." Der Polizist tippte sich kurz an die Mütze, dann war er verschwunden.

Hasenkrug griff nach seinem Telefon. „Mal gucken, ob mein suspendierter Chef nach Feierabend Zeit für einen Kaffee irgendwo weitab vom Kommissariat hat", sagte er. „Ich glaube, wir haben ihm einiges zu erzählen." Er zögerte und schob dann das Smartphone zurück in die Tasche. „Ist vielleicht doch nicht so schlau, ihn auf seinem Handy anzurufen. Wenn das rauskommt, gibt es nur Ärger. Am besten fahren wir heute Abend mal bei ihm vorbei."

19

Seine vorerst letzten Stunden im Kommissariat wollte David Büttner dazu nutzen, ein wenig zu recherchieren. Nachdem Sebastian Hasenkrug und Sophie Reimers nach Greetsiel beordert worden waren, hatte er sich kurz überlegt, nach Hause zu fahren und sich mit einer Tasse Kaffee und einem Stück Kuchen auf die Terrasse zu setzen. Dort könnte er es sich für den Rest des Tages gutgehen lassen und Pläne für die kommenden Tage schmieden. Doch genau das, was ihm im Arbeitsalltag normalerweise so erstrebenswert erschien, reizte ihn nun, da er von höchster Stelle zum Nichtstun verdonnert worden war, in keiner Weise. Also setzte er sich in der Hoffnung, dass ihn niemand außer Frau Weniger hier entdecken würde, an seinen Computer und gab den Namen Antje Peters ein. Wie er schnell feststellen musste, gab es davon in Deutschland nicht nur eine. Ein paar Fotos aber, die in der Bildergalerie der Suchmaschine auftauchten, führten ihn rasch zu der richtigen Frau. Immerhin hatte sie ihm den Gefallen getan, ihr Äußeres möglichst auffällig zu gestalten, sodass sie unter allen anderen Antje Peters' auffiel wie ein schwarzes Schaf in einer Herde weißer.

Sie verfügte über mehrere Profile in den gängigen sozialen Medien, doch war Büttner in diesen viel zu wenig bewandert, als dass er über sie irgendetwas hätte herausfinden können. Außerdem nahm er an, dass Hasenkrug eine solche Recherche längst veranlasst hatte.

Ihm kam ein Gedanke. Büttner stand auf und ging zu Hasenkrugs Schreibtisch hinüber. Als er nach einem Stapel Akten griff, fragte er sich, warum er sich dabei fühlte wie ein gemeiner Kaufhausdieb. Es war schon interessant, wie rasch sich das Unrechtsbewusstsein zu Wort meldete, und das bei Handlungen, die noch vor wenigen Stunden selbstverständlich gewesen wären. Die Psyche war schon eine seltsame Begleiterin.

Büttner nickte zufrieden, als er in dem Stapel auch die Akte von Antje Peters fand. Er nahm an, dass die Kollegen am Samstag und Sonntag auf seine Veranlassung hin schon viele Daten und Fakten über die junge Frau, die nun vermutlich tot in ihrem Greetsieler Haus lag, zusammengetragen hatten. Leider hatten sie diese wohl erst am Montagvormittag gebündelt an Hasenkrug weitergereicht, sodass Büttner sich nicht mehr damit hatte befassen können. Nun, das würde er jetzt nachholen.

Er warf einen verstohlenen Blick auf die Tür seines Büros. Der Schlüssel steckte. Kurz überlegte er, ob er abschließen sollte, entschied sich dann jedoch dagegen. Sollte ihn hier wirklich jemand aufspüren wollen, dann würde die verschlossene Tür erst recht den Verdacht erregen, er mache hier etwas Unrechtmäßiges. Was er ja genaugenommen auch tat. Ohne verschlossene Tür aber konnte er immer noch behaupten, er habe irgendetwas in seinem Büro vergessen, was er schnell habe holen wollen. Sein Blick fiel auf die immer noch auf seinem Schreibtisch liegenden Schokoriegel, die ihm für eine solche Ausrede geeignet schienen. Wenn es um diese Süßigkeit ging, nahm ihm erfahrungsgemäß jeder alles ab. Manchmal hatte es eben doch sein Gutes, nach irgendetwas süchtig zu sein.

Das Material, das die Kollegen über Antje Peters zusammengetragen hatten, war umfangreich. Auffallend war vor allem die Liste der Vorstrafen, die sie in ihren jungen Jahren schon gesammelt hatte. Meist ging es um Prostitution und Verstöße gegen das Betäubungsmittelgesetz, in mehreren Fällen aber auch um vorsätzliche Körperverletzung. Anscheinend hatte die junge Dame gelernt, sich zu wehren, denn aus den hier dokumentierten Auseinandersetzungen war sie immer als Siegerin hervorgegangen – wenn man das so sagen konnte. Die Gegner jedenfalls waren selten ohne einen Krankenhausaufenthalt davongekommen, und in allen Fällen waren es gestandene Männer gewesen. Die weniger schwer verletzte Antje Peters hatte in diesen Fällen auf Notwehr plädiert. Angeblich hatten ihr die Kerle als Freier Gewalt angetan, und Antje hatte sie in ihre Schranken verwiesen. In vier von fünf Fällen war sie mit dieser Argumentation durchgekommen. Beim letzten aber war sie wegen schwerer Körperverletzung zu einem Jahr Haft verurteilt worden. Mehrere Zeugen hatten ausgesagt, sie habe ihren Kontrahenten lediglich niedergerungen, weil der mit einer anderen Frau geflirtet habe, obwohl sie den ganzen Abend versucht habe, bei ihm zu landen.

„Ihr ganzes Leben ein einziger Schrei nach Liebe", murmelte Büttner. Denn wie er aus der Akte auch erfuhr, hatte Antje bisher in ihrem Leben nicht viel Freude erfahren. Ihr Erzeuger hatte ihre Mutter sitzengelassen, als er erfuhr, dass sie von ihm schwanger war. Sein Name war unbekannt. Mit ihrer Rolle als alleinerziehende Mutter kam die bis dahin unauffällige Frau anscheinend nicht zurecht, denn sie versank immer tiefer im Alkohol- und Drogensumpf. Antje wurde mit vier Jahren unter die Obhut des Jugendamtes gestellt, kam zunächst in ein Heim, später dann zu einer Pflegefamilie, die das Mädchen nach drei Jahren aber wieder ins Heim zurückschickte. So erging es ihr noch zwei weitere Male. Mit zwölf Jahren haute Antje zum ersten Mal aus dem Heim ab, man fand sie am Bett ihrer Mutter sitzend, die sich wie so oft ins Delirium gesoffen hatte. Mit vierzehn schließlich tauchte Antje für fast zwei Jahre völlig unter, bis sie bei einer Polizeirazzia im Bremer Rotlichtviertel festgesetzt wurde. Als ihr Zuhälter wurde ein gewisser Harry identifiziert, doch konnte der sich unter Mithilfe eines guten Anwalts aus der Sache herauslavieren. Antje kam in ein Heim für straffällig gewordene Jugendliche, aber sie schaffte es nach einem halben Jahr, auch von dort wieder auszubüxen. Trotz intensiver Versuche gelang es der Polizei nicht, sie zu finden. Man nahm an, dass sie wieder bei diesem Harry gelandet war. Sie erschien erst wieder auf der Bildfläche, als sie volljährig war. Ihre Mutter starb vor rund einem Jahr nach langem Leidensweg, Antje hatte sich in den letzten Monaten aufopferungsvoll um sie gekümmert. Für ein paar Monate war sie im Knast gewesen, seither arbeitete sie angeblich auf eigene Rechnung. Wie es ihr gelungen war, sich von Harry zu lösen, ohne dass der auf Rache sann, war nicht bekannt. Manchmal passierten auch im horizontalen Gewerbe Zeichen und Wunder. Eher anzunehmen war jedoch, dass es für diesen Zustand handfeste Gründe gab. Nur welche das sein könnten, wussten wohl nur Harry und Antje.

Büttner suchte nach einem Hinweis, der auf eine Beziehung von Antje zu Hartmut Schröder hindeutete, doch fand er keinen.

Mit Max Staudtner war Antje seit ein paar Monaten offiziell liiert gewesen. Was auch immer das in ihrem Fall bedeutete, denn ihren Job als Prostituierte schien sie dennoch nicht aufgegeben zu haben. Max war jetzt tot, genauso wie Hartmut Schröder. Nein, Büttner konnte sich wirklich nicht vorstellen, dass das alles nur zufällig passiert war. An dieser Stelle würde er … hm … würden Hasenkrug und Reimers noch ganz tief graben müssen. Was nicht dadurch vereinfacht würde, wenn jetzt auch noch Antje …

Büttner runzelte die Stirn und warf einen Blick auf sein Handy. Zu gerne hätte er jetzt Hasenkrug angerufen, um sich nach dem Stand der Ermittlungen in Greetsiel zu erkundigen. Wenn das jedoch herauskäme, brächte er nicht nur sich selber, sondern auch seinen Assistenten in Teufels Küche. Das Gleiche galt für Sophie Reimers. Sein Festnetztelefon auf dem Schreibtisch fiel für diesen Zweck erst recht aus. Blieb also nur eine Möglichkeit. Büttner starrte auf die geschlossene Tür. Ob er es wagen sollte?

Mit einem entschiedenen Grunzen stand er auf, griff nach einem Schokoriegel und ging in sein Vorzimmer. Fragen kostete schließlich nichts. Seine Sekretärin lächelte ihn freundlich an. Eine gute Ausgangsposition. Er räusperte sich. „Frau Weniger", sagte er dann, „ich könnte mir vorstellen, dass es Sie brennend interessiert, was die Kollegen Hasenkrug und Reimers in Greetsiel vorgefunden haben."

„Natürlich", antwortete sie prompt und zwinkerte ihm zu, „das frage ich mich schon die ganze Zeit." Sie griff nach dem Telefonhörer. „Ich glaube, ich werde Herrn Hasenkrug einfach mal anrufen und ihn nach dem Stand der Dinge fragen."

Zu Büttners Verwunderung rieb sie sich nun beide Ohren und schüttelte dann den Kopf. „Geht es Ihnen nicht gut?", fragte er besorgt.

„Ach, wissen Sie", antwortete sie ernst, „ich höre heute nicht so gut. Hab wohl irgendwie Wasser vom Duschen in den Ohren oder so. Ich glaube, ich stelle lieber den Lautsprecher am Telefon an."

Büttner hätte sie über den Schreibtisch ziehen und knutschen können. Das würde er ihr gewiss nie vergessen und sich in absehbarer Zeit erkenntlich zeigen. Er schenkte ihr ein warmes Lächeln und biss zufrieden in seinen Schokoriegel. Frau Weniger wählte unterdessen Hasenkrugs Nummer.

„Ja? Frau Weniger?", meldete sich Sebastian Hasenkrug am anderen Ende.

„Moin, Herr Hasenkrug. Hier wurde Interesse angemeldet zu wissen, was es in Greetsiel Neues gibt."

„Verstehe." Büttner glaubte, das Grinsen aus Hasenkrugs Stimme heraushören zu können. „Es wird Sie sicherlich erstaunen zu hören, dass es sich bei der aufgefundenen Leiche nicht um Antje Peters handelt."

Büttner verschluckte sich fast an seinem letzten Bissen und versuchte verzweifelt, den aufkommenden Husten zu unterdrücken.

„Um wen handelt es sich denn dann?", fragte Frau Weniger.

„Um Arno Staudtner." Anscheinend erinnerte er sich daran, dass Büttner sich Namen gemeinhin nicht besonders gut merken konnte, denn er fügte sogleich hinzu: „Es ist der Vater von Max Staudtner. Der Chef und ich hatten ihn gemeinsam besucht."

„Wie kam er ums Leben? Gibt es eine Spur vom Täter?" Frau Weniger stellte eindeutig die richtigen Fragen, konstatierte Büttner.

„Genickbruch. Wir gehen davon aus, dass er durch eine Kellerluke ins Haus eingedrungen ist und Antje Peters anschließend überwältigt hat. Anscheinend hat er sie an einen Stuhl gefesselt und gefoltert, denn hier gibt es überall Blut, das nicht von Staudtner stammen kann. Ach, warten Sie bitte mal einen Moment …" Man hörte am anderen Ende ein Rascheln, dann sagte Hasenkrug: „Gerade kam das Ergebnis der Laboruntersuchung rein. Es handelt sich tatsächlich um das Blut von Antje Peters. Da sie erneut verschwunden ist, gehen wir davon aus, dass hier noch eine dritte Person im Spiel war, die sie aus diesem Haus geschafft hat. Wo Antje sich jetzt aufhält, wissen wir leider nicht und natürlich auch nicht, wie schwer verletzt sie ist oder ob sie überhaupt noch lebt." Hasenkrug berichtete weiter von dem Smartphone, das sie bei Staudtner gefunden hatten, und dass es einem jungen Mann namens Nils Beenken gehöre. Über den wisse man nur, dass er der vierundzwanzig Jahre alte Enkel von Marieluise Beenken aus der Oldenburger Wohngruppe sei. Diese Dame sei am Morgen ihrer Herzattacke erlegen.

Frau Weniger bedankte sich und ließ den Hörer auf die Gabel zurücksinken.

„Sie haben bei mir eine Menge gut", erklärte Büttner mit einem Lächeln. „Und damit ich Sie nicht noch weiter in Verlegenheit bringe, mache ich mich jetzt auf den Weg. Wir sehen uns dann sicherlich in den nächsten Tagen."

„Alles Gute für Sie, Chef", sagte Frau Weniger. „Und Sie wissen ja, dass Sie immer auf mich zählen können."

„Das ist nett. Vielen Dank!" Mit einem letzten Gruß verschwand Büttner zur Tür hinaus. Er würde jetzt nach Oldenburg fahren und sich ein wenig nach diesem Harry umschauen, der dort ein Bordell betrieb. Er hielt es nicht für ausgeschlossen, dass sich Antje bei ihm aufhielt. Zwar hatte er keine Idee, wie genau er das herausbekommen sollte, aber auf der Fahrt dorthin würde ihm sicherlich etwas einfallen.

„Nils Beenken", murmelte er vor sich hin, als er schließlich am Steuer saß und sich in den Verkehr einfädelte. Er war sich sicher, dass Hasenkrug bereits nach dem jungen Mann suchen ließ. Vielleicht lag der Schlüssel zur Lösung des Falls ja doch bei der Wohngruppe. Schließlich musste es einen Grund geben, warum das Smartphone eines Beenken ausgerechnet bei Staudtner gefunden wurde. An einen Zufall mochte Büttner nicht glauben. Auch ging er davon aus, dass Antje und Nils sich kannten. Schließlich hatte Staudtner angekündigt, Antje finden und zur Selbstjustiz schreiten zu wollen. Vermutlich hatte er herausgefunden, in welchem Verhältnis Nils zu Antje stand und dass Nils' Smartphone ihn seinem Ziel womöglich näher bringen würde. Ja, dachte Büttner, so ungefähr musste es gewesen sein. Nur so ergab die Sache Sinn.

Blieb natürlich immer noch die Frage, wo Antje jetzt

war. Ganz offensichtlich hatte Hartmut Schröder sie ja nicht umgebracht, wenn sich ihr Blut jetzt in ihrem Greetsieler Haus befand. War es womöglich sogar umgekehrt gewesen? Hatte Antje Hartmut Schröder auf dem Gewissen? Ein Racheakt für ihren Freund Max vielleicht? Immerhin hatte sie ja schon des Öfteren unter Beweis gestellt, dass sie es mit gestandenen Männern aufnehmen konnte. Büttner erschien es immer plausibler, dass Antje bei Schröder im Auto gesessen hatte, als Max von ihm überfahren wurde. Blieb zu klären, ob freiwillig oder unfreiwillig. Und wenn freiwillig, dann mit welchem Ziel? Oder war es gar sie, die Max *und* Schröder umgebracht hatte? Wenn ja, wo lag ihr Motiv?

Büttner rauchte der Kopf. Die Sache wurde immer verworrener. Und dann war da ja auch noch die neue Leiche. Arno Staudtner. Er hatte Antje also tatsächlich gefunden und dabei selber sein Leben gelassen. Aber wer war die dritte Person, die nun anscheinend mit Antje im Schlepptau auf der Flucht war? Nils vielleicht? Oder hatte gar Harry sie aus den Händen ihres Peinigers befreit? Und wo steckte eigentlich Viktor Eisenroth, seitdem sie ihn in Oldenburg aus den Augen verloren hatten?

Büttner wünschte sich, er könnte sich mit Hasenkrug austauschen. Zu zweit war solch eine komplizierte Geschichte immer einfacher zu durchdenken. Aber da er nun schon zwangsweise auf sich selbst gestellt war, musste er eben sein Bestes geben. Vielleicht würde sich ja in absehbarer Zeit eine Möglichkeit ergeben, sich mit Hasenkrug und Sophie Reimers zu besprechen.

Puh! Büttner seufzte laut auf. So eine Suspendierung war

wirklich anstrengend. Doch trotz aller durcheinanderwirbelnder Fragezeichen, die diese Ermittlungen so kompliziert machten, wusste er eines ganz genau: Er würde sich trotz dieser günstigen Gelegenheit nicht zum Faulenzen auf die heimische Terrasse setzen und abwarten, was passierte. Viel zu viel stand für ihn auf dem Spiel. Und je länger er darüber nachdachte, desto sicherer war er, dass letztlich nicht er es gewesen war, der Hartmut Schröder Stirn- und Nasenbein auf tödliche Weise ins Hirn gerammt hatte.

Allerdings schwirrten ihm inzwischen viel zu viele Namen von Personen im Kopf herum, die es gewesen sein könnten. Die nächsten Stunden und Tage würden also seine volle Aufmerksamkeit erfordern.

20

„Nils Beenken?" Sebastian Hasenkrug hielt dem jungen, etwas pummeligen Mann seinen Dienstausweis vor die Nase und stellte sich und seine Kollegin vor. Als der Mann nickte, fragte Hasenkrug: „Was ist mit Ihrem Gesicht passiert?"

„Ach, nichts, ich … ich bin mit dem Fahrrad gestürzt." Nils hob seine Hand, um die Pflaster im Gesicht zu betasten, doch zuckte er bei der Bewegung, krümmte sich leicht zusammen und presste mit einem Stöhnen seinen Arm auf die Rippen.

„Rippenbruch?", erkundigte sich Hasenkrug. „Muss aber ein schlimmer Sturz gewesen sein." Er glaubte seinem Gegenüber kein Wort. Nils' Gesicht war unschwer anzusehen, dass es von zahlreichen Schlägen malträtiert worden war. Mehrere Pflaster klebten auf Wangen und Stirn, sein linkes Auge war zugeschwollen und bläulich-lila verfärbt. Zumindest letztere Verletzung bekam auch der schönste Fahrradsturz mit Gesichtsbremse nicht hin.

„Was wollen Sie von mir?", fragte Nils, statt zu antworten.

„Zunächst einmal unser herzliches Beileid zum Tod Ihrer Großmutter. Wir haben gerade davon erfahren."

„Hä? Aber wieso wissen Sie …?" Sein Blick wurde skeptisch. „Was interessiert Sie meine Oma? Deswegen sind Sie doch sicher nicht hier." Nils wirkte sichtlich irritiert.

„Können wir reinkommen?"

„Wieso denn das jetzt? Wegen Oma? Aber sie ist doch ganz friedlich eingeschlafen."

„Warum sind Sie nicht bei ihr oder bei Ihrer Familie?", fragte Sophie Reimers.

„Da war ich schon", lautete die knappe Antwort. „Bin gerade nach Hause gekommen."

Hasenkrug schob rasch hinterher: „Es geht um Antje Peters. Wir haben Ihr Smartphone in Frau Peters' Haus in Greetsiel gefunden."

„Was?" Nils riss sein unverletztes Auge auf und starrte sie an wie eine Erscheinung. „Antje hatte mein Smartphone? Aber wieso? Wie … wie soll sie es denn … Ich meine, ich habe sie ewig nicht gesehen."

„Können wir reinkommen?", fragte Hasenkrug erneut. Er machte eine raumgreifende Bewegung. „Wir können uns natürlich auch hier im Treppenhaus über den Mordfall unterhalten, aber …" Er nickte einer Nachbarin zu, die gerade ihren Kopf zur Tür herausstreckte.

„Antje ist tot?" Der junge Mann wurde blass. „Das … das ist doch nicht … und … und überhaupt … seit wann hat sie ein Haus in Greetsiel?"

„Wir würden das wirklich lieber drinnen mit Ihnen besprechen, Herr Beenken."

Nach kurzem Zögern trat Nils wortlos beiseite und ließ sie eintreten. Er führte sie in einen unaufgeräumten Raum, der Wohnzimmer, Schlafzimmer und Küche zugleich zu sein schien. Die Wände waren über und über mit düsteren, zumeist schwarzen und grauen Graffitis besprüht. Hasenkrug fand, dass sie so gar nicht zu dem ein wenig bieder wirkenden Bewohner passen wollten.

Nils räumte zwei Stühle frei und bot ihnen einen Platz an. Er selber ließ sich, begleitet von einem schmerzerfüllten Aufstöhnen, auf sein durchwühltes Bett sinken, stützte sich mit den Händen hinter dem Rücken ab, setzte sich dann jedoch sofort wieder auf. Eine ideale Position schien es in seinem Zustand nicht zu geben. „Von welchem Mordfall sprechen Sie? Ist Antje etwas zugestoßen?", fragte er.

„Nicht soweit wir wissen. Aber sagt Ihnen der Name Staudtner etwas?", wollte Sophie Reimers wissen.

Nils zog die Stirn in Falten. „Nee."

„Nee?" Hasenkrug sah ihn verwundert an. „Sie kennen Antje, aber nicht ihren Freund Max?"

„Natürlich kenne ich Max." Es klang wenig begeistert. „Also nicht wirklich gut. Wusste nicht, dass der Staudtner heißt."

„Ganz Deutschland weiß, dass er Staudtner heißt", gab Hasenkrug zu bedenken.

„So was merke ich mir nicht. Aber klar, ja, Max. Den kenne ich. Er wurde überfahren. Aber was hat das mit mir zu tun?"

„Wir haben Ihr Smartphone bei seinem Vater gefunden."

Nils schob den Kopf vor und tippte sich an den Brustkorb. „Mein Handy? Bei Max' Vater? Wieso das denn? Ich kenne den Typen doch überhaupt nicht."

„Seit wann haben Sie Ihr Smartphone denn vermisst?", hakte Sophie Reimers nach.

„Seit … seit Sonntag. In der Kneipe, also am Vormittag, hatte ich es noch, dann war es plötzlich weg." Er runzelte die Stirn, dann schien ihm plötzlich ein Licht aufzugehen. „Moment mal … Ist dieser Staudtner, also Max' Vater … ist das so 'n Asozialer? Mit so 'ner Wampe wie 'n Walross?"

„Wenn man es so ausdrücken will."

Nils hob den Zeigefinger und lachte gequält auf. „Jetzt weiß ich's. Dieses miese Schwein hat mir das Smartphone aus der Hosentasche geklaut. Was für eine linke Bazille!" Er sah von einem zum anderen. „Aber was wollte er damit?"

„Kann es sein, dass es auf dem Gerät Hinweise gibt, die auf den Aufenthaltsort von Antje Peters hindeuteten?" Als Hasenkrug auf diese Frage auch nach sekundenlangem Warten keine Antwort erhielt, sagte er: „Nur zu Ihrer Information: Das Smartphone wird gerade von unseren Kriminaltechnikern auseinandergenommen. Sollten Sie diese Frage also mit Ja beantworten können, dann tun Sie es besser jetzt."

Nils drehte seinen Kopf beiseite und starrte für einen langen Augenblick seine in Grau- und Schwarztönen gehaltene Bettdecke an. Es war unschwer zu erkennen, dass sein Hirn auf Hochtouren arbeitete. Wog er etwa seine Möglichkeiten ab? Hasenkrug fand dieses Zögern nicht gerade unverdächtig.

„Ich … ich hab einen Kumpel", sagte Nils schließlich. „Er ist Privatdetektiv. Also so hobbymäßig, nicht professionell oder so. Ich hab ihm gesagt, dass er Antje suchen soll. Sonntag hat er dann ein Foto von ihr aus Greetsiel geschickt. Darauf war sie allerdings nicht sonderlich gut zu erkennen. Wir sind trotzdem hingefahren."

„Wer ist wir?", hakte Sophie Reimers nach.

„Drei Freunde und ich."

„Und warum sind Sie sie suchen gefahren?"

„Na ja, sie war ja seit dem Unfall von Max verschwunden."

„Es war Mord. Kein Unfall", korrigierte Hasenkrug ihn.

„Ja. Seitdem war sie doch verschwunden. Und wir haben eben beschlossen, sie zu suchen."

„Warum?", gab sich Sophie Reimers nicht zufrieden.

Nils Beenken zuckte die Schultern. „Das tut man so unter Freunden, wenn man sich Sorgen macht."

Hasenkrug lehnte sich in seinem Stuhl zurück und verschränkte die Arme vorm Körper. Er musterte sein Gegenüber mit kritischem Blick. „Was machen Sie eigentlich beruflich, Herr Beenken?"

„Ich bin Rechtsanwaltsgehilfe."

Hasenkrug hob erstaunt die Brauen. Damit hatte er jetzt nicht gerechnet, obwohl das Äußere von Beenken auf ein eher langweiliges Leben hindeutete. Aber das schien er nun wirklich nicht zu führen, wenn er sich mit Antje Peters und Konsorten umgab. „Ihr privater Umgang scheint aber ein anderer zu sein", stellte er fest.

„Ich glaube kaum, dass Sie das etwas angeht."

„In einem Mordfall geht uns alles etwas an."

„Sie reden immer von Mordfall. Wer ist denn nun tot, wenn es Antje nicht ist?"

„Arno Staudtner, Max' Vater", antwortete Sophie Reimers. „Er wurde in Antjes Haus tot aufgefunden."

„Antje hatte kein Haus." Für Nils schien dies und nicht der Tod von Arno Staudtner die zentrale Botschaft zu sein.

„Doch, hatte sie", widersprach Hasenkrug. „Und nun fragen wir uns, was Staudtner dort zu suchen hatte. Und natürlich, warum ihm der Besuch so schlecht bekommen ist."

„Und wieso kommen Sie dann zu mir?", knurrte Nils.

„Ich sagte es bereits: Weil Staudtner ausgerechnet Ihr Smartphone bei sich trug."

„Und ich sagte bereits, dass er es mir gestohlen hat."

„Sie waren am Sonntag in Greetsiel, das haben Sie sel-

194

ber gesagt. Haben Sie Antje in ihrem Haus angetroffen?",
fragte Sophie Reimers.

„Hallo? Nochmal zum Mitschreiben: Ich wusste ja nicht
mal, dass sie ein Haus hat. Von wem soll sie das überhaupt
bekommen haben? Hat sie es gekauft, oder was?"

„Haben Sie eine Ahnung, wo sich Antje jetzt aufhält?",
ging Hasenkrug nicht auf Nils' Fragen ein. „Vielleicht haben Sie sie mit zum Arzt genommen, damit auch sie versorgt werden kann?" Natürlich wusste er längst, dass das
nicht der Fall war. Bei keinem der umliegenden Ärzte und
in keinem der Krankenhäuser war seit Sonntag eine Frau
aufgetaucht, auf die Antjes Beschreibung passte. Das hatten sie längst überprüfen lassen.

„Hä? Zu welchem Arzt? Und warum?"

„Nun, Sie waren ja ganz offensichtlich beim Arzt, um
Ihre Wunden versorgen zu lassen. Wer hat sie Ihnen eigentlich zugefügt? War es Staudtner?"

„Sagen Sie mal, hören Sie mir eigentlich zu?", brauste
Nils auf, doch der Schmerz ließ ihn sogleich wieder zu-
sammenfahren. „Ich bin vom Fahrrad gefallen, kapiert?"

„Und genau das glaube ich Ihnen nicht." Hasenkrug beugte
sich vor und sah Nils beschwörend an. „In Antjes Haus haben
wir jede Menge Blut gefunden. Inzwischen wissen wir, dass es
von ihr stammt. Sie muss erheblich verletzt worden sein und
alles, was sie jetzt braucht, ist ein Arzt. Wenn Sie also wissen,
wo sie sich aufhält, dann sagen Sie es uns."

Nils' Gesicht hatte bei Hasenkrugs Worten eine noch hel-
lere Blässe angenommen. Gepaart mit seinem blauen Auge
wirkte es wie eine Totenmaske. „Antje ist verletzt worden?",
stammelte er. „Das ... das ist ja furchtbar."

Hasenkrug vermochte nicht zu sagen, ob der junge Mann tatsächlich so erschüttert war, wie er tat, oder ob er einfach nur gut schauspielerte. Fakt war, Nils Beenken war ihm suspekt. Nichts an diesem Mann schien zusammenzupassen. „Wollen Sie damit sagen, dass Sie und Ihre Freunde Antje am Sonntag nicht in Greetsiel angetroffen haben?", vergewisserte er sich. „Und dass, obwohl Ihr Freund, der Kalle Blomquist Ostfrieslands, sie angeblich schon gefunden hatte?"

„Ja, genauso ist es. Wir haben sie überall gesucht, aber gefunden haben wir sie nicht." Nils klang nun trotzig. „Das Foto von Antje, also das, was Ude gemacht und mir aufs Smartphone geschickt hatte, war sehr verschwommen wissen Sie? Man konnte Antje nicht richtig darauf erkennen. Irgendwann haben wir die Suche dann aufgegeben."

Hasenkrug verzog spöttisch das Gesicht. „Greetsiel ist keine Großstadt."

„Ja, Mann, aber wir haben nicht gewusst, dass Antje da ein Haus hat, okay? Hätten wir es gewusst, dann wären wir ja wohl direkt dorthin gegangen."

„Warum wussten Sie eigentlich nicht, wo sich Antje aufhält?", mischte sich erneut Sophie Reimers ins Gespräch. „Zu Freunden geht man doch gemeinhin, wenn man in Schwierigkeiten steckt, oder? Und da soll Antje ausgerechnet ihren angeblich besten Freunden nicht gesagt haben, wo sie sich versteckt hält?"

„Das hat uns auch gewundert, ja."

„Für mich klingt das, als würde sie nach dem Mord an Max niemandem mehr trauen. Womöglich fühlt sie sich bedroht. Womöglich sogar von Ihnen."

„Von mir? Pah! Wohl kaum! Ich bin ihr Freund, okay?"
Nils schnaubte empört.

„Was wollte Antje von Hartmut Schröder?", wechselte
Hasenkrug, dem eine Idee gekommen war, abrupt das
Thema. „Und was hat sie mit seinem Tod zu tun?"

Nils wirkte für einen Moment irritiert, fing sich jedoch
sofort wieder. „Woher soll denn ich das wissen? Wieso reden wir denn jetzt über Schröder? Gerade ging es doch
noch um Antje. Hey, Mann, ich hab keine Ahnung, was
Antje von dem wollte. Wäre ich an diesem Abend dabei gewesen, dann wäre das alles nicht passiert."

„Dann wäre was nicht passiert?"

„Ach, nichts", ruderte Nils zurück. „Ich weiß überhaupt
nicht, was Sie von mir wollen."

„Warum haben Antje und Max Hartmut Schröder an
diesem Abend aufgelauert?", wagte Hasenkrug einen
Schuss ins Blaue. „Was wollten sie von ihm? Zufall kann
ihr Treffen mitten in der Nacht wohl kaum gewesen sein,
dort draußen in einem x-beliebigen Emder Wohngebiet."

„Keine Ahnung, Mann. Da müssen Sie Antje schon selber fragen. Ich war schließlich nicht dabei."

„Aber Sie wussten von ihrem Plan." Hasenkrug war sich
sicher, bei diesem Satz ein nervöses Aufflackern in Nils'
nicht geschwollenem Auge gesehen zu haben. „Haben Sie
Antje und Max vielleicht dorthin geschickt, weil Sie sich
für das rächen sollten, was Schröder Ihrer Großmutter angetan hatte?"

„Lassen Sie meine Oma aus dem Spiel!", fauchte Nils.
„Mit ihr hat das alles nichts zu tun!"

„Womit hat es denn dann zu tun?"

Nils schüttelte den Kopf. „Ich sag jetzt nichts mehr. Wenn Sie unbedingt einen Mörder brauchen, dann müssen Sie schon woanders suchen."

„Es geht um Ihre Freundin, Herr Beenken", beschwor Hasenkrug ihn. „Womöglich muss sie sterben, weil Sie uns nicht sagen, wo sie ist."

„Ich weiß nicht, wo sie ist", beharrte Nils auf seiner Aussage. „Mehr sag ich nicht. Sie können jetzt gehen."

Hasenkrug hielt seinen Notizblock in die Luft. „Zuerst geben Sie uns noch Namen und Anschriften Ihrer Freunde. Und von diesem Ude, dem angeblichen Detektiv."

„Ich kenne nur ihre Vornamen", behauptete Nils.

„Sie sind Ihre besten Freunde, und Sie wissen nicht, wie sie mit Nachnamen heißen?", wunderte sich Sophie Reimers.

„Ich kenne nur den von Ude. Er heißt Kampinga."

Hasenkrug notierte es. „Und nun sagen Sie mir die Vornamen Ihrer Freunde. Wenn sie sich in Antjes Umfeld bewegen, werden wir sie schon finden."

Nils nannte sie ihm mit wenig Begeisterung. Vermutlich befürchtete er, von seinen Kumpels dafür ordentlich in den Senkel gestellt zu werden.

Hasenkrug legte ihm eine Visitenkarte aufs Bett. „Wenn Ihnen doch noch etwas einfällt, dann rufen Sie mich an. Solange wir die Ermittlungen nicht abgeschlossen haben, halten Sie sich bitte zu unserer Verfügung." Ohne ein weiteres Wort verließ er mit Sophie Reimers das Haus.

„Ein seltsamer Vogel, dieser Nils", stellte Hasenkrug fest, als sie zum Auto gingen. „Irgendwie passt bei dem nichts zusammen."

„Er will unbedingt dazugehören und auf keinen Fall ein Langweiler sein", meinte Sophie Reimers.

„Ja, vermutlich. Warum sonst umgibt er sich mit diesen schrägen Typen? Er ist bemitleidenswert, sonst nichts", nickte Hasenkrug.

„Woher weißt du, dass die Typen schräg sind? Wir kennen sie doch noch gar nicht."

„Typen, mit denen sich Antje Peters umgibt, können nur schräg sein", behauptete Hasenkrug. Nach kurzem Nachdenken fügte er hinzu: „Ich werde ihn in den nächsten Tagen noch mal einbestellen, dann drehen wir ihn ordentlich durch die Mangel. Er ist nicht der Typ, der einer Vernehmung lange standhält."

„Und nun?", fragte Sophie Reimers, als sie im Auto saßen.

„Nun versuchen wir herauszufinden, wo sich eigentlich dieser Viktor Eisenroth aufhält. Irgendwie werde ich das Gefühl nicht los, dass er etwas mit dem Mord an Staudtner zu tun haben könnte."

„Was ist mit der Vernehmung der drei alten Damen? Hattest du sie nicht für heute Nachmittag angesetzt?"

„Ja. Richtig. Ich sage Frau Weniger, dass sie sie auf morgen verschieben soll. Das hier ist jetzt wichtiger." Hasenkrug griff nach seinem Smartphone, um einen Anruf zu tätigen.

21

Nachdem man sie in Emden auf dem Kommissariat nicht mehr sehen wollte, trafen sich Elfriede, Ilse und Gerda am Nachmittag in Malous Haus, um auf diese Weise Abschied von ihr zu nehmen. Das sterile Umfeld des Krankenhauses war ganz und gar nicht das, was sie sich unter einem würdigen Abschied vorstellten, also sollte die Zeremonie hier noch einmal wiederholt werden – wenn auch ohne Malou. Deren Leichnam hatten die Angehörigen von einem Bestatter aus der Klinik abholen lassen.

Sie würden Malou niemals wiedersehen. Ein Gedanke, an den sich die drei Frauen erst einmal gewöhnen mussten. Noch war der Verlust so frisch und so unwirklich. Immer wieder ging ihr Blick zur Tür, in der Erwartung, Malou würde jeden Moment mit dem für sie so typischen, verschmitzten Lächeln auf ihrem Gesicht hereinkommen und sie dazu anstiften *irgendeinen Blödsinn zu machen*. Malou hatte immer gerne *irgendeinen Blödsinn* gemacht. So hatte sie Aktionen genannt, die ihr Freude bereiteten, die sie zum Lachen brachten und die sie vom Alltag und von ihren Beschwerden ablenkten. Mit niemandem hatte man so viel Blödsinn machen können wie mit Malou. Doch damit war es nun vorbei.

Aus Erfahrung wussten Ilse, Elfriede und Gerda, dass

man sich nie wirklich daran gewöhnte, einen geliebten Menschen nie wieder in die Arme schließen zu können. Allenfalls war es so, dass man sich mit diesem Zustand abfand, dass man lernte, sich irgendwie mit ihm zu arrangieren. Mehr aber auch nicht. Die Trauer und der Schmerz blieben, wenn auch unterschwellig, bis zum bitteren Ende, und zwar exakt so lange, bis man selber für immer die Augen schloss und darauf hoffte, die geliebten Verstorbenen auf der anderen Seite endlich wiederzusehen. Ohne diese Hoffnung wäre ein solcher Verlust, wie ihn die drei Freundinnen erlitten hatten, kaum zu ertragen. Zwar waren sie alle nicht besonders gläubig, und mit der Kirche wollten sie schon gar nichts zu tun haben. Der Gedanke aber, in einer anderen Welt gemeinsam dort weitermachen zu können, wo sie in dieser aufgehört hatten, nahm ihnen ein bisschen die Angst vor dem Sterben.

Bis es aber so weit war, würden sie wohl oder übel ohne Malou in dieser Welt weitermachen müssen. Was kurzfristig bedeutete, ihrer verstorbenen Freundin ein schönes Outfit herauszusuchen, mit dem sie sich in der kommenden Welt würde sehen lassen können.

„Es ist aber nett von Malous Tochter, dass sie uns die Wahl der Kleider überlässt", stellte Elfriede zufrieden fest. „Sie ist genauso nett wie ihre Mutter, findet ihr nicht?" Elfriede stand vor Malous geöffnetem Schrank und ließ ihre Hand die Kleiderbügel entlangstreifen. „Bestimmt bringt Viktor die Sachen nachher mal schnell ins Bestattungsinstitut, damit man sie ihr morgen anziehen kann."

„Viktor war gar nicht mehr gut drauf, als er ins Krankenzimmer zurückkkam", stellte Gerda fest. Sie zog Unterhose um Unterhose aus der Schublade einer Kommode und betrachtete jede einzelne eingehend von allen Seiten, um letztlich für Malou die schönste auswählen zu können. Kein Mensch sollte schließlich in verschlissener Unterwäsche vor seinen Schöpfer treten müssen. „Ist euch das auch aufgefallen? Ganz böse geguckt hat Viktor, als wäre ihm der Teufel persönlich begegnet. Und so kurz angebunden war er. Hat ja kaum ein Wort herausgekriegt, der Kerl."

Ilse nickte zustimmend. „Und als Malous Familie kam, hat er sich ganz schnell aus dem Staub gemacht. Dabei dachte ich immer, er versteht sich ganz gut mit denen."

„Na ja, so wie Viktor Nils angeguckt hat, als er ins Zimmer kam, habe ich da so meine Zweifel", meinte Elfriede. Sie legte ein geblümtes Sommerkleid auf das Bett, von dem sie wusste, dass ihre Freundin es immer ganz besonders gerngehabt hatte. „Ich glaube, das sollte sie tragen, oder was meint ihr?"

„Nils hat Viktor aber auch nicht gerade freundlich empfangen", erwiderte Gerda. Sie hatte endlich eine Unterhose gefunden, die ihr für den Zweck passend erschien und legte sie auf das geblümte Kleid. „Fast konnte man meinen, die hätten sich gestritten, so, wie sie sich gegenseitig ignoriert haben. Nils ist dann ja auch gar nicht wiedergekommen, obwohl seine Eltern und Geschwister da waren."

„Oh, ich glaub ja, dass sie ihren Streit aus der Welt geschafft haben", sagte Ilse, die sich am Schuhschrank zu schaffen machte. Malou hatte einen Schuhtick gehabt, was die Wahl nicht einfacher machte. Zumal zu dem geblümten Sommerkleid eine Menge von ihnen passend schienen.

„Viktor ist doch hinter Nils hergerannt, als der aus dem Zimmer ist. Bestimmt, um sich wieder mit ihm zu vertragen. Obwohl ich mir gar nicht vorstellen kann, warum sie sich gestritten haben. Ich dachte immer, die kennen sich gar nicht so gut, als dass es zum Streiten reichen könnte."

„Ich glaub ja im Leben nicht, dass die sich wieder vertragen haben", widersprach Elfriede ihrer harmoniesüchtigen Freundin. „Dann hätte Viktor doch nicht mehr so böse geguckt, als er zurückkam."

„Ts, und das alles in Gegenwart von Malou." Gerda schüttelte verständnislos den Kopf. „Das hätte ihr aber gar nicht gefallen. Ich glaube, dass sie den beiden ordentlich den Marsch geblasen hätte. Aber das konnte sie ja nun leider nicht mehr. Schade eigentlich."

„Möchte nur mal wissen, ob Viktor diese Antje, die er ja anscheinend kennt, gefunden hat. Davon hat er nämlich gar nichts gesagt." Ilse legte die Stirn in Falten. „Nicht dass unser Ablenkungsmanöver für die Polizisten ganz umsonst gewesen ist."

„Wäre ja schlimm, wenn das junge Ding nun auch tot wäre, genauso wie ihr Freund", meinte Elfriede mit einem Seufzen. „Aber dem Schröder traue ich alles zu. Wer einen Mord begeht, der schreckt auch vor einem zweiten nicht zurück. In den Nachrichten hört man auch nichts mehr von ihr, außer dass sie gesucht wird. Ich glaube ja nicht so recht, dass sie noch lebt, sonst hätte sie sich doch längst bei Viktor gemeldet und er müsste sie nicht suchen."

„Stimmt." Ilse legt den Kopf schief. „Ob Viktor vielleicht Nils die Schuld gibt, dass sie weg ist?"

„Nils? Wieso das denn?" Gerda ließ sich aufs Bett sinken

und strich zärtlich über das geblümte Kleid, wobei ihr erneut Tränen über die Wange liefen.

„Na ja, der hing doch immer mit diesen komischen Leuten rum. Mich wundert ja, dass die ihn überhaupt überall mit hingenommen haben, so wie der aussieht."

„Wieso?" Gerda hob erstaunt den Blick. „Nils sieht doch ganz normal aus."

„Eben", nickte Ilse wissend. „Da hat er unter diesen komisch angemalten und zerstochenen Leuten doch gar nichts zu suchen. Und die laufen nun ja auch nicht so seltsam rum, weil sie mit normalen Leuten was zu tun haben wollen. Warum also mit Nils? Normaler als der geht doch kaum."

„Nicht mehr lang, und der läuft auch so rum wie die anderen", prophezeite Elfriede.

„Das glaubst du ja wohl selbst nicht, wenn der seinen Job behalten will", widersprach Ilse.

„Stimmt auch wieder."

„Möchte nur mal wissen, was Viktor mit Antjes Freunden zu schaffen hat", sagte Elfriede. „Und warum er so geheimnisvoll tut. Irgendwas ist doch mit dieser Antje. Glaub ja kaum, dass das Zufall war, dass Schröder ausgerechnet ihren Freund umgebracht hat und womöglich auch noch sie. Ich meine, so einfach fährt man doch niemanden absichtlich über den Haufen. Schröder wird schon einen Grund gehabt haben. Wer weiß, was die Lütte auf dem Kerbholz hat, dass da so viel Hass im Spiel ist."

„Vielleicht hat er sie genauso beschissen wie uns, und Antje hat sich gerächt", vermutete Gerda.

Elfriede rollte die Augen. „Dann wäre jetzt er tot und nicht sie."

„Er *ist* tot", gab Ilse zu bedenken.

„Hm. Stimmt." Gerda wiegte den Kopf hin und her. „Kann natürlich auch sein, dass Antje ihn umgebracht hat. Was ja voraussetzen würde, dass er sie nicht zuerst umgebracht hat. Hm. Ist alles ein bisschen kompliziert, findet ihr nicht?"

Elfriede senkte die Stimme. „Manchmal glaube ich ja, dass Viktor was damit zu tun hat."

„Womit?"

„Na, dass er mit dem Mord an Schröder was zu tun hat. Gesagt hat er ja nichts, aber dass der Kerl so plötzlich verkohlt in seinem Auto sitzt … Ich finde ja, es würde zu Viktor passen, dass der dem Drecksack mal so richtig zeigt, wo der Hammer hängt."

Ilse runzelte die Stirn. „Aber woher soll er denn gewusst haben, wo er Schröder findet?"

„Na, von der Lütten."

„Von Antje? Aber dann würde er sie doch nicht suchen. Ich meine, dann wüsste er doch, wo sie ist, und würde nicht denken, dass sie womöglich tot ist."

„Stimmt auch wieder. Ist wirklich nicht ganz einfach zu verstehen, das alles." Elfriede baute sich vor dem Bett auf und stemmte die Hände in die Hüften. „So", nickte sie zufrieden, „jetzt haben wir aber ein paar wirklich schöne Sachen für Malou rausgesucht. Damit wird sie sich da oben im Himmel ganz sicher nicht blamieren. Die werden Augen machen, wenn sie vor der Pforte steht!"

„Ich koche uns jetzt mal einen Tee", verkündete Gerda. „Bei all dem Gerede über all die Toten wird man ja ganz tüdelig im Hirn." Sie tupfte sich mit dem Taschentuch ein paar Tränen der Rührung aus den Augen. Elfriede hatte recht. Malou würde in diesem Kleid hübsch aussehen. Sie kratzte sich an der Schläfe, als ihr ein Gedanke kam. „Im Kühlschrank müsste doch noch jede Menge Kuchen von Malous Geburtstag stehen. Den hat doch nun keiner gegessen." Sie lief zur Küche hinüber und rief wenig später: „Sag ich doch, jede Menge Kuchen! Und Salate! Na, das nenn ich mal Glück im Unglück!"

Sie stießen mit einem Glas eisgekühltem Sekt auf ihre Freundin an, als sie sich schließlich im Garten an den reichlich gedeckten Tisch setzten. Der Tee stand in der Kanne auf dem Stövchen und musste warten, bis er an der Reihe war. Immer noch war es draußen sommerlich warm, die Vögel gaben sich gut gelaunt und zwitscherten in den schönsten Tönen. Es hätte alles so schön sein können.

„Das gibt 'ne Menge Kummerspeck", stellte Gerda fest, als sie sich das zweite Stück Torte auf den Teller schaufelte. „Aber umkommen lassen kann man das ja auch nicht alles, wo sich Malou doch so viel Mühe gegeben hat."

„Direkt von der Gabel auf die Hüfte", nickte Elfriede und hielt ihrer Freundin den Teller hin. „Noch ein Stück von der Schokotorte, bitte. Wenn du dich fühlst ganz malade, hilft dir nur noch Schokolade", gab sie einen etwas verunglückten Reim zum Besten.

„Vielleicht kann Viktor nachher mal den Grill anschmeißen", meinte Ilse mit vollem Mund. „Das Fleisch wird ja vom Liegen auch nicht besser. Dann kann er ja die Klamotten zum Bestatter bringen und kommt dann mit Marina zum Essen wieder her. Könnte mir vorstellen, dass er heute noch nichts Warmes gehabt hat."

Doch geriet dieser Vorschlag genauso schnell in Vergessenheit, wie Ilse ihn geäußert hatte. Denn bevor eine der Freundinnen noch etwas darauf erwidern konnte, kam Viktor plötzlich blutüberströmt in den Garten gewankt und sagte keuchend: „Ich brauche eure Hilfe!"

22

David Büttner hätte es wissen müssen. Natürlich fuhr man nicht einfach so zum Bordell und bestellte einen Harry zum Gespräch ein. Schon gar nicht, wenn man keinen Dienstausweis mehr besaß und somit nichts mehr hatte, womit man Druck ausüben konnte. Kurzum: Er war bereits an den Türstehern gescheitert, als er eines von Harrys Etablissements hatte betreten wollen.

„Komm heute Abend wieder", hatte einer der Gorillas zu ihm gesagt, nachdem er seine Pranke auf Büttners Brust gelegt und ihn vom Eingang weggeschoben hatte. „Die Mädchen stehen auf so kompakte Typen wie dich. Aber Harry?" Er hatte seinem Kollegen, der Büttner die ganze Zeit über schmierig angrinste, zugezwinkert. „Nee, Harry steht nicht auf dich, das kann ich dir gleich sagen." Das Grinsen des Kollegen wurde breiter.

Anscheinend hatte Büttner sich nicht klar ausgedrückt, oder aber sie hatten ihn absichtlich falsch verstanden. Er ging von Letzterem aus. Das Ergebnis jedenfalls war das gleiche. Er würde ohne entsprechende polizeiliche Hilfsmittel nicht an Harry herankommen. Und damit auch nicht an Antje, die er bei ihm vermutete.

Büttner hatte es sich auf der Fahrt nach Oldenburg noch einmal durch den Kopf gehen lassen: Es gab nicht viele

Menschen, die Antje Unterschlupf gewähren würden, schon gar nicht, wenn sie erheblich verletzt war, wovon man aufgrund der vorgefundenen Blutspuren ausgehen konnte. Zudem hätte jeder vernünftige Arzt, zu dem sie gegangen wäre, längst die Polizei informiert. Blieben also die unvernünftigen Ärzte, die man nicht selten dort fand, wo das Verbrechen zu Hause war. Man konnte davon ausgehen, dass in Harrys Nachtclubs auch Ärzte ein- und ausgingen, um sich zu amüsieren. Ganz sicher war unter ihnen der ein oder andere, der in irgendeiner Weise etwas zu verbergen hatte. Sei es, weil er seiner Gattin diese amourösen Intermezzo verheimlichte, sei es, weil er Sexualpraktiken bevorzugte, die nicht unbedingt der Norm entsprachen. Sprich, sie machten sich erpressbar. Typen wie Harry nutzten dies natürlich sehr gerne aus. Gut möglich also, dass er eine verletzte Antje von einem dieser Ärzte im Hinterzimmer behandeln ließ.

Für Büttner schien dies die logischste Variante zu sein. Vor allem, weil Arno Staudtner an einem Genickbruch gestorben war. Es gab nicht viele Menschen, die eine solche Tötungsart beherrschten. Harry aber, so hatte Büttner herausgefunden, war in seiner mehrere Jahre dauernden Bundeswehrzeit entsprechend ausgebildet worden. Er war eine Tötungsmaschine, wenn er es wollte. In seinem Milieu jedenfalls konnten derartige Kenntnisse nur von Vorteil sein. Zum Beispiel wenn es galt, einen Arno Staudtner um die Ecke zu bringen. Der Gedanke also, dass Harry Antje in Greetsiel aufgestöbert und sie gewaltsam aus den Klauen von Arno Staudtner befreit und hierher gebracht hatte, schien nicht allzu weit hergeholt. Was bedeutete, dass Antje von nun an in seiner Schuld stand. Aber das war eine andere Geschichte.

Büttner überlegte, was nun zu tun sei. Sein Vorteil: Er hatte viel Zeit und würde niemandem darüber Rechenschaft ablegen müssen, wie er sie verbrachte. Ein klarer Vorzug einer Suspendierung. Das galt zumindest für den heutigen Tag, denn schon morgen würde er von den internen Ermittlern durch den Fleischwolf gedreht. Die waren ganz wild darauf herauszufinden, ob tatsächlich er es war, der Hartmut Schröder auf dem Gewissen hatte. Alleine der Gedanke daran, was ihm in dieser Sache womöglich noch bevorstand, verursachte Büttner Bauchschmerzen. Umso wichtiger war es, dass er sich ablenkte, und vor allem, dass er die Zeit, die ihm blieb, sinnvoll nutzte. Mit ganz viel Glück würde er dann die internen Ermittlungen noch abwenden können. Was er jetzt brauchte, waren Beweise. Er musste nur jemand anderem die Schuld an Schröders Tod nachweisen können. Doch schien es angesichts seiner eingeschränkten Handlungsfähigkeit fragwürdig, dass er diese Beweise am Ende des Tages würde präsentieren können. Dennoch kam ein Aufgeben nicht infrage.

Zu gerne hätte Büttner gewusst, was Sebastian Hasenkrug und Sophie Reimers inzwischen herausgefunden hatten. Es war nicht ausgeschlossen, dass sie und er gerade völlig aneinander vorbei ermittelten. Aber das Risiko musste er eingehen. Und sollten die internen Ermittler ihn dann morgen doch am Wickel kriegen, dann würde er sich wenigstens nicht vorwerfen müssen, nichts unternommen zu haben.

Als ihm der Geruch von Dönern in die Nase stieg, beschloss Büttner, sich zum späten Mittagessen einen zu gönnen. Es war Ewigkeiten her, dass er solch einen Fladen gegessen hatte. Er lief zur Bude auf der anderen Straßenseite und bestellte Döner mit Pommes und eine Cola dazu. Die Tische und Stühle aus rotem Kunststoff, die vor der Theke am Schaufenster standen, sahen nicht allzu hygienisch aus, doch schnappte er sich ein paar Papierservietten, wischte über die Tischplatte und setzte sich. Von hier aus hatte er die gegenüberliegende Straßenseite gut im Blick. Sollte Harry also das Haus betreten oder verlassen, würde er es auf jeden Fall mitbekommen. Zwar hatte Büttner keine Ahnung, was er in einem solchen Fall tun sollte, aber das würde er dann spontan entscheiden. Er hoffte einfach mal auf seine Intuition.

Während Büttner in seinen Döner hineinbiss und ihm die Knoblauchsoße über das Kinn lief, betrat ein südländisch aussehender, älterer Mann den Imbiss. Er nickte dem Mann hinter dem Tresen nur kurz zu, woraufhin der begann, ein Bier zu zapfen. Offensichtlich war er hier Stammgast.

Büttner beachtete ihn nicht weiter, doch schon im nächsten Moment zog der Mann sich einen Stuhl zurecht und setzte sich neben ihn. „Was willst du denn von Harry?", fiel er mit der Tür ins Haus.

Büttner hätte sich beinahe an einem Pommes verschluckt, den er sich gerade in den Mund geschoben hatte. „Was?"

Der Mann deutete zu Harrys Bordell hinüber, vor dem die Türsteher breitbeinig und mit verschränkten Armen standen und Löcher in die Luft starrten. „Du wolltest zu Harry. Ich hab gehört, wie du nach ihm gefragt hast. Geht es um Antje?"

Jetzt verschluckte sich Büttner tatsächlich. Hustend griff

er nach seinem Colaglas und spülte nach. Die Kohlensäure aber trug nicht gerade zur Beruhigung des Hustenreizes bei, und so war er eine ganze Weile damit beschäftigt, seine Atmung wieder unter Kontrolle zu bekommen. „Wieso Antje?", krächzte er schließlich. „Wer soll das sein?"

Der Typ zuckte die Schultern. „Ich frag nur, weil zurzeit dauernd jemand nach Antje fragt. Geht zu wie im Bienenstock bei den Jungs da drüben. Gerade vorhin war so 'n Typ da, der wollte es ganz genau wissen. Ist total ausgetickt, als die Gorillas ihn nicht reingelassen haben."

„Ach ja? Und was geht mich das an?" Büttner tat gelangweilt. Erfahrungsgemäß war das die beste Masche, um die Leute zum Reden zu animieren. Es klappte.

„Ich dachte nur, es interessiert dich, weil du auch nach Harry gefragt hast. Und alle, die im Moment nach Harry fragen, wollen wissen …"

„Wo sich Antje aufhält", ergänzte Büttner.

„Genau."

„Und? Wo hält sich Antje auf?"

„Woher soll denn ich das wissen?"

„Könnte ja sein, Sie …" Büttner räusperte sich. „Könnte ja sein, du hast sie gesehen. Oder warum erzählst du mir das alles?"

„Weil ich dachte, du weißt vielleicht, wo sie ist."

„Ich kenne sie nicht einmal." Büttner fragte sich, was der Typ von ihm wollte. Solange er das nicht wusste, war es wohl besser, sich bedeckt zu halten und so zu tun, als habe er keine Ahnung, worüber hier eigentlich gesprochen wurde.

„Ist ein prima Mädchen, unsere Antje. Hab gleich gesagt, sie soll sich nicht mit diesem komischen Typen einlassen.

Mit dem, der nun plattgefahren worden ist, meine ich. Das konnte ja nicht gutgehen mit dem." Er tat, als würde er vor sich ausspucken. „Das hat sie nun davon. Und der andere, mit dem sie sich auch rumgetrieben hat, ist nicht besser. Arbeitet beim Rechtsanwalt. Oh Mann, das ist doch nun wirklich kein Umgang für sie! Möchte mal wissen, was das Mädel geritten hat."

Büttner tat, als wäre ihm gerade die Erleuchtung gekommen. Er schlug sich mit der flachen Hand vor die Stirn und sagte: „Ach, jetzt weiß ich, du redest von dem Mädchen, das überall gesucht wird."

„Von wem denn wohl sonst", knurrte sein Tischnachbar. Er trank sein Bier, das ihm der Wirt gerade auf den Tisch gestellt hatte, in einem Zug aus. Er wischte sich mit dem Ärmel den Schaum vom Mund, dann fügte er hinzu: „Möchte mal wissen, was Viktor damit zu tun hat."

Viktor Eisenroth! Der Russe, der ihnen einfach davongefahren war! Büttner musste an sich halten, um nicht gleich auf diesen Namen anzuspringen. Bevor er reagierte, biss er noch mal von seinem Döner ab. „Wer ist denn nun schon wieder Viktor?", fragte er mit vollem Mund.

„Na, der Typ, der immer auf Antje aufpasst."

„Antje braucht einen Babysitter?", stellte Büttner sich dumm.

„Quatsch. Aber irgendwie glauben immer alle Typen, sie müssten sie beschützen. Dabei kann Antje schon ganz gut auf sich selber aufpassen. Wenn's drauf ankommt, macht die jeden platt." Der Mann deutete auf die Türsteher. „Selbst die dahinten." Der Mann bestellte mit einer Geste ein weiteres Bier. „Mann, Mann, Mann, mit Antje haben wir echt schon Dinge erlebt, das glaubste nicht."

„Und Viktor?", fragte Büttner. „War das der Typ, der vorhin nach Antje gefragt hat?"

„Ja. Hätte nicht viel gefehlt, und Harrys Jungs hätten ihn plattgemacht. Mann, der war vielleicht sauer! Sollt mich nicht wundern, wenn der weiß, wo Antje ist."

Büttner horchte auf. „Wie denn das jetzt? Ich denke, er hat nach ihr gefragt?"

Der Mann kratzte sich am Kopf. „Na ja, gefragt ja eigentlich nicht."

„Sondern?"

„Er hat nur gesagt, dass er zu Harry muss, wegen Antje. 'Ne Frage ist das ja eigentlich nicht. Und Viktor weiß eigentlich immer, wo Antje ist."

„Warum?"

„Na, der war doch immer ihr Aufpasser. Damals, als Antje noch für Harry gearbeitet hat. Ist also sein Job zu wissen, wo sie ist."

„Und jetzt arbeitet Antje nicht mehr für Harry?"

„Nee. Nach 'm Knast ist sie nicht zu ihm zurück."

„Und das hat Harry sich einfach so gefallen lassen?", fragte Büttner.

„Ja. Nee. Sagen wir mal so: Unternommen hat er nichts dagegen. Keiner weiß, warum. Ist sonst nicht so zimperlich. Jeder anderen hätte er 'ne ordentliche Abreibung erteilt, die sie nie wieder vergessen hätte. Aber mit Antje hat er's irgendwie schon immer gehabt. Keine Ahnung, was da zwischen den beiden läuft. Na ja, Scheiß drauf. Ich muss dann mal wieder." Büttners Tischnachbar leerte sein zweites Bier in einem Zug und stand auf. „Nett, dass du mich einlädst", sagte er. Gleich darauf trat er auf den Bürgersteig hinaus und tauchte in der Menge unter.

Während er sein Menü aufaß, behielt Büttner die andere Straßenseite weiter im Auge. Das, was der Typ ihm erzählt hatte, war nicht uninteressant, doch brachte es ihn auch nicht wirklich weiter. Allerdings fragte er sich, warum der Kerl ausgerechnet zu ihm gekommen war. War er womöglich einer von Harrys Spitzeln und hatte den Auftrag herauszufinden, was Büttner über die ganze Angelegenheit wusste? Es gab ansonsten keinen plausiblen Grund, warum er ihn hier beim Essen zuquatschte.

Büttner überlegte, ob irgendeine Warnung oder eine unterschwellige Drohung in den Worten seines Tischnachbarn mitgeschwungen hatte. Er kam zu dem Ergebnis, dass dem nicht so war. Womöglich war er ja doch nur ein harmloser Zeitgenosse, der nach ein wenig Ansprache lechzte. So ganz aber wollte Büttner nicht an diese Möglichkeit glauben. Nicht in dem Milieu, in dem er sich gerade aufhielt.

Büttner nahm einen letzten Pommes, dann zahlte er die zwei Bier und den Döner und ging hinaus. Er sah sich unauffällig um, doch war von Harry weit und breit noch immer nichts zu sehen. Er beschloss, sich in sein Auto zu setzen, das er um die Ecke geparkt hatte, und abzuwarten. Dann aber fragte er sich, ob er nicht lieber diesem Viktor Eisenroth noch mal einen Besuch abstatten sollte. *Viktor weiß eigentlich immer, wo Antje ist.* Wenn das stimmte, dann war es an der Zeit, ihm ordentlich auf den Zahn zu fühlen. Da Viktor ihn schon kannte, würde er mit hoher Wahrscheinlichkeit nicht von ihm verlangen, sich auszuweisen. Solch eine Gelegenheit durfte Büttner sich nicht entgehen lassen.

Gerade hatte Büttner den Zündschlüssel im Schloss gedreht, als an seinem Auto ein Mann vorbeipreschte. Er schien es eilig zu haben, denn er sah kaum nach rechts oder links, als er die Straße überquerte. „Harry", murmelte Büttner, „da bist du ja endlich." Doch was hatte er vor?

Die Antwort auf diese Frage ließ nicht lange auf sich warten, denn schräg gegenüber leuchteten die Blinklichter eines stehenden Wagens auf, und gleich darauf setzte Harry sich hinters Steuer. Er fuhr in entgegengesetzter Richtung davon.

„Schöner Mist!" Büttner machte ein waghalsiges Manöver, als er nun mit quietschenden Reifen aus der Parklücke heraus auf die andere Straßenseite fuhr und damit zwei Fahrzeuge zu einer Vollbremsung zwang. Ein wütendes Hupkonzert begleitete ihn, als er aufs Gas trat und versuchte, Harry auf den Fersen zu bleiben.

Es dauerte nicht lange, bis Büttner Harry eingeholt hatte. Bis zur Stadtautobahn blieb er direkt hinter ihm, dann aber riskierte er es, ab und zu mal auf Abstand zu bleiben, um bei Harry kein Misstrauen zu wecken. Das war leichter gesagt als getan, denn der Zuhälter raste trotz Geschwindigkeitsbegrenzung wie ein Irrer, und Büttner hatte Schwierigkeiten, ihn nicht aus den Augen zu verlieren. Es war schon lange her, dass er auf der Autobahn ein solch halsbrecherisches Tempo vorgelegt hatte.

Tatsächlich führte Harry Büttner in die Gegend, in der Viktor Eisenroth zu Hause war. Allerdings war es nicht das Mehrfamilienhaus, in dem Viktor wohnte, vor dem

Harry anhielt, sondern ein kleines Einfamilienhaus, das sich ohne Vorgarten an den Bürgersteig schmiegte. Leider hatte Büttner keine Ahnung, zu wem es gehörte. Reflexartig griff er nach seinem Telefon, doch fiel ihm dann ein, dass er keine Adressabfrage bei den Kollegen würde machen können. Fluchend ließ er das Handy in die Hosentasche zurückgleiten.

Direkt vor dem Haus sprang Harry aus dem Wagen, den er einfach in zweiter Reihe auf der Straße stehen ließ. Er sah sich um, dann griff er nach seinem Smartphone, telefonierte wenige Sekunden und schob es in die Hosentasche zurück. Leider war Büttner, der sich auf einen reservierten Parkplatz gestellt hatte, zu weit weg, um durch den Straßenlärm hindurch zu verstehen, was Harry gesagt hatte. Für einen kurzen Moment noch blieb Harry vor dem Haus stehen, dann schaute er sich erneut nach allen Richtungen um und ging, die Hände lässig in den Hosentaschen vergraben, um das Haus herum. Büttner ging davon aus, dass Harry solche Kleinigkeiten, wie sich Zutritt zu einer fremden Wohnung zu verschaffen, durchaus selber beherrschte. Gut möglich also, dass er es nun von der anderen Seite versuchte.

Was hatte Harry hier nur verloren? Büttner brannte vor Neugier, doch würde er eine ganze Menge riskieren, wenn er ihm hinter das Haus folgte. Schließlich konnte er sich nicht mal als Polizist ausweisen, würde also Hausfriedensbruch begehen. Hm. Nach kurzer Überlegung kam er zu dem Schluss, dass er Frau Weniger noch einmal würde behelligen müssen. Wenn er schon den Schnüffler gab, dann wollte er wenigstens wissen, mit wem er es zu tun hatte.

Theoretisch war es sogar möglich, dass dieses Haus Harry gehörte und er jedes Recht hatte, sich hier herumzutreiben.

„Frau Weniger?", sprach er gleich darauf in den Hörer. „Tut mir wirklich leid, dass ich Sie schon wieder behellige, aber ich hätte da mal eine Adressabfrage. Es ist wirklich wichtig."

Frau Weniger tat, als wäre diese Aktion die normalste von der Welt. Es dauerte nicht lange, bis sie sagte: „Das Haus gehört einer gewissen Marieluise Beenken." Und weil auch sie von der Namensschwäche ihres Chefs wusste, fügte sie hinzu: „Das ist die Dame der Wohngruppe, die vor wenigen Stunden im Krankenhaus verstorben ist. Herr Hasenkrug und Frau Reimers haben ihrem Enkel Nils vorhin einen Besuch abgestattet, weil sein Smartphone beim toten Arno Staudtner gefunden wurde. Leider weiß ich nicht, was dabei herausgekommen ist."

„Vielen Dank, Frau Weniger, Sie haben mir sehr geholfen." Büttner beendete das Gespräch. Mit schmalen Augen musterte er das Haus. Harry war nicht mehr zu sehen, und auch sonst rührte sich nichts. Was hatte der Zuhälter ausgerechnet hier zu suchen? Ihm blieb wohl nichts anderes übrig, als Harry zu folgen.

23

Viktor Eisenroth war nirgends aufzutreiben. Sebastian Hasenkrug besprach gerade mit Sophie Reimers, ob sie eine Fahndung nach ihm einleiten sollten, als es an der Tür klopfte und Frau Weniger hereinkam. Sie zögerte kurz, bevor sie sagte: „Herr Büttner hat vor rund einer Viertelstunde angerufen. Er ... er hat eine Adressabfrage für Oldenburg gemacht. Ich ... ich hab kein gutes Gefühl bei der Sache."

„Ich dachte, er sitzt bei Kaffee und Kuchen zu Hause und lässt es sich gutgehen", wunderte sich Sophie Reimers, und auch Hasenkrug hob erstaunt die Brauen. „Um welche Adresse handelt es sich denn?"

Frau Weniger nannte ihnen Straße und Hausnummer. „Es ist das Haus von Marieluise Beenken."

„Er ermittelt auf eigene Faust", stellte Sophie Reimers mit gerunzelter Stirn fest. „Im Haus einer Toten. Das klingt nicht gut."

„Hat er gesagt, ob er vor Ort ist?", fragte Hasenkrug.

„Nicht so direkt. Aber ich hatte den Eindruck, ja." Frau Weniger seufzte. „Ich dachte, ich sage es Ihnen mal, nicht dass er da noch Blödsinn macht."

„Ich fürchte, er steckt schon mitten drin. Und nun?" Hasenkrug sah seine Kollegin fragend an.

„Ich hätte gerne noch ein paar mehr Informationen, bevor wir hier die Pferde scheumachen", meinte Sophie Reimers. Sie lächelte Frau Weniger mit einem Augenzwinkern an. „Bestimmt hat Herr Büttner seine Medikamente hier vergessen, die er so dringend braucht. Vielleicht würden Sie ihn noch mal anrufen, um ihm das zu sagen?"

Frau Weniger verstand und verschwand zur Tür hinaus.

Hasenkrug schüttelte den Kopf. „Puh! Ich hoffe wirklich, es ist nicht das, was ich glaube. Wenn er tatsächlich auf eigene Faust in Oldenburg herumschnüffelt, dann lässt er sich hoffentlich nicht dabei erwischen. Ich glaube kaum, dass das bei der internen Ermittlung einen guten Eindruck machen würde, wenn es herauskäme."

„Zumindest hätte er uns vorwarnen können", erwiderte Sophie Reimers. „Ausgerechnet Marieluise Beenken. Was will er da? Ich meine, die Frau ist tot, das Haus dürfte leer stehen. Er wird sich doch wohl hoffentlich keinen Zutritt verschaffen wollen?"

„Warten wir mal ab, was Frau Weniger herausfindet."

Sie mussten sich nicht lange gedulden, denn nur wenig später stand Frau Weniger wieder in der Tür. Sie sah besorgt aus. „Er geht nicht ans Telefon."

„Bitte?" Hasenkrug sah alarmiert auf.

„Ich habe es mehrfach versucht. Nichts. Da meldet sich sofort die Mailbox."

„Vielleicht hat er es leise gestellt und hört es nicht", vermutete Sophie Reimers.

„Das passt nicht zu ihm. Außerdem würde es dann ja zunächst mal klingeln, bevor sich die Mailbox einschaltet." Hasenkrug biss sich angespannt auf die Lippen.

„Vielleicht ist er aber auch …", setzte Frau Weniger zu einer Erwiderung an, Hasenkrug aber unterbrach sie, indem er aufsprang und verkündete: „Egal, wir fahren hin. Bitte sagen Sie den Oldenburger Kollegen, dass sie eine Streife zu diesem Haus schicken sollen, Frau Weniger. Machen Sie es ruhig dringend, damit wir keine Zeit verlieren. Und versuchen Sie weiterhin, den Chef zu erreichen. Wer weiß, was er an oder in diesem Haus vorgefunden hat. Hoffen wir mal, dass er keine unüberlegten Alleingänge macht."

„Ich fürchte, dazu ist es schon zu spät", meinte Sophie Reimers. Sie lief schnellen Schrittes hinter Hasenkrug her in Richtung Parkplatz.

Als Sebastian Hasenkrug und Sophie Reimers am Haus von Marieluise Beenken eintrafen, herrschte dort bereits ein einziges Gewusel. Die Oldenburger Kollegen hatten sie auf der Fahrt hierher darüber informiert, dass sie die Spurensicherung angefordert hätten. Als in diesem Zusammenhang das Wort „Blutspuren" fiel, hatte beiden der Atem gestockt. Nun sahen sie diese mit eigenen Augen, was die Sache nicht besser machte. Von Büttner fehlte jede Spur, nach wie vor ging er nicht an sein Handy.

Eine uniformierte Kollegin deutete auf ein Auto, das auf der dem Haus gegenüberliegenden Straßenseite geparkt stand. „Kann es sein, dass es sich um das Auto Ihres Kollegen handelt?"

„Ja, es ist seins. Wir haben es bereits gesehen, als wir ankamen." Hasenkrug hatte Mühe, überhaupt ein Wort hervorzubringen, sein Mund fühlte sich staubtrocken an. Es gelang ihm nicht, seinen Blick von dem Blut abzuwenden, das sich in einer Spur vom Bürgersteig bis in den Garten zog. Auch gab es blutige Schleifspuren, die darauf hindeuteten, dass sich jemand hier entlanggeschleppt hatte.

„Sieht nach einer Party aus", stellte Sophie Reimers fest, als sie sich in Marieluises Garten umsah. An den Bäumen hingen Lampions und Luftschlangen. „Vier Gedecke. Eines davon unberührt. Die Torte sieht nicht mehr wirklich frisch aus, aber sehr lange hat sie den Kühlschrank auch noch nicht verlassen." Sie schüttelte den Kopf. „Marieluise Beenken lag doch schon ein paar Tage im Krankenhaus, bevor sie verstarb. Und heute, am Tag ihres Todes, gibt man in ihrem Garten eine Party? Warum? Um ihr Ableben zu feiern? Und wo sind die Gäste?"

„Vielleicht hat der Chef für drei gegessen", versuchte Hasenkrug einen Scherz, doch nicht mal er selbst konnte in dieser Situation darüber lachen. „Deutet irgendetwas darauf hin, dass mein Kollege im Haus war?", fragte er eine vorbeieilende Kollegin.

„Das können wir nicht mit Gewissheit sagen. Nicht, solange die Spuren nicht ausgewertet sind."

„Gibt es im Haus auch Blutspuren?", fragte Sophie Reimers.

„Ja. Jede Menge. Schauen Sie selbst." Sie winkte ihnen, ihr zu folgen.

„Bitte sagen Sie mir, dass das Blut nicht von meinem Kollegen stammt", sagte Hasenkrug heiser, als sie gleich darauf in der Küche vor einem blutverschmierten Stuhl standen. Auch hier gab es Schleifspuren, diesmal vom Garten bis zum Stuhl.

„Ist eher unwahrscheinlich", antwortete einer der Spurensicherer. „So viel wir wissen, war Ihr Kollege vor gut einer Stunde hier, oder?"

„Ja, ungefähr. Eher etwas früher."

„Nun, die Blutspuren sind älter. Zwei, drei Stunden vielleicht." Der Mann im weißen Anzug zögerte und deutete nach draußen. „Allerdings hatte ich im Garten, unweit der Hausmauer, den Eindruck, dass auch frischeres Blut dabei ist. Könnte also sein, wir haben es mit zwei Verletzten zu tun. Das wird die Laboruntersuchung zeigen. Ich habe einen Schnelltest beauftragt."

Diese Aussage trug nicht unbedingt zu Hasenkrugs Beruhigung bei. „Was für ein Idiot", murmelte er, das Bild seines Chefs vor Augen.

„Wie bitte?" Der Mann im Schutzanzug sah ihn irritiert an.

„Ich meinte nicht Sie", beeilte sich Hasenkrug zu sagen. Er lief die Treppe hinauf, als Sophie ihn jetzt rief. „Guck mal!", sagte sie und deutete aufs Bett, als er das Schlafzimmer betrat. „Ein ganzes sommerliches Outfit, hübsch zurechtdrapiert. Was will uns das sagen?"

„Hier ist einiges komisch", wich Hasenkrug einer konkreten Antwort aus.

„Das kannst du laut sagen." Sophie Reimers stellte sich ans Fenster und blickte in den Garten hinaus. An den Zäunen entlang des Grundstücks hatten sich etliche Schaulustige eingefunden, die das Treiben im Garten neugierig beobachteten.

„Herr Hasenkrug?", meldete sich eine Stimme von unten.

„Ja?" Hasenkrug trat in den Flur und schaute übers Treppengeländer nach unten.

„Hier ist ein Zeuge. Ich dachte, den überlasse ich mal Ihnen."

„Kommen Sie doch rauf!", rief Hasenkrug dem älteren Mann zu, der verunsichert in alle Richtungen schaute und dabei nervös eine Mütze in den Händen knetete. „Hier oben haben wir mehr Ruhe zum Reden."

Der vielleicht achtzigjährige Mann war offensichtlich nicht besonders gut zu Fuß, denn es dauerte eine ganze Weile, bis er oben eintraf. „Meine Hüfte", sagte er entschuldigend, als er schließlich keuchend vor den beiden Kommissaren stand. „Frisch operiert, wissen Sie."

Hasenkrug zog einen Stuhl heran, auf den sich der Mann mit einem Stöhnen setzte. „Sagen Sie mir bitte, wie Sie heißen?", fragte er, nachdem er sich und seine Kollegin vorgestellt hatte.

„Warnfried Möser", stellte der Mann sich vor und deutete in Richtung Flur. „Ich wohne direkt nebenan. Kann von meiner Terrasse hier rübergucken."

„Und was haben Sie in den letzten Stunden beobachten können?", kam Hasenkrug gleich zur Sache.

„War 'ne Menge los hier", antwortete Möser. „Hab schon gedacht, dass Malou wieder aus dem Krankenhaus zurück ist. Aber das ist ja wohl nicht so?" Den letzten Satz hatte er als Frage formuliert und schaute von einem zum anderen, woraus Hasenkrug schloss, dass sich das Ableben Malous noch nicht in der Nachbarschaft herumgesprochen hatte.

„Nein", antwortete Sophie Reimers mit sanfter Stimme. „Marieluise Beenken ist heute Morgen im Krankenhaus verstorben."

„Ach herrje." Der alte Mann senkte den Kopf. „Fast hatte ich mir schon so was gedacht, nach allem, was hier los ist. Sie möge in Frieden ruhen."

„Ja. Aber was war denn nun hier los?", hakte Hasenkrug noch mal nach. Er versuchte, sich seine Anspannung gegenüber dem Zeugen nicht anmerken zu lassen, doch war das einfacher gesagt als getan.

„Na ja, zuerst kamen Malous Freundinnen hierher. Elfriede und Ilse und …" Er legte die Hand an die Stirn. „Hm, der Name von der dritten Freundin fällt mir nicht ein. Ich vergesse öfter mal was in letzter Zeit. Muss wohl das Alter sein. Tut mir leid, bestimmt kommt er gleich wieder."

„Kein Problem. Haben Sie beobachten können, was die drei Frauen hier gemacht haben?"

„Sie sind ins Haus rein. Haben ja einen Schlüssel. Später dann kamen sie in den Garten und haben Kuchen gegessen. Und Sekt hatten sie auch auf dem Tisch. Ist ja ein bisschen befremdlich, mit Sekt anzustoßen, wenn die Freundin gerade gestorben ist, finde ich." Möser hob den Blick. „Oder wussten sie womöglich gar nicht, dass Malou tot ist?"

„Wann sind die Frauen wieder gegangen?", ignorierte Hasenkrug die Frage. Er hoffte inständig, dass den Frauen nichts passiert war, denn Straftaten, deren Opfer Seniorinnen waren, schlugen in der Öffentlichkeit gemeinhin hohe Wellen. Und das war genau das, was sie nun überhaupt nicht gebrauchen konnten.

„Na ja, da kam ja zuerst noch dieser Mann."

„Welcher Mann?"

„Der, der öfter mal bei Malou war." Wieder griff sich der Mann an die Stirn. „Nun ist mir doch glatt sein Name entfallen."

„Frau Beenkens Enkel war es aber nicht?", fragte Sophie Reimers.

„Nee, nee, Nils war das nicht. Der andere war das, der ältere. So 'n Großer mit Tätowierungen."

Hasenkrugs Herz schlug schneller. „Sie meinen Viktor Eisenroth?"

„Ja." Möser strahlte. „Genau. Viktor. Ein sehr höflicher Mann, wenn Sie mich fragen. Aber ..." Er zog die Stirn in Falten. „Er muss wohl einen Unfall gehabt haben."

„Wie kommen Sie darauf?"

„Er hat geblutet. Am Kopf. Ziemlich schlimm. Das sieht man ja auch an den ganzen Blutspuren auf dem Bürgersteig und so."

„Das Blut ist von Viktor Eisenroth?" Hasenkrug atmete erleichtert durch, und auch die Gesichtszüge von Sophie Reimers entspannten sich zusehends.

„Ja. Keine Ahnung, was mit dem Jungen passiert ist. Wird ja hoffentlich nichts Schlimmes sein?" Möser schaute sie an, als könnten sie ihm diese Frage beantworten. Als sie es nicht taten, sagte er: „Na ja, sie sind dann alle zusammen weg. Hat nicht lang gedauert. Mit Viktors Auto sind sie gefahren. Sind bestimmt ins Krankenhaus, so wie der geblutet hat."

„Wann genau sind sie weggefahren?", wollte Sophie Reimers wissen.

„Ach, lass das zwei Stunden her sein, oder so."

„War denn zwischendurch noch ein anderer Mann da?" Hasenkrug wollte jetzt endlich wissen, was mit seinem Chef geschehen war.

„Nee, der kam dann später."

„Es kam ein Mann, als die anderen schon weg waren?" Hasenkrug horchte auf.

„Ja. Aber den kannte ich nicht.“

„War er ein wenig korpulent?“, fragte Hasenkrug hoffnungsvoll.

„Nee. Das war so ’n Kleiner, Drahtiger. Sah nicht besonders sympathisch aus. Ist ums Haus geschlichen und hat in die Fenster geguckt, als würde er jemanden suchen. Ich hatte schon überlegt, die Polizei zu rufen. Ist ja nicht normal, dass hier am helllichten Tag ein Fremder rumrennt und in die Fenster glotzt. So wie der aussah, könnte das glatt ein Einbrecher gewesen sein. Obwohl er einen Anzug trug. Aber kriminell sah der trotzdem aus.“

Hasenkrug kramte sein Smartphone hervor und hielt ihm ein Foto von Harry unter die Nase. „War es der?“

„Ja, genau, so sah der aus.“

„Und wann ist der wieder gegangen?“

„Der ist dann mit dem anderen weg.“

„Mit welchem anderen?“

„Ja, das war nun so ’n Dickerer.“ Möser deutete den Bauchumfang an. „Der kam hinter dem anderen hergeschlichen, hat sich immer an der Mauer entlanggehangelt. Ich hatte irgendwie den Eindruck, dass der da auch nichts zu suchen hatte. Hab ihn bei Malou noch nie gesehen.“

„Gehörten die beiden Männer zusammen?“

„Nee, ganz sicher nicht.“ Möser schüttelte den Kopf. „Der Erste schien ziemlich sauer zu sein, als er den anderen entdeckt hat.“

Hasenkrug schluckte schwer. Das klang nicht gut. „Und was ist dann passiert?“

„Das weiß ich nicht.“ Möser schüttelte bedauernd den Kopf. „Sie sind irgendwie ums Haus rum. Ich musste dann dringend auf Toilette. Hat mich alles ein bisschen aufgeregt, das Ganze. Aber ich dachte, na ja, Pack schlägt sich, Pack verträgt sich, was kümmert's dich. Ich wollt mich da auch nicht einmischen. Als ich wieder auf die Terrasse kam, waren sie weg. Alle beide."

Hasenkrug seufzte schwer. Das war wenig ermutigend.

„Waren beide Männer mit dem Auto gekommen?", fragte Sophie Reimers.

„Das weiß ich nicht. Das kann ich von meiner Terrasse aus nicht sehen."

Hasenkrug hätte gerne noch mehr aus dem alten Mann herausgeholt, doch sagte der: „Ich würde dann gerne wieder gehen. Ist alles ein bisschen anstrengend. Muss mich dringend mal hinlegen."

„Ja, natürlich. Danke, Herr Möser, Sie haben uns sehr geholfen." Hasenkrug war enttäuscht. Zwar waren sie nun ein gutes Stück schlauer, doch fehlte ihnen nach wie vor die entscheidende Info, nämlich was genau mit Büttner passiert war. Am besten würde er sofort nach Harry fahnden lassen. Hasenkrug machte einem Kollegen Zeichen, Warnfried Möser, der sich die Treppenstufen hinabquälte, nach Hause zu begleiten.

„Die Ergebnisse vom Schnelltest sind da", verkündete ein uniformierter Kollege, als Hasenkrug, gefolgt von Sophie Reimers, nun auch die Treppe hinunterging. Er drückte Hasenkrug einen Zettel in die Hand. „Das Blut in Garten und Küche gehört zu …"

„Viktor Eisenroth", vervollständigte Hasenkrug den Satz.

„Ja." Der Kollege konnte sein Erstaunen nicht verbergen, sagte aber nichts. „Allerdings nicht alles", schränkte er ein.

„Auch an der Hausmauer haben wir Blut gefunden. Es gehört eindeutig zu Ihrem Kollegen. David Büttner heißt er ja wohl."

Hasenkrug schloss die Augen, ihm war plötzlich ganz schwummrig. Das durfte doch alles nicht wahr sein!

24

„Was für ein gemeingefährliches Biest! Man mag es ja kaum glauben." Ilses Gesicht war ganz rot vor Empörung. Endlich hatten Gerda, Elfriede und sie Gelegenheit gefunden, sich in Ruhe mit Viktor zu unterhalten.

Nachdem er bei ihnen in den Garten gestolpert war, hatten sie erst einmal zusehen müssen, dass sie ihn mit Ilses Auto ins Krankenhaus schafften. Sie alle waren viel zu aufgeregt gewesen, um großartige Reden zu schwingen oder auch nur konzentriert zuzuhören. Zudem fühlte sich Viktor vom Blutverlust so benommen dass er gar keinen richtigen Satz mehr hatte formulieren können, sondern nur noch wirres Zeug vor sich hin stammelte. Als die Ärzte ihn endlich behandelt hatten, war er zwar noch immer sehr, sehr blass und alles andere als fit, doch wie sich herausstellte, war die Kopfwunde nicht so schwer wie erwartet. Es war also nur eine Frage der Zeit, bis er sich wieder erholte.

Der Arzt hatte natürlich gleich die Polizei kommen lassen. Viktor aber hatte so getan, als sei er noch nicht wieder in der Lage, etwas zu den Vorfällen zu sagen. War er vor dem Erscheinen der Polizisten noch gut ansprechbar gewesen, so hatte er in ihrer Anwesenheit den sterbenden Schwan gemimt. Natürlich hatte die Polizei längst herausgefunden, dass er in irgendeiner Weise in die Mordfälle Hartmut Schröder und Max Staudtner involviert war. Also gingen sie davon aus, dass der Überfall auf Viktor in einem direkten Zusammenhang mit diesen Tötungsdelikten stand. Immer wieder hatten sie ihn mit den immer gleichen Fragen bombardiert. Aber nur so lange, bis Ilse und ihre Freundinnen zum Gegenangriff übergingen und sie laut schluchzend und mit tief erschütterter Stimme gefragt hatten, ob sie denn keinen Anstand hätten, einem schwerverletzten Mann derart zuzusetzen. Die Beamten hatten unter dieser Tirade den Kopf eingezogen und mit einem gemurmelten „Wir kommen wieder" den Raum verlassen.

„Ich hab nicht behauptet, dass es Antje gewesen ist", gab Viktor mit schwacher Stimme zurück.

„Wer soll es denn sonst gewesen sein?", schimpfte Elfriede. „Schließlich sagst du selbst, dass du sie an einen geheimen Ort gebracht hast. Und der Begriff *geheimer Ort* impliziert ja wohl, dass ihn keiner außer euch beiden kannte."

„Trotzdem glaube ich nicht, dass Antje mich niedergestreckt hat", bekräftigte Viktor. Er lachte freudlos auf. „Wenn sie mich hätte umbringen wollen, dann hätte sie es gleich richtig gemacht und nicht so larifari." Wie zur Unterstreichung seiner Worte, befingerte er seinen Kopfverband, zuckte jedoch sofort zusammen. Zwar hing er an einer Schmerzmittelinfusion, doch schien diese die Schmerzen lediglich zu lindern, nicht aber ganz auszuschalten.

„Siehste!", rief Elfriede triumphierend aus und klatschte dabei in die Hände. „Und genau deshalb glaube ich, dass es Antje war. Natürlich wollte sie dich nicht umbringen, dazu bist du ihr viel zu wichtig. Sie wollte dich nur außer

Gefecht setzen, damit sie sich in aller Ruhe aus dem Staub machen kann. Nur deswegen hat sie dich niedergeschlagen und aus keinem anderen Grund."

„Und warum sollte sie sich aus dem Staub machen wollen? Bei mir war sie doch in Sicherheit", schnappte Viktor.

„Das weiß nur sie selbst. Aber schließlich hat sie sich vor dieser Sache mit Arno Staudtner ja auch vor dir verkrochen und nur heimlich mit dir telefoniert. Vermutlich leidet sie unter Verfolgungswahn nach allem, was mit ihrem Freund passiert ist. Ist nicht besonders schön, wenn jemand, den du magst, vor deinen Augen plattgefahren wird. Und das auch noch mit voller Absicht."

„Das glaubst du doch wohl selbst nicht", winkte Viktor ab. „Ich hab mit ihr geredet, nicht du. Natürlich macht ihr die Sache mit Max zu schaffen, trotzdem kann sie noch klar denken. Und deshalb glaube ich im Leben nicht, dass sie mir etwas antun wollte. Als ich in den Garten rausging, war alles wie immer. Sie saß auf dem Sofa und blätterte in einer Zeitschrift."

„Aber nun sag mal, wie genau ist das alles denn eigentlich passiert?", fragte Ilse, während Gerda zum x-ten Mal an Viktors Kopfkissen herumzupfte, aus lauter Sorge, er könnte es nicht bequem haben. „Ich meine, du bist doch groß und stark, wieso also lässt du dich so einfach niederschlagen? Hast du Antje denn nicht kommen sehen?" Sie legte den Kopf schief und musterte Viktor aus schmalen Augen. „Oder hast du sie kommen sehen und wolltest dich nicht gegen sie zur Wehr setzen, weil du es nicht fertigbringst, ihr wehzutun?"

„Was redest du da für einen Stuss?" Viktor schnaubte.

„Glaubst du wirklich, ich würde mich von Antje einfach so angreifen lassen, ohne mich zu wehren? Soweit geht die Freundschaft nun auch nicht."

„Ihr Männer seid manchmal komisch, wenn es darum geht, einer Frau wehzutun", behauptete Gerda. „Kann ja sein, du schlägst grundsätzlich keine Frauen."

„Keine Sorge, wenn mich eine umbringen will, dann weiß ich durchaus meinen Verstand und auch meine Fäuste zu benutzen."

„Und warum hast du dich dann nicht gewehrt?", ließ Gerda nicht locker.

Viktor seufzte. „Antje war es nicht, okay? Ich erzähle euch, was passiert ist, vielleicht gebt ihr dann ja endlich Ruhe." Er deutete auf die Stühle an seinem Bett. „Setzt euch!" Als Gerda nun schon wieder an seinem Kopfkissen herumfummelte, fuhr er sie an: „Nun lass das doch mal sein! Wenn es irgendwo klemmt, dann sage ich es schon, okay?"

„Wo ist eigentlich Marina?", fragte Elfriede.

„Wieder bei ihrer Mutter."

„Ja, aber will sie denn nicht herkommen? Ich meine, dir geht's doch nun auch schlecht und nicht nur ihrer Mutter."

„Sie muss es nicht erfahren. Sie hat schon Sorgen genug." Viktor hob den Zeigefinger. „Also untersteht euch, sie anzurufen! Ist ja schließlich nichts Schlimmes passiert."

„Na ja." Gerda wiegte den Kopf hin und her. „Einfach so halbtot geschlagen zu werden, ist ja nun nicht nichts."

„Wollt ihr jetzt hören, was passiert ist, oder nicht?" Viktor runzelte verärgert die Stirn.

Die drei Frauen nickten.

„Okay." Viktor räusperte sich. „Alles fing damit an, dass ich Antje aus den Klauen von Arno Staudtner befreit habe."

„Das ist die dritte Leiche." Gerda nickte wissend. „Hab ich im Radio gehört."

Ilse blickte erschrocken auf. „Hast du den etwa umgebracht, Viktor?"

Viktor tat, als hätte er die Frage nicht gehört. „Wollt ihr wissen, wie es weiterging, oder nicht?" Als keine Antwort kam, sondern die Frauen ihn nur stumm musterten, fuhr er fort: „Staudtner hatte Antje mit glühenden Zigaretten gequält und ihr mit einem Messer in die Haut geritzt, Gott sei Dank aber noch nicht lebensgefährlich verletzt. Ich brachte sie in ein Wochenendhaus am Ems-Jade-Kanal. Es gehört einem Freund, der gerade im Urlaub ist. Da gibt es keine Nachbarn und nichts. Das ideale Versteck."

„Warum bist du denn nicht mit ihr zur Polizei? Ich meine, die suchen sie doch."

„Sie hat Angst, dass man ihr den Mord an Max in die Schuhe schieben wird. Solange nicht geklärt ist, dass die Polizei sie deswegen in Ruhe lässt, wird sie untergetaucht bleiben."

„Sie ist aber die Einzige, die bezeugen kann, dass sie es nicht war", gab Elfriede zu bedenken. „Schließlich sind die anderen beiden tot."

„Da bin ich mir nicht so sicher", brummte Viktor.

Gerda riss die Augen auf. „Dass die beiden tot sind?"

Viktor verdrehte die Augen. „Nee, dass Antje die einzige Zeugin ist." Er griff sich mit schmerzverzerrtem Gesicht an den Schädel und atmete ein paarmal tief durch. „Also, wir sind dann in dieses Wochenendhaus und ich habe ihre

Wunden versorgt und mich darum gekümmert, dass es ihr an nichts fehlt. Heute Vormittag bin ich mal nach draußen gegangen, und als ich mich bücke, zieht mir plötzlich jemand irgendwas über den Kopf und ich werde bewusstlos. Als ich aufwache, liege ich in meinem eigenen Blut. Gut möglich, dass ich verblutet wäre, wenn ich nicht wieder zu mir gekommen wäre."

„Also wollte man dich doch umbringen", stellte Ilse fest.

„Kann sein. Kann auch nicht sein. Auf jeden Fall war Antje weg, als ich wieder ins Haus kam. Ich hab mich dann sofort ins Auto gesetzt und bin zu euch gefahren. Ihr hattet mir ja eine SMS geschickt, dass ihr bei Malou seid."

„Du hättest einen Rettungswagen rufen sollen. In deinem Zustand Auto zu fahren, ist ja wohl das Allerletzte. Ts, Männer!" Ilse sah ihn tadelnd an.

„Wie, bitte schön, soll ich mitten in der Pampa einen Rettungswagen rufen, wenn es da noch nicht mal ein Telefon gibt? Geschweige denn Handyempfang."

„Meine SMS hast du doch auch bekommen", wunderte sich Ilse.

„Weil ich zwischendurch auch mal beim Einkaufen war und meine Nachrichten abgerufen hab", sagte Viktor entnervt.

„Bestimmt hat dein Mörder dich da gesehen und ist dir gefolgt", vermutete Gerda.

„Mein Mörder? Hallo? Ich bin nicht tot, oder wonach sieht das alles hier für dich aus?"

„Na ja, so ähnlich eben."

„Ich finde, Gerda hat recht", meldete sich Elfriede zu Wort. „Bestimmt hat dich jemand beim Einkaufen gesehen."

„Oder es war doch Antje, die dich angegriffen hat. So." Gerda verschränkte die Arme vor dem Körper und nickte entschieden. „Woher soll denn der Angreifer wohl wissen, wann Viktor einkaufen geht?"

„Wie auch immer. Wir müssen Antje finden." Auf Viktors Stirn zeigten sich Sorgenfalten. „Alles andere ist jetzt nicht wichtig." Er zog an der Strippe, die zu einem Zugang auf seinem Handrücken führte. „Wird Zeit, dass ich hier rauskomme."

„Nun spinnst du aber total!", schimpfte Elfriede. „Willst du dich umbringen, oder was? Hast du nicht gehört, was der Arzt gesagt hat? Du musst ein paar Tage zur Beobachtung hierbleiben."

„Wegen ein bisschen Kopfschmerzen bleibe ich ganz bestimmt nicht hier!", fauchte Viktor zurück. „Nicht, solange ich nicht weiß, was mit Antje ist. Kapiert?"

„Du weißt doch gar nicht, wo du nach ihr suchen musst", gab Ilse zu bedenken. „Lass das die Polizei machen."

„Die Polizei?" Viktor lachte rau auf. „Wenn ich mich auf die Polizei verlassen hätte, dann wäre Antje jetzt tot. Oder hat vielleicht die Polizei versucht, Arno Staudtner zu stoppen? Nee, von denen war nichts zu sehen, als ich in Greetsiel war und Antje vor dem Irren gerettet habe." Er legte den Kopf in den Nacken, was er jedoch sogleich bereute. Mit einem Aufstöhnen nahm er ihn wieder zurück. Trotzdem sagte er spöttisch: „Pah! Die Polizei! Ich fasse es nicht! Was für ein grandioser Plan!"

„Aber wer könnte es denn gewesen sein, der Antje gekidnappt hat?", fragte Ilse nach einer längeren Pause. „Hast du einen Verdacht?"

236

Viktor wand sich in seinem Bett. Er nahm ein paar Anläufe, bevor er sagte: „Das glaubt ihr mir sowieso nicht, wenn ich es euch sage."

„Warum denn nicht?", fragte Gerda erstaunt. „Also, ich traue jedem alles zu. Menschen sind einfach so."

„Wie sind Menschen?" Ilse sah sie mit gerunzelter Stirn an.

„Na, abgrundtief schlecht. Was denn wohl sonst?" Gerda betonte es wie eine längst feststehende Wahrheit. „Also, Viktor, wen verdächtigst du? Wir können alles ertragen, das kannst du mir glauben. Hm. Solange du keine von uns meinst, natürlich", schränkte sie ein. „Aber wir waren ja dauernd zusammen, können uns also gegenseitig ein Alibi geben."

„Was du schon wieder für einen Müll redest, Gerda!" Elfriede machte eine wegwerfende Handbewegung. „Alibi geben! Du liest wirklich zu viele Krimis."

Viktor räusperte sich vernehmlich. „Ich rede von Nils."

Für einen langen Moment herrschte Schweigen im Raum. Es war, als hätte jemand den Stecker gezogen. Ilse war die Erste, die sich wieder zu Wort meldete: „Du meinst aber nicht Malous Enkel."

„Doch, genau den meine ich."

„Hm."

„Hm."

„Hm."

Viktor schaute von einer zu anderen. „Ihr habt keine Ahnung, was Nils treibt, oder?"

„Er ist Rechtsanwaltsgehilfe", antwortete Elfriede, und es klang reichlich störrisch.

„Was ihn nicht zu einem Heiligen macht", erwiderte Viktor.

„Das sagst du nur, weil er mit diesen komischen Leuten abhängt." Auch Gerda zog nun einen Schmollmund. „Aber deswegen haut er dir ja noch lange nicht den Schädel ein. Schon gar nicht, wenn seine Oma gerade gestorben ist. Das macht man einfach nicht."

„Er hängt nicht nur mit diesen", Viktor zeichnete Anführungsstriche in die Luft, *„komischen Leuten* ab, sondern vor allem mit Antje."

„Ja, und? Selbst wenn das so ist …", setzte Elfriede empört an.

„Es ist so."

„Aber wieso sollte er Antje dann kidnappen, wenn sie bei dir ist? Das ergibt doch gar keinen Sinn. Schließlich ist sie bei dir in Sicherheit. Weiß er das denn nicht?" Elfriede schüttelte den Kopf. „Nee, also das kannst du mir nicht erzählen, dass Nils so was macht. Das ist doch so ein Netter!"

„Wenn du dich da mal nicht täuschst", presste Viktor aus kaum geöffneten Lippen hervor. „Ich jedenfalls halte ihn für brandgefährlich."

„Der Schlag auf den Kopf hat dir nicht gutgetan", stellte Ilse fest. Sie stand auf und tätschelte ihm die Wange. „Nun schlaf mal ein bisschen, und dann sieht die Welt schon anders aus."

Viktor nickte ergeben und ließ sich in die Kissen zurücksinken. „Ihr habt sicherlich recht", sagte er mit einem herzhaften Gähnen, als die drei Frauen mit einem Winken zu Tür gingen.

Kaum, dass die Tür hinter ihnen ins Schloss fiel, zog er seinen Zugang aus der Vene und stieg aus dem Bett.

25

„Nun machen Sie schon!" David Büttner rollte entnervt mit den Augen. „Sollte Ihr Informant zuverlässig sein, dann ist Antje in Gefahr. Ein bisschen schneller dürften Sie also ruhig fahren. Angeblich liegt das Mädchen Ihnen doch so sehr am Herzen." Mit seiner Laune stand es nicht zum Besten, nachdem er sich beim Herumspionieren die rechte Hand an einem rostigen Nagel aufgerissen hatte, der aus der Hauswand ragte. Es tat höllisch weh. Das hatte man nun von seinem Aktionismus. Gott sei Dank hatte wenigstens die Blutung nachgelassen. Nur ab und zu schwappte noch ein Rinnsal aus der klaffenden Wunde heraus. Nicht einmal ein Taschentuch hatte er greifbar gehabt, sodass inzwischen alles eingesaut war, inklusive des Autositzes, auf dem er saß. Gott sei Dank war es nicht seiner. Er betrachtete die tiefe Fleischwunde eingehend. Mit einem Pflaster würde da nicht viel auszurichten sein. Bei Gelegenheit würde er wohl einen Arzt aufsuchen müssen. Erst einmal aber gab es Wichtigeres zu tun.

„Ohne einen Plan werden wir da sowieso nicht viel ausrichten können", erwiderte Harry mürrisch. Er steckte sich eine neue Zigarette an und stieß schwungvoll den Rauch aus. „Vielleicht sollten Sie einfach mal eine Strategie entwickeln, anstatt hier nur rumzunölen. Angeblich macht ihr Bullen es doch so." Er trat aufs Gas und schaltete einen Gang höher. „Das Ticket können *Sie* bezahlen, wenn ich geblitzt werde", sagte er mit erhobenem Finger. „Tut's noch weh?"

„Ja, allerdings", knurrte Büttner. „Und Sie glauben wirklich, dass Antje bei Viktor Eisenroth ist?"

„Ich hoffe, dass sie bei Viktor ist", entgegnete Harry. „Bei ihm passiert ihr wenigstens nichts."

„Und da sind Sie ganz sicher?"

„Nee. Bei wem kann man sich heutzutage schon sicher sein. Gucken Sie sich die Welt doch an, alles Halunken."

„Na, das müssen Sie ja am besten wissen", murmelte Büttner. Lauter sagte er: „Und wie kamen Sie auf die Idee, dass sich Viktor im Haus von Marieluise Beenken aufhält?"

„Weil es mir so mitgeteilt wurde, vielleicht?" Harrys Stirn umwölkte sich. „Wäre ich eine halbe Stunde früher gekommen, hätte ich ihn noch erwischt."

„Scheint ein wenig nachlässig zu sein, Ihr Informant."

Harrys Kopf flog zu ihm rum. „Einfach mal die Klappe halten, okay? Ihr von der Polizei habt euch ja bisher auch nicht gerade mit Ruhm bekleckert."

Da hatte er nun auch wieder recht. Ganz egal, was passierte, sie schienen immer einen Schritt langsamer zu sein als die Verbrecher. Aber war das ein Wunder, wenn anscheinend jeder einzelne von denen irgendeinen Informanten beschäftigte? Büttner schaute mit gerunzelter Stirn auf sein Handy, das schwarz und stumm in der Konsole lag. Wie hatte er nur vergessen können, es aufzuladen? Was, wenn Hasenkrug eine wichtige Mitteilung für ihn hatte? Womöglich hatten er und Sophie Reimers ja längst einen Ermittlungserfolg erzielt, und Büttner war der Einzige, der nichts davon wusste. Natürlich hatte er keine ihrer Telefonnummern im Kopf, wer konnte sich schon so was merken?

„Sie haben nicht zufällig ein Ladekabel dabei?", fragte er.

„Nee." Harry schielte auf Büttners Handy. „Und für so ein Ding sowieso nicht. Wusste gar nicht, dass es so was noch gibt."

„Es funktioniert bestens", konterte Büttner.

„Das merkt man."

„Könnten Sie mal in Emden bei der Polizei anrufen?", fragte Büttner.

Harry starrte ihn an, als hätte er sich vor seinen Augen in einen Geist verwandelt, dann zog er eine Grimasse. „Mein ganzes Leben habe ich noch nicht bei den Bullen angerufen, und ganz bestimmt fange ich heute nicht damit an." Er beugte sich zu Büttner rüber und fuchtelte ihm mit dem Finger vor der Nase herum, was ihn für einen Moment die Kontrolle über sein Fahrzeug verlieren ließ. Zorniges Hupen auf der Nebenspur war die Folge. „Das Ding hier bringe ich alleine in Ordnung, dazu brauche ich die Bullen nicht, okay?"

„Sie arbeiten schon mit einem Bullen zusammen", erinnerte Büttner ihn an seine Anwesenheit.

„Einen Scheiß tue ich. Aber so schnell konnte ich ja gar nicht gucken, wie Sie in meinem Auto saßen."

Das stimmte. Aber was hätte er anderes tun sollen? Schließlich konnte er mit seiner verletzten Hand nicht selber fahren. Alleine der Gedanke daran, mit ihr den Schaltknüppel bedienen zu müssen, trieb ihm noch immer den Schweiß auf die Stirn.

Die Begegnung zwischen Büttner und Harry im Garten

von Marieluise Beenken war wie zu erwarten beiderseits auf wenig Begeisterung gestoßen. Harry hatte ihn nur angestarrt, während Büttner geistesgegenwärtig gesagt hatte: „Moin, Harry. Sie suchen nicht zufällig nach Antje Peters?"

Das verdatterte „Ääähm" von Harry war ihm Antwort genug gewesen. Also hatte sich Büttner an seine Fersen geheftet, als sein Gegenüber davonstürmte, und war in dessen Auto gelandet. Dort hatte er ihm gestanden, dass er von der Polizei sei und ihn leider auf seinem weiteren Weg begleiten müsse. Zu seiner Verwunderung hatte Harry genickt und gesagt, er kenne ihn noch vom Hamburger Kiez, in dem Büttner vor Urzeiten mal ermittelt habe. In diesem Monet hatte auch Büttner sich erinnert, warum ihm der Kerl von Anfang an so bekannt vorgekommen war.

Nun ja, Freunde würden sie sicherlich nicht werden, aber aus irgendeinem Grund schien Harry sich schnell daran gewöhnt zu haben, dass ein Polizist ihn auf der Suche nach Antje begleitete. Was wohl darauf hindeutete, dass er mit ihrem Verschwinden nichts zu tun hatte, sondern sie, genauso wie die Polizei, vermutlich nur vor Schlimmerem bewahren wollte. Das machte ihn Büttner fast sympathisch. Aber nur fast. Denn er unterstellte Harry, in dieser Sache nicht ganz uneigennützig zu handeln.

Harrys Smartphone kündigte eine Nachricht an. Sein Blick verfinsterte sich zusehends beim Lesen. „Verdammt!", sagte er dann und warf das Gerät nun ebenfalls in die Mittelkonsole.

„Schlechte Nachrichten?", fragte Büttner.

„Antje ist nicht bei Viktor."

„Ist das gut oder schlecht?"

„Kommt drauf an, bei wem sie stattdessen ist."

„Und woher wissen Sie, dass sie nicht bei Viktor ist?"

„Weil er im Krankenhaus sitzt und sich seine Kopfwunde verarzten lässt."

„Kopfwunde?" Reflexartig starrte Büttner wieder seine Hand an. „War deswegen das ganze Blut in Frau Beenkens Garten? Dann war Viktor also tatsächlich dort. Was hatte er dort zu suchen? Und wer hat überhaupt den ganzen Kuchen dort aufgebaut? Sah ja nicht schlecht aus."

„Das sind ziemlich viele Fragen auf einmal", brummte Harry. „Aber das ist ja typisch für euch Bullen, dass ihr den Sabbel nicht halten könnt."

„Wenn ich darauf nun noch Antworten bekommen könnte, würden Sie mich sehr glücklich stimmen."

„Ich hab aber keine verdammten Antworten darauf!" Harry schlug mit beiden Händen aufs Lenkrad ein. „Vor allem habe ich keine Ahnung, was gerade mit Antje passiert, und das macht mich wahnsinnig!"

„In welchem Verhältnis stehen Sie zu Antje?", fragte Büttner neugierig.

„Das geht Sie nichts an."

„Sie ist mal für Sie anschaffen gegangen", half Büttner ihm auf die Sprünge.

„Das ist lange her."

„Aber trotzdem liegt Ihnen was an ihr, und mich würde interessieren, was es ist."

Harry schnaubte verächtlich. „Und Sie glauben wirklich, ich binde es Ihnen auf die Nase? Einem Bullen? Als wäre es noch nicht schlimm genug, dass Sie bei mir im Auto sitzen. Wenn das rauskommt, dann kann ich einpacken."

„Trotzdem schmeißen Sie mich nicht raus. Warum?", ließ Büttner nicht locker.

„Weil ich keine Lust darauf habe, dass Sie ein paar Hundertschaften Ihrer Truppe auf mich hetzen. Mit Ihnen alleine komme ich klar, ist vielleicht sogar ganz gut, dass Sie bei mir sind. So können Sie wenigstens keinen Scheiß machen und alles versauen."

„Was sollte ich Ihnen denn schon versauen?" Büttner verzog spöttisch das Gesicht. „Das haben Sie doch schon ganz gut alleine hingekriegt." Er drehte seinen Kopf nach hinten, dann wieder nach vorn. „Wohin fahren wir eigentlich?"

„Das sehen Sie ja dann." Harry drückte auf die Hupe, als er sich mitten im Stadtverkehr in das hintere Ende eines Staus einreihte. „Hey, da vorne!", brüllte er aufgebracht und hob in eindeutiger Geste die Hand. „Geht's da noch weiter oder wollt ihr hier übernachten?"

„Sieht nach Baustelle aus", sagte Büttner nach einem Blick aus dem Seitenfenster. „Kann noch ein bisschen dauern, fürchte ich. Sie haben nicht zufällig einen Schokoriegel da?"

„Hä?"

„Was wissen Sie eigentlich über Antjes bisheriges Leben?", fragte Büttner, nachdem sie eine Weile geschwiegen hatten.

„Dass es ein beschissenes war", antwortete Harry. „Ein echt beschissenes."

„Sie haben dazu beigetragen."

„Quatsch, was wissen denn Sie! Ich hab das Mädchen von der Straße geholt. Sie wäre verloren gewesen ohne mich."

„Sie haben sie auf den Strich geschickt", wandte Büttner ein. „Klingt auch nicht gerade nach Ponyhof mit Rosa und Glitzer."

„Antje hat es nie was ausgemacht, mit den Typen ins Bett zu gehen", behauptete Harry.

„Weiß sie das auch?"

„Wenn ich's Ihnen sage, genauso war's."

„Haben Sie Antjes Mutter gekannt?"

Harrys Blick verfinsterte sich. Er spuckte einen Tabakkrümel aus. „Ja, hab ich. Gut sogar. Konnte man gar nicht mit ansehen, wie die immer weniger wurde. Hat sich kaputtgemacht mit Alkohol und Drogen und Tabletten. Antje hat alles versucht, konnte ihr aber nicht helfen."

„Was wissen Sie über Antjes Freunde? Diesen Max zum Beispiel."

„Was wird das hier? Ein Verhör?"

„Nennen Sie es, wie Sie wollen", meinte Büttner. „Nur hab ich das Gefühl, dass Ihr Interesse daran, Antje zu finden, genauso groß ist wie meins. Je mehr ich also über sie weiß, desto einfacher kann ich meine Strategie entwickeln. Und genau das haben Sie mir doch aufgetragen."

„Nur, wenn Sie sie nicht einbuchten", knurrte Harry.

„Warum sollte ich sie einbuchten?" Büttner schaute ihn neugierig an. „Wissen Sie was, was ich nicht weiß?"

„Ich weiß gar nichts, Mann." Harry schien seine Worte zu bereuen, denn er gab einen Zischlaut von sich und schüttelte unwillig den Kopf.

„Gehen Sie vielleicht davon aus, dass sie Hartmut Schröder auf dem Gewissen hat? Und vielleicht sogar Max?"

„Hä? Max? Sind Sie bescheuert?" Harry zeigte Büttner den Vogel. „Warum wohl sollte sie Max töten? Sie ist total auf den abgefahren, Mann."

„Ist das so?" Diese Aussage erstaunte Büttner. „Er … also

Max … er war so ganz anders als sie, so … normal, wie man hört."

„So, hört man das." Harry schnaubte verächtlich. „Sind Sie vielleicht schon mal auf die Idee gekommen, dass Antje genau das will? Was Normales?" Seine Stimme klang belegt, als er hinzufügte: „Als sie klein war, hat sie mir immer erzählt, dass sie sich eine Familie wünscht, mit drei Kindern, Hund und Katze und Pferd und einem Prinzen, der sie liebt. Richtig reingeträumt hat sie sich in ihre Märchenwelt. Glaub kaum, dass sie das vergessen hat. Max hätte es ihr vielleicht sogar geben können."

„Aber?"

„Was aber?"

„In Ihrem letzten Satz schwang ein Aber mit."

„Max ist tot, schon vergessen?"

„Das haben Sie nicht gemeint. Es war ein anderes Aber", behauptete Büttner.

Harry zögerte, dann sagte er: „Sie hatte noch was zu erledigen. Ich hab ihr gleich gesagt, sie soll es lassen. Genauso wie Viktor. Aber sie wollte nicht auf uns hören. Ihren letzten Coup hat sie es genannt. Hoffen wir mal, dass es nicht wörtlich zu nehmen ist."

„Was war das für ein Coup?"

Harry schwieg. Sein Blick sagte Büttner, dass er sich hierzu nicht weiter äußern würde.

„Das, was Sie hier erzählen, klingt recht rührselig", sagte Büttner. „So, als hätte Ihnen etwas an Antjes Glück gelegen."

„Mir hat immer was an Antjes Glück gelegen."

„Sie haben sie auf den Strich geschickt."

„Sie wollte es so. Das sagte ich doch schon. Ich musste

sie nicht schicken. Ich hab ihr nur gezeigt, wie es am besten läuft, und ihr Schutz gegeben. Ist ein verdammt brutales Geschäft, bei dem ein Mädchen schnell unter die Räder kommt."

Büttner war sich nicht sicher, ob er das glauben sollte. Bisher war ihm noch keine Frau – und schon gar kein minderjähriges Mädchen – begegnet, das freiwillig seinen Körper verkaufte. Aber vielleicht täuschte er sich, und das gab es tatsächlich.

In den nächsten Minuten versuchte er, noch mehr über Antje zu erfahren, doch blockte Harry alles ab. Anscheinend war eine Grenze erreicht, die er nicht überschreiten wollte. Als sie nach einem zähen Voranschieben am Ende der Baustelle ankamen, drückte Harry aufs Gas und preschte an zahlreichen Autos vorbei.

Nur drei Straßen weiter hielt er vor einem Krankenhaus.

26

Büttner verletzt und verschwunden, Eisenroth verletzt und verschwunden, und auch von Antje fehlte nach wie vor jede Spur. Ein wenig fühlten sich Sophie Reimers und Sebastian Hasenkrug in die Geschichte von Hase und Igel versetzt. Ganz egal, wohin sie kamen, andere waren bereits dort gewesen, aber leider auch schon wieder weg. Bis auf die Toten natürlich, aber die halfen ihnen auch nicht ad hoc weiter, wenn es darum ging, die Lebenden zu finden.

Sie saßen vor Marieluise Beenkens Haus und überlegten, was nun zu tun sei, als Hasenkrugs Handy klingelte. Bereits kurze Zeit später hellte sich sein Gesichtsausdruck etwas auf. „Na, da kommen wir der Sache doch schon näher." Sebastian Hasenkrug beendete den Anruf und nickte Sophie Reimers zufrieden zu. „Viktor Eisenroth wurde nicht weit von hier ins Krankenhaus eingeliefert. Man kann ja auch mal Glück haben."

„Mich würde derzeit viel mehr interessieren, was mit Büttner passiert ist", reagierte Sophie Reimers mit wenig Begeisterung auf die Neuigkeit. „Ich glaube kaum, dass Viktor Eisenroth uns bei der Suche nach unserem Kollegen weiterbringt, denn schließlich mussten wir soeben erfahren, dass sich die beiden hier nicht über den Weg gelaufen sind. Außerdem ist Eisenroth im Krankenhaus gut aufgehoben und läuft nicht weg. Wir sollten uns daher wirklich zunächst auf die Suche nach Büttner konzentrieren. Und auf die nach Harry, natürlich." Sie schwieg einen Moment, dann sagte sie: „Sollten wir nicht Susanne informieren, dass ihr Mann verschwunden ist? Bevor sie es auf anderem Wege erfährt, meine ich."

Hasenkrug rieb sich müde übers Gesicht. „Ehrlich gesagt habe ich keine Ahnung mehr, was richtig oder falsch wäre. Trotzdem bin ich dafür, dass wir erst einmal ins Krankenhaus fahren und Eisenroth interviewen. Vielleicht weiß er ja doch mehr über Büttner, als wir derzeit glauben."

„Deswegen muss er uns sein Wissen ja noch lange nicht mitteilen."

„Aber fragen kostet nichts. Wir müssen alle Möglichkeiten überprüfen, denn viele Anhaltspunkte haben wir nun wirklich nicht. Die Suche nach Büttner läuft. Und ich wüsste absolut nicht, wo wir beide nun ansetzen sollten, um ihn zu finden. Zumindest nicht, solange auch dieser Harry verschwunden ist. Wenn du eine Idee hast, dann raus damit, ich bin ganz Ohr!"

Sophie Reimers legte den Kopf in den Nacken und seufzte. „Nein, Sebastian, ich habe keine Idee. Aber nichts zu tun, fühlt sich auch nicht gut an."

„Genau deshalb machen wir jetzt einen Besuch im Krankenhaus."

„Du hast ja recht." Sophie Reimers schloss die Augen und seufzte. „Okay", nickte sie, „fahren wir ins Krankenhaus."

Drei ältere Damen saßen neben der Eingangstür auf der Terrasse des Klinikums und ließen sich ihren Kaffee schmecken. Vermutlich hätte Sebastian Hasenkrug ihnen gar keine Beachtung geschenkt, wenn nicht einer von ihnen gerade ein Löffel aus der Hand gefallen wäre, der nun klirrend auf dem Pflaster aufschlug.

„Oh, Moin, Frau Hansen", sagte er, als ihm einfiel, wo er eine der Frauen schon mal getroffen hatte. Er blieb an dem niedrigen Zaun stehen, der die Terrasse vom Gehweg trennte. „Darf ich Sie etwas fragen?"

Ilse Hansen nickte nur stumm. Anscheinend hatte sein Erscheinen ihr die Sprache verschlagen.

„Wir haben erfahren, dass Viktor Eisenroth im Krankenhaus liegt. Haben Sie ihn zufällig hierher begleitet?"

Wieder nickte sie.

Erst jetzt fiel Hasenkrugs Blick auf die anderen Frauen, und er zog irritiert die Stirn in Falten. „Frau Müller?", fragte er, woraufhin sich bei dieser in Sekundenschnelle hektische rote Flecken an Gesicht und Hals bildeten. „Irgendwie hatte ich in Erinnerung, dass Sie beide sich nicht kennen."

„Wir ... ähm ... wir haben uns zufällig hier getroffen", stammelte die dritte Frau und nickte heftig, wie um sich selbst zu bestätigen. „Ja, ganz zufällig, ehrlich. Ilse ... ähm ... und Frau Müller und ich."

„So, haben Sie das? Was macht denn das Laufen, Frau Müller? Alles wieder im Lot?" Hasenkrug sah sich nach einem Rollator um, konnte jedoch keinen entdecken. „Irgendwie werde ich das Gefühl nicht los, dass Sie uns etwas zu sagen haben. Oder täusche ich mich da?" Er nahm seinen Notizblock aus der Tasche und blätterte für einen längeren Moment darin herum. Dann sagte er ins Blaue hinein: „Kann es sein, Frau Müller, dass Sie nicht nur nicht gut zu Fuß sind, sondern auch unter Gedächtnislücken leiden? Oder wie sonst kommt es, dass Sie Ihren eigenen Namen nicht kennen?"

Die drei Damen senkten verlegen die Blicke. „Nun verraten Sie mir aber mal eins", fuhr Hasenkrug unbarmherzig fort, „sind Sie im wahren Leben eventuell Frau Gerda Bonnen oder Frau Elfriede Schlüter?"

„Aber woher wissen Sie …?", platzte es aus Ilse Hansen heraus, doch schlug sie sich sogleich erschrocken die Hand vor den Mund.

„Wir sind die Polizei", antwortete Hasenkrug. „Es ist unsere Aufgabe, mehr zu wissen als andere. Also?"

„Elfriede Schlüter", murmelte die vermeintliche Frau Müller verlegen. „Tut mir leid, wir wollten Ihnen keinen Streich spielen. Es war nur …"

Hasenkrug winkte ab. „Darüber werden wir uns ein anderes Mal unterhalten, ich komme kurzfristig wieder auf Sie zu. In der Zwischenzeit können Sie sich ja mal darüber informieren, was es für Konsequenzen nach sich zieht, polizeiliche Ermittlungen zu behindern. Nur so viel dazu: Ein Kavaliersdelikt ist es nicht."

„Was war denn das?", fragte Sophie Reimers, als sie das Krankenhaus betreten hatten.

„Das", erklärte Hasenkrug, „waren die Damen, die dem Chef und mir vor dem Haus von Frau Hansen ganz offensichtlich einen Streich gespielt haben."

„Ach, die Sache mit der auf dem Gehweg gestürzten Frau?" Sophie Reimers lachte. „Fast möchte ich noch mal rausgehen und ihnen die Hand schütteln. Gewitzte Mädels, das muss ich schon sagen."

„Ich weiß wirklich nicht, was es da zu lachen gibt", erwiderte Hasenkrug eingeschnappt. „Immerhin haben sie offensichtlich dafür gesorgt, dass Viktor Eisenroth entwischen konnte. Ganz sicher wäre vieles nicht passiert, wenn wir ihn damals nicht aus den Augen verloren hätten. Zum Beispiel müssten wir jetzt nicht nach meinem Chef suchen."

„Das weiß man doch alles nicht", entgegnete Sophie Reimers. „Du kannst jetzt unmöglich den Frauen die Schuld an unserem Dilemma geben. Verbockt habt ihr es und nicht sie. Damit wirst du dich wohl abfinden müssen."

„Trotzdem haben sie die Ermittlungen behindert."

„Ja. Aber es konnte ihnen nur gelingen, weil ihr denkbar unaufmerksam wart. Also spiel hier nicht den Beleidigten, sonst machst du dich noch lächerlich."

Sie hatten den Fahrstuhl erreicht und fuhren zur Station hinauf, deren Nummer man Hasenkrug am Telefon genannt hatte. Es dauerte nicht lange, bis sie das richtige Zimmer gefunden hatten und anklopften. Nach einem dumpf klingenden „Herein!" riss Hasenkrug schwungvoll die Tür auf. Er war schlecht gelaunt, die Worte seiner Kollegin nagten an ihm. Vor allem, weil er wusste, dass sie recht hatte.

„Moin, Herr Eisenroth", schmetterte er in den Raum, „Sie erinnern sich ja sicherlich an … ähm …" Der Rest des Satzes blieb ihm im Halse stecken, denn nicht nur Viktor Eisenroth saß in seinem Bett, sondern auf einem Stuhl davor auch ein Mann, der auf einem Zahnstocher herumkaute und ihm außerdem bekannt vorkam. Er brauchte einen Moment, bis ihm dämmerte, dass es sich bei ihm um jenen Harry handelte, der früher einmal der Zuhälter von Antje Peters gewesen war.

Harry und auch Viktor schauten ihm ausdruckslos entgegen. Sie schienen sich nicht sonderlich zu wundern, die beiden Polizisten hier zu sehen.

„Darf ich fragen, wer Sie sind?", meldete sich Sophie Reimers zu Wort.

„Das ist Harry, der Rotlichtkönig. Du kennst ihn aus der Akte", antwortete Hasenkrug und stellte umgekehrt sich und seine Kollegin vor. „Es würde mich mal interessieren, was Sie hier machen", wandte er sich dann an Harry.

„Viktor einfangen", brummte der.

„Bitte?"

„Viktor wollte von hier abhauen. War schon auf dem Weg nach draußen. Konnte ihn gerade noch stoppen."

Hasenkrug verstand nur Bahnhof, und auch Sophie Reimers' Mimik spiegelte ein großes Fragezeichen. Seit wann stellte ein Verbrecher den anderen? Und vor allem: Warum saßen sie dann trotzdem beide so entspannt hier herum?

„Soso, abhauen wollte er", murmelte Hasenkrug dumpf. Irgendwie entglitten ihm gerade die Zusammenhänge. Seinen Auftritt hier hatte er sich ganz anders vorgestellt.

„Wo ist mein Kollege Büttner?", hörte er Sophie Reimers fragen, und prompt ärgerte er sich, dass er diese Frage nicht als erstes gestellt hatte. Schließlich gingen sie davon aus, dass Harry irgendetwas mit Büttners Verschwinden zu tun hatte, und das war im Moment allemal wichtiger als die Frage, was ein Harry mit einem Viktor zu schaffen hatte. Das würde sich auch später noch klären lassen.

Um diese Panne zu überspielen, wiederholte Hasenkrug die Frage seiner Kollegin und legte dabei deutlich mehr Schärfe in seine Stimme. „Wir wissen, dass Sie unseren

Kollegen bei Marieluise Beenken im Garten getroffen haben. Also, raus mit der Sprache! Was haben Sie mit ihm gemacht?"

„Sie sind auf Zack", grinste Harry. Immer noch stocherte er mit dem Zahnstocher im Mund herum.

„Was gibt es denn da zu grinsen?", bellte Hasenkrug. „Sie sagen uns sofort, wo unser Kollege ist, sonst ..."

Noch bevor er den Satz zu Ende bringen konnte, schwang die Tür auf und herein kam – Hasenkrug traute seinen Augen nicht – David Büttner!

„Die haben mir aber einen fetten Verband gemacht", sagte Büttner auf seine Hand starrend. „Keine Ahnung, wie ich damit Auto fahren soll." Er blickte auf. „Oh, Hasenkrug, was machen Sie denn hier? Und Frau Reimers haben Sie auch mitgebracht, das trifft sich ja gut."

„Öhm ..." Hasenkrug ließ sich auf das nicht belegte Bett sinken, das dem von Viktor Eisenroth gegenüber stand. „Ich ... ich hätte gerne mal eine Erklärung, wenn's geht. Wo kommen denn Sie jetzt her, Chef?"

Büttner deutete auf die Tür. „Aus dem Behandlungszimmer. Man hat mir einen Verband angelegt. Hatte mir meine Hand an einem Nagel eingerissen. Gott sei Dank tut es mit dem Schmerzmittel nicht mehr so weh. Und die Blutung hat auch endlich aufgehört."

„Öhm ..." Hasenkrug glaubte sich im falschen Film. Er warf seiner Kollegin einen hilfesuchenden Blick zu, die daraufhin sagte: „Könnten wir die ganze Geschichte vielleicht mal von vorne hören und dabei bitte auch gleich erfahren, wer hier gerade welche Rolle spielt?"

Hasenkrug hatte sich nach ein paar tiefen Atemzügen

wieder gefangen, und eine plötzliche Wut stieg in ihm hoch. „Wissen Sie eigentlich, dass ganz Deutschland nach Ihnen sucht?", brüllte er seinen Chef an. „Der ganze Polizeiapparat steht kopf und …"

„Nicht hier, Sebastian, ich bitte dich." Sophie Reimers war zu ihm getreten und legte ihm beschwichtigend eine Hand auf den Arm.

Hasenkrug verstummte und zog den Kopf ein. Sophie hatte recht, das gehörte nun wirklich nicht hierher. Was war nur in ihn gefahren, sich derart unprofessionell zu verhalten?

„Also?", fragte Sophie Reimers. „Wer fängt an?"

„Warum sucht man denn nach mir?", fragte Büttner verdattert. „Ich bin doch gar nicht …"

„Ihr Anruf bei Frau Weniger hat einigen Wirbel ausgelöst", klärte seine Kollegin ihn auf. „Und noch mehr Wirbel gab es, als sich am Telefon nur noch Ihre Mailbox meldete."

„Mein Akku ist leer", erklärte Büttner.

„Oh mein Gott, ich fasse es nicht!" Hasenkrug drückte seinen Handballen gegen die Stirn. „Sagen Sie bitte, dass das nicht wahr ist, Chef!"

„Warum sollte ich lügen?" Nun sah auch Büttner verdattert aus der Wäsche.

„Bitte der Reihe nach", erinnerte Sophie Reimers an ihre Vorgabe. Sie schaute von einem zum anderen. „Wer will?"

Weder Viktor noch Harry schienen ein besonderes Interesse zu haben, die Geschehnisse der letzten Stunden aufzurollen, denn sie nickten Büttner nun auffordernd zu. Hasenkrug verstand angesichts dieser vertraut wirkenden Geste die Welt nicht mehr. Was, in drei Teufels Namen, hatten die drei Männer miteinander zu schaffen?

„Mir wäre es ganz lieb, wenn wir die Erklärungen möglichst kurz halten könnten", meinte Viktor. Er wirkte plötzlich nervös. „Es ist wirklich wichtig, dass wir Antje finden. Hätte Harry mich nicht aufgehalten, dann …"

„Solche Alleingänge bringen ja nichts", unterbrach Büttner ihn. „Ich sag doch die ganze Zeit, dass wir es strategisch angehen müssen."

„Na, das sagt ja der Richtige", brummte Hasenkrug. „Könnten wir jetzt endlich mal erfahren, was hier gespielt wird? So langsam reißt mir wirklich der Geduldsfaden."

„Also für Sie die Kurzform", meinte Büttner. „Ich glaube nämlich auch, dass wir dringend nach dem Mädchen suchen sollten."

„Nun legen Sie schon los, verdammt!", forderte Viktor ihn mit einem Blick auf sein Smartphone erneut auf. „Antje meldet sich nicht, und das macht mir echt Sorgen."

„Sie haben Kontakt zu Antje Peters?", fragte Hasenkrug.

„Ja, hat er", antwortete Büttner. „Aber jetzt gerade nicht. Die Geschichte ist tatsächlich ein wenig kompliziert."

Hasenkrug stöhnte auf. „Was Sie nicht sagen."

„Also, jetzt die Kurzform, damit Sie endlich auf dem aktuellsten Stand sind und handeln können, Hasenkrug: Ich habe Harry beschattet und bin ihm zum Haus von Marieluise Beenken gefolgt. Dort haben wir jede Menge Blut gefunden, von dem wir inzwischen wissen, dass es von Eisenroth stammt. Harry war wenig begeistert, mich zu sehen, ich konnte ihn aber durch meine angeborene Beharrlichkeit davon überzeugen, mich in seinem Auto mitzunehmen. Da er inzwischen erfahren hatte, dass Eisenroth ins Krankenhaus eingeliefert wurde, fuhr er dorthin. Was mir sehr entgegenkam, da ich mir doch meine Hand verletzt hatte. Hier sind wir dann auf Eisenroth gestoßen, der sich gerade eigenmächtig auf den Weg machen wollte, um Antje Peters zu suchen. Sie war heute Vormittag vor seiner Nase und nach einem Schlag auf seinen Kopf aus einem Wochenendhaus entführt worden. Ich habe Eisenroth davon überzeugen können, dass es schlauer wäre, mit uns zusammenzuarbeiten. Diese Form der Zusammenarbeit wollten wir gerade besprechen, als Sie und Frau Reimers hier auftauchten. Soweit der Stand der Dinge."

„Dann war Frau Peters die ganze Zeit über bei Ihnen, Herr Eisenroth?", wunderte sich Sophie Reimers, nachdem alle Büttners Worte für einen Moment hatten sacken lassen.

„Nein, war sie nicht", antwortete Viktor unwirsch. „Könnten wir das bitte später klären? Es ist jetzt wirklich wichtiger …"

„Was vermuten Sie denn, wo Frau Peters sich aufhält?", fragte Hasenkrug.

„Bei Nils Beenken."

„Nils Beenken?" Hasenkrug sah ihn verwundert an. „Der Enkel von Marieluise Beenken?"

„Genau der."

„Und warum sollte ausgerechnet Nils Antje Peters in seiner Gewalt haben?"

„Das müssen Sie ihn schon selber fragen", antwortete Viktor. „Ich weiß nur, dass er die ganze Zeit nach ihr gesucht hat, seit das mit Max passiert ist. Keine Ahnung, was er mit ihr vorhat."

„Und Sie sind sich ganz sicher, dass sie bei ihm ist?", fragte Sophie Reimers.

„Nee. Aber ich wüsste auch nicht, wo sie sonst sein sollte. Also sehen Sie endlich zu, dass Sie sie finden, Mann. Wie oft denn noch? Wenn Sie es nicht tun, dann tu ich's."

Sophie Reimers ließ sich nicht aus der Ruhe bringen. „Und warum waren Sie auf der Suche nach Viktor?", fragte sie an Harry gewandt.

„Weil ich dachte, dass Antje bei ihm ist."

„Und ich dachte, Antje wäre bei Harry", ergänzte Büttner.

„Also waren Sie eigentlich alle die ganze Zeit nur auf der Suche nach Antje, hab ich das richtig verstanden?" Sophie Reimers schaute von einem zum anderen.

„Ja, Mann, wie oft denn noch?" Viktor verzog entnervt das Gesicht.

„Okay", meinte Hasenkrug. „Wenn es so ist, dann werden wir jetzt mal versuchen, Nils Beenken aufzutreiben. Irgendjemand eine Idee, wo er sein könnte?"

„Na endlich." Viktor stieß scharf die Luft aus. „Ich kann Ihnen ein paar Plätze nennen, an denen ich jetzt gesucht hätte."

„Ich bitte darum."

Nur wenig später machten sich Sebastian Hasenkrug und Sophie Reimers wieder auf den Weg und schickten verschiedene Einheiten an die Plätze, die Viktor ihnen genannt hatte.

Kaum dass die beiden Kommissare das Krankenzimmer verlassen hatten und wenige Minuten später auch David Büttner verkündet hatte, er müsse vom Stationszimmer aus mal rasch telefonieren, schlug die Stimmung zwischen Harry und Viktor schlagartig um. Hatte Harrys Gesichtsausdruck die ganze Zeit über etwas Versöhnliches gehabt, so gab er sich nun ausgesprochen feindselig.

„Was hast du mit Antje gemacht?", zischte er. Er war aufgesprungen, packte Viktor mit beiden Händen am Krankenhaushemd und zog ihn so weit zu sich heran, bis ihre Gesichter ganz dicht voreinander waren. Viktors Schmerzensschrei ignorierte er. „Und warum lässt du dich wie die letzte Memme ins Krankenhaus einliefern, obwohl du weißt, dass es keine fünf Minuten dauern wird, bis man von hier aus die Bullen informiert? Was, verdammt noch mal, ist das für ein dreckiges Spiel, das du hier spielst?"

Viktor stieß ihn mit einer heftigen Geste zurück. „Du warst es doch, der einen Bullen hier angeschleppt hat! Also tu bloß nicht so empört, Mann! Ich dachte echt, ich hab Halluzinationen, als der Typ plötzlich mit dir in der Tür steht. Bist du jetzt total bekloppt geworden, oder was?"

„Ich muss mich vor dir nicht rechtfertigen, Mann!" Harry lief nun im Stechschritt im Zimmer auf und ab und traktierte seine linke Handfläche mit der rechten Faust. „Es ist allemal besser, einen Bullen unter Kontrolle zu haben, als ihn unkontrolliert durch die Gegend rennen zu lassen." Er deutete auf die Tür, aus der Büttner gerade verschwunden war. „Guck dir den Typen doch an, Mann, der ist doch zu blöd zum Geradeausgucken. Oder hat der auch nur ansatzweise durchschaut, was hier gespielt wird? Nee, hat er nicht. Alles, was ihn interessierte, war seine beschissene Verletzung."

„Unterschätz ihn nicht. So blöd, wie du denkst, ist der nicht. Und was heißt, du hast ihn unter Kontrolle?" Viktor gab einen Zischlaut von sich. „Was glaubst du denn, mit wem er gerade telefoniert, he?"

„Ist mir scheißegal, mit wem der gerade telefoniert. Was soll der denn noch ausrichten, nachdem du seinen Kollegen verraten hast, wo Antje ist?"

„Einen Scheißdreck hab ich verraten, okay? Oder hast du mir die Story mit Nils etwa abgenommen?" Viktor lachte rau auf. „Dann bist du echt noch blöder, als ich dachte." Seine Augen verengten sich zu schmalen Schlitzen, als er sich nun vorbeugte und sagte: „Gib hier bloß nicht den Ahnungslosen. Du warst es doch, der mir eins über die Rübe gezogen hat. Oder hast du dafür einen deiner Gorillas geschickt?"

Harry sah ihn verächtlich an. „Ach ja? Jetzt soll ich es plötzlich gewesen sein? Und das weißt du so genau, weil …?"

„Weil so eine Null wie dieser Nils für so eine Aktion gar nicht die Eier hat, darum!"

„Und warum hetzt du ihm dann die Bullen auf den Hals?"

„Damit sie beschäftigt sind, Mann. Sind doch sofort auf die Story angesprungen, die Idioten. Und Nils tut es mal ganz gut, ein wenig Stress zu bekommen." Viktor ließ sich in seine Kissen zurücksinken und griff sich an den dröhnenden Kopf. Er stöhnte. „Du schickst Antje nicht wieder auf den Strich, Harry, du nicht! Die Zeiten sind ein für alle Mal vorbei. Dafür werde ich sorgen, und wenn es das Letzte ist, was ich tue."

„Das hatte ich nie vor."

„Ach ja? Und wieso bist du dann die ganze Zeit hinter ihr her?"

„Damit sie keinen Scheiß macht, darum."

„Antje macht keinen Scheiß, wenn du sie in Ruhe lässt.

260

Oder was meinst du, warum sie sich versteckt hält, he? Doch nur, weil sie Schiss hat, dass du die Situation ausnutzt."

„Sie macht keinen Scheiß? Das hat man ja gesehen. Kaum dass man sie aus den Augen lässt, dreht sie das Ding mit Hartmut Schröder. War ja klar, dass das nicht gutgeht und sie hinterher tiefer in der Scheiße hängt als vorher." Harry setzte sich auf seinen Stuhl zurück und legte seinen Kopf in die Hände. „Ich weiß echt nicht, wie das alles für sie enden soll."

„Was wird das jetzt? Schon wieder so 'ne Show von dir? Harry, der Verzweifelte? Harry, der Besorgte? Obwohl du genau weißt, wo Antje ist?" Viktor richtete sich wieder auf. „Mich legst du mit deiner Masche nicht rein, Harry. Aber glaub mir, ich bleib dir auf den Fersen, bis ich weiß, wohin du sie gebracht hast."

Harry lachte auf. „Ach ja, mit all den Schläuchen an dir dran? Gott, so doof wie du muss erst mal einer sein, Mann. Latschst ins Krankenhaus und wunderst dich, dass sich andere um Antje kümmern." Als sein Smartphone fiepte und er die Nachricht gelesen hatte, stand er auf und sagte mit einem überlegenen Grinsen: „Ich zeig dir jetzt mal, wie man es richtig macht. Und komm bloß nicht auf die Idee, wieder von hier abzuhauen. Meine Leute warten draußen nur auf dich. Glaub mir, wenn die mit dir fertig sind, gehst du gar nicht mehr spazieren."

Noch ehe Viktor etwas erwidern konnte, war Harry zur Tür hinaus.

27

David Büttner hatte kurz überlegt, ob er hinter seinen Kollegen hergehen sollte, um das weitere Vorgehen zu besprechen. Dann jedoch hatte er entschieden, dass dies vermutlich nicht die geschickteste Lösung war, denn ganz sicher würde sein Assistent darauf bestehen, diesem Nils hinterherzujagen und Antje aus dessen Klauen zu befreien.

Selbst wenn Büttner ihn hätte davon überzeugen können, dass er dem Falschen nachsetzte, hätte das vermutlich zu viel Zeit in Anspruch genommen und Harry wäre ihnen zwischenzeitlich durch die Lappen gegangen. Also hatte Büttner lieber unter dem Vorwand, telefonieren zu wollen, das Krankenzimmer verlassen, sich in eine schwer einsehbare Nische gedrückt und darauf gehofft, dass Harry ihm bald folgen würde. Seiner Meinung nach war es keineswegs Viktor, der genau wusste, wo sich Antje aufhielt, sondern ebendieser Harry, dem es angeblich nur um das Wohlergehen der jungen Frau ging. Büttner glaubte ihm kein Wort. Sentimentalität und Mitgefühl waren Gefühlsregungen, die einem Mann aus dem Rotlichtmilieu gemeinhin völlig abgingen. Viel zu lange hatte Büttner im Hamburger Kiez ermittelt, als dass er sich, was den Charakter von Zuhältern anging, noch irgendwelchen Illusionen hingab.

Sein Bauchgefühl hatte ihn wieder einmal nicht im Stich

gelassen. Kurze Zeit später verließ Harry das Krankenzimmer und lief aus dem Krankenhaus direkt zu seinem Wagen. Büttner folgte ihm unauffällig und setzte sich rasch auf den Rücksitz eines der wartenden Taxis. „Folgen Sie diesem Auto! Aber halten Sie Abstand, damit der Fahrer keinen Verdacht schöpft!" Büttner behielt Harrys Wagen immer im Blick.

Der Taxifahrer, ein älterer Herr um die sechzig, zeigte ihm durch den Rückspiegel sein breitestes Grinsen, sagte jedoch kein Wort und tat sofort, wie ihm geheißen. Vermutlich hatte er von einer solchen Situation immer geträumt. Er war sogar so heiß auf diese Unternehmung, dass er vergaß zu fragen, mit welchem Recht Büttner eine solche Aktion von ihm verlangte. Aber vermutlich war es ihm auch völlig egal. Hauptsache Spaß.

Es dauerte nicht lange, bis Harry auf die Autobahn fuhr und schließlich die Ausfahrt in Richtung Leer und Emden nahm. Diesmal hielt er sich weitgehend an die vorgegebenen Geschwindigkeiten. Vermutlich wollte er keine Aufmerksamkeit erregen. Der Taxifahrer hatte somit keine Mühe, ihm zu folgen und zugleich so viel Abstand zu halten, dass er hoffentlich von Harry nicht als Verfolger erkannt wurde. Alles andere würde womöglich unweigerlich zur Katastrophe führen.

„Der macht nur einen Ausflug", stellte der Taxifahrer fest, als sie die Autobahn bei Emden verließen und Harry über den Neuen Weg in Richtung Groß Midlum folgten. Der Fahrer freute sich sichtlich über seinen Zähler, der unaufhaltsam vor sich hin klickte. „Will bestimmt nur einen Spaziergang am Deich machen."

Büttner beschlich ein komisches Gefühl, als Harry schließlich in Groothusen in Richtung Greetsiel abbog. Sollte Antje tatsächlich wieder in den Fischerort zurückgekehrt sein? Und wenn ja, woher wusste Harry davon? Weil er sie selber hierher verschleppt hatte?

Kaum dass sie die Ortsgrenze von Greetsiel passierten, setzte von einem Moment auf den anderen ein Gewitter ein. Dem Platzregen folgten ohrenbetäubende Donnerschläge sowie grelle Blitze in einer so kurzen Abfolge, wie Büttner sie selten erlebt hatte. Die Straßen waren menschenleer, als Harry, gefolgt von dem Taxi, zu den Zwillingsmühlen abbog und gleich darauf in die Edzard-Cirksena-Straße fuhr.

„Das war's", sagte Büttner, als sie bei den Zwillingsmühlen ankamen. „Bitte lassen Sie mich hier raus." Er kramte das zu zahlende Geld aus der Tasche und legte noch ein üppiges Trinkgeld obendrauf. „Und jetzt tun Sie mir bitte noch einen Gefallen", sagte er, während die Blitze nur so um ihn herumzuckten.

„Aber gerne doch", strahlte der Fahrer.

„Leihen Sie mir mal kurz Ihr Smartphone. Ich muss dringend telefonieren. Vorher suchen Sie aber bitte noch die Nummer der Emder Polizeidienststelle raus."

Der Anruf war schnell erledigt. Büttner graute es davor, ins immer heftiger tobende Gewitter hinauszutreten, doch hatte er keine andere Wahl. Nachdem er die Autotür zugeschlagen hatte, rannte er in einem für ihn völlig ungewohnten Tempo los.

Sebastian Hasenkrug und Sophie Reimers hielten vor dem Mehrfamilienhaus, in dem Nils Beenken wohnte. Die Kollegen hatten bereits die anderen möglichen Aufenthaltsorte abgeklärt, leider ohne Erfolg.

Nach mehrmaligem Klopfen an der Wohnungstür, öffnete sich die Nachbartür und eine ältere Frau in Kittelschürze sagte: „Da können Sie lange klingeln und klopfen. Der ist nicht da. Ist bestimmt bei seiner Familie, weil doch seine Oma verstorben ist." In ihrem Blick lag etwas Sensationslüsternes.

„Und Sie sind sich da ganz sicher?", fragte Hasenkrug.

„Dass seine Oma verstorben ist? Aber hören Sie mal, darüber macht man …"

„Nein, dass Nils Beenken nicht zu Hause ist."

„Ach so. Ja, natürlich bin ich mir sicher. Ich habe ihn vor zwei Stunden weggehen sehen. Seither ist er nicht mehr aufgetaucht. Das können Sie mir glauben, denn mir entgeht hier nichts." Die Frau sagte es mit einem gewissen Stolz in der Stimme.

Wer solche Nachbarn hatte, brauchte keine Feinde mehr. „Na gut, vielen Dank. Wenn er wieder auftauchen sollte, dann sagen Sie ihm bitte, dass er sich bei uns melden soll." Hasenkrug drückte der verdutzten Frau seine Visitenkarte in die Hand, dann folgte er seiner Kollegin die Treppe hinunter.

„Ach herrje, was hat Nils denn mit der Polizei zu tun?", hörte er die Frau hinter sich rufen, doch reagierte er nicht darauf.

„Ich werde das Gefühl nicht los, dass irgendetwas an dem, was Viktor Eisenroth gesagt hat, nicht stimmt", erklärte Sophie Reimers, als sie wieder auf der Straße standen. „Keine Ahnung, was genau es ist, aber irgendwas ist komisch an der Sache."

Hasenkrug sah sie überrascht an. „Du meinst, Eisenroth hat uns nur irgendeine Story aufgebunden? Also, ich fand, dass seine Sorgen, die er sich um Antje macht, ganz überzeugend rüberkamen."

„Das eine schließt das andere ja nicht aus."

„Wie meinst du denn das jetzt?"

„Gut möglich, dass er sich Sorgen macht. Aber nicht, weil er sie in der Gewalt von Nils Beenken vermutet."

„Sondern?"

„Was weiß ich. Weil er Angst hat, dass man sie findet, vielleicht. Dass wir sie finden. Gut möglich also, dass er uns auf eine völlig falsche Fährte gelockt hat. Und wir sind drauf reingefallen. Glückwunsch, Sophie, gutgemacht!" Sie klopfte sich mit sarkastischem Gesichtsausdruck selbst auf die Schulter.

„Das ist nur eine von vielen Möglichkeiten", versuchte Hasenkrug zu beschwichtigen. „Nun werde mal nicht gleich nervös, nur weil es anders läuft, als wir gedacht haben."

Sophie Reimers zog nachdenklich die Stirn in Falten. „Vielleicht ist er ja wirklich bei seiner Familie." Sie zog ihr Telefon aus der Tasche und wählte eine Nummer. „Angeblich versammelt sich die Familie von Marieluise Beenken gerade in der Friedhofskapelle, um von der Toten Abschied zu nehmen", sagte sie, als sie das Gespräch beendet hatte. „Gut möglich also, dass auch er dort ist."

„Dann fahren wir da jetzt mal hin."

„Mein Gefühl sagt mir, dass wir lieber an diesem Harry drangeblieben wären. Dem traue ich nämlich keinen Meter weit", meinte Sophie Reimers, als sie sich mit dem Auto durch den dichten Stadtverkehr quälten. „Möchte mal wissen, warum Büttner sich auf ihn eingelassen hat. Man konnte bei all der Harmonie zwischen den beiden ja fast den Eindruck gewinnen, dass sie die besten Freunde sind."

„Das glaubst du ja wohl selber nicht." Hasenkrug schüttelte den Kopf. „So, wie ich meinen Chef kenne, hat er ganz genau durchschaut, was da gespielt wurde."

„Und was wurde da gespielt?"

„Keine Ahnung."

„Dann sollten wir Büttner vielleicht danach fragen", schlug Sophie Reimers vor.

„Wie denn, wenn er kein Telefon hat? Ich hatte eigentlich damit gerechnet, dass er uns nach draußen folgen würde, aber er blieb ja stur in Eisenroths Zimmer sitzen."

„Was er mit Sicherheit nicht getan hätte, wenn er uns etwas zu sagen gehabt hätte."

„Du meinst, er tappt genauso im Dunkeln?", fragte Hasenkrug.

„Entweder das, oder ihm ist die Sache zu heiß geworden. Vergiss nicht, dass man ihn vom Dienst freigestellt hat. Bei allem, was er sich bislang geleistet hat, wandert er sowieso schon auf Tretminen. Stell dir nur mal vor, seine Vorgesetzten kriegen Wind von seiner Aktion bei Marieluise Beenkens Haus. Dann könnte er auch noch seine restlichen Schokoriegel aus der Schreibtischschublade räumen und sich für immer aus dem Polizeidienst verabschieden."

Am Friedhof angekommen, stiegen sie aus dem Wagen und liefen zur Kapelle hinüber. Die Tür stand offen. Um einen Sarg herum hatten sich mehrere schwarz gekleidete Personen versammelt. Nils war nicht darunter.

Sebastian Hasenkrug und Sophie Reimers hielten die

Kapelle noch für etwa eine Viertelstunde im Blick, für den Fall, dass Nils doch noch auftauchte. Doch der kam nicht.

„Das war wohl nichts", stellte Hasenkrug fest und kickte einen Stein weg, der vor seinen Füßen lag, und der gleich darauf mit einem lauten *Klong!* auf der ehernen Abdeckung eines alten Brunnenschachts landete.

„Und nun?", fragte Sophie Reimers.

„Am besten fahren wir zum Krankenhaus zurück und knöpfen uns Viktor Eisenroth noch mal … Warte!" Hasenkrugs Smartphone kündigte einen Anruf an. „Okay, Planänderung", sagte er ohne weitere Erläuterung und lief schnellen Schrittes zum Auto zurück.

28

Schon nach wenigen Metern war David Büttner klatschnass. Das Gewitter schien sekündlich an Stärke zuzunehmen, überall um ihn herum zischte und krachte es zum Gotterbarmen. Es war, als würde der Himmel die Hölle schicken. Als es plötzlich zu einem ohrenbetäubenden Knall kam, zuckte Büttner zusammen und blieb in vorgebeugter Haltung abrupt stehen. Im Reflex hatte er die Arme über dem Kopf zusammengeschlagen. Er sah sich um. Obwohl die Sonne noch nicht untergegangen war, war es nachtschwarz. Irgendwo ganz in der Nähe musste der Blitz eingeschlagen haben, doch konnte er nicht ausmachen, wo genau es gewesen war. Bildete er es sich ein, oder roch es tatsächlich verbrannt?

Egal. Er musste sehen, dass er weiterkam. Hier irgendwo musste das Haus von Antje Peters sein. Eine völlig verschreckte Katze huschte mit gesträubtem Fell an ihm vorbei und verschwand im nächsten Moment unter einer Hecke. Für einen kurzen Moment wähnte er sich in einem dieser Gruselfilme, die er bislang immer für äußerst amüsant gehalten hatte. Wieder schlug irgendwo krachend ein Blitz ein, das dumpfe Grollen des Donners erfolgte fast zeitgleich. Das Wasser hatte sich längst durch Büttners Kleidung gefressen, rann Bauch und Rücken hinunter. Ein Königreich für eine heiße Dusche!

Vor einem kleinen, mit rotweißem Flatterband abgesperrten Häuschen blieb er stehen. Das musste es sein. Er erblickte Harrys Wagen unmittelbar vor dem kleinen gusseisernen Tor, das auf das Grundstück führte. Es war also davon auszugehen, dass Harry das Haus inzwischen betreten hatte.

Büttner fragte sich, was ihn da drin erwarten würde. Ob er auf seine Kollegen warten sollte? Schließlich trug er keine Waffe bei sich. Allerdings war kaum anzunehmen, dass Harry ihn abknallen würde, wenn er das Haus betrat. Oder? Bei solchen Kerlen konnte man sich nie sicher sein, schon gar nicht, wenn man sie in Bedrängnis brachte. Aber irgendwie traute er Harry einen Mord an einem Polizisten nicht zu. Warum auch immer. Es war so ein Bauchgefühl.

Büttner öffnete das Gartentor, dessen verräterisches Quietschen zum Glück in einem weiteren Donnergrollen unterging. Seine Schuhe gaben schlotzende Geräusche von sich, als er sich dem Hauseingang über einen schmalen gepflasterten Weg näherte. Hinter den zugezogenen Vorhängen brannte Licht, ein schmaler Streifen stahl sich nach draußen. Hinter den Fenstern nahm Büttner sich bewegende Schatten wahr, die ganz offensichtlich zwei Personen zuzuordnen waren. Er vermutete, dass es sich um die Silhouetten von Antje und Harry handelte.

Doch was war das? Büttner atmete tief durch, als sich die Schatten nun ineinander verkeilten und von einem Moment auf den anderen verschwanden.

Gefahr im Verzug!, schrie es in Büttners Kopf. Sein Herz begann heftig zu schlagen. Sollte er da wirklich rein? Und wenn ja, wie sollte er das anstellen? Unter diesen Umständen war es unwahrscheinlich, dass ihm einfach jemand die Haustür öffnete, wenn er auf die Klingel drückte. Oder war sie womöglich gar nicht verschlossen?

Er nahm die zwei Stufen zur Eingangstür und drückte vorsichtig die Klinke hinunter. Keine Reaktion. Er schluckte schwer, als aus dem Haus nun ein gedämpfter Schrei zu hören war. Was sollte er tun?

Büttner meinte, sich zu erinnern, dass Hasenkrug etwas von einer Luke erwähnt hatte, durch die Arno Staudtner in das Haus gelangt sei. Nun, wenn der es mit seiner Statur geschafft hatte, durch dieses Loch zu kriechen, dann würde es mit Sicherheit auch für Büttner groß genug sein.

Er schlich ums Haus herum, während der Regen unablässig auf ihn niederprasselte und die Blitze den Himmel durchzuckten wie brennende Pfeile. Von irgendwoher drang, von Regen und Sturm in Fetzen gerissen, das Gejaule von Martinshörnern zu ihm herüber. Ob das schon seine Kollegen waren? Oder nur Feuerwehrwagen, die zu einem Einsatz eilten?

Es dauerte nicht lange, bis er die Luke gefunden und mit den Augen Maß genommen hatte. Für einen Augenblick bedauerte er, dass sie tatsächlich groß genug schien, um ohne steckenzubleiben ins Haus zu gelangen. Eine ordentliche Sauerei würde sich dabei dennoch nicht verhindern lassen, denn die Luke glich durch den unaufhörlich auf sie niederprasselnden Regen einer verschlammten Wasserrutsche.

Büttner nahm sich ein Herz und erreichte schließlich unter lautem Ächzen und Stöhnen den Kellerraum, in dem sich das Wasser schon einige Zentimeter hoch gesammelt hatte. Auch hier würde die Feuerwehr in den nächsten Tagen wohl noch zu tun haben.

Kaum, dass er sich aufrichtete, stieß er sich den Kopf an einem Deckenbalken. Leise fluchend sah er sich um. Es dauerte, bis sich seine Augen an die Dunkelheit gewöhnt hatten. Langsam schälten sich Konturen aus der Dunkelheit, bis er eine nach oben führende Treppe erkannte. Doch bevor er sie hinaufging, lauschte er konzentriert. Außer dem Wüten des Gewitters war nichts zu hören. Auch keine Martinshörner. Er war also nach wie vor auf sich alleine gestellt. Gerade als er den Fuß auf die erste Stufe der Treppe stellte, vernahm er einen lauten Knall, dann erneut einen Schrei. Er musste sich beeilen.

Büttner eilte die Treppe hinauf und linste vorsichtig durch den Spalt, als er an der nur angelehnten Kellertür angekommen war. Es war nichts zu sehen. Also stieß er sie auf und entschloss sich nun, geradewegs den Ort des Geschehens ausfindig zu machen und zu handeln.

„Harry?", rief er ins Ungewisse hinein, als er einen beleuchteten Raum betrat. „Harry? Ich weiß, dass Sie hier sind. Lassen Sie Antje …" Er stockte. „Wo ist Antje?", fragte er dann, denn anstatt der jungen Frau sah er nur zwei in sich verkeilte Männer am Boden liegen, die sich ganz offensichtlich gegenseitig die Fresse polierten. Mit blutverschmierten Gesichtern sahen sie verdattert zu ihm auf. Es waren Harry und ein junger Mann, den Büttner nicht kannte. Von Antje keine Spur.

„Büttner", knurrte Harry, während er sein Opfer im Schwitzkasten hielt, „wie immer kommen Sie ungelegen. Ich bin noch nicht fertig mit dem hier." Er schlug den Kopf des Mannes mit einer schnellen Bewegung aufs Laminat, sodass der kurz aufheulte. Dann schlang Harry seinen Arm so fest um dessen Kehle, dass ihr nur noch unartikulierte Laute entwichen. Der darüber liegende Kopf lief in Sekundenschnelle blaurot an.

„Lassen Sie ihn los!" Büttner stand regungslos da. Mangels Waffe hatte er nichts, womit er Harry hätte zur Besinnung bringen können. „Los, Harry, nun machen Sie schon! Ich denke, er hat genug! Sie drücken ihm ja die Luft ab!"

„Das war der Plan", keuchte Harry.

Büttners Blick wanderte durch den Raum, und er entdeckte an einem völlig verrußt aussehenden Kamin einen Schürhaken. Der kam ihm gerade recht.

Harry ließ unterdessen den Kopf des jetzt wimmernden Mannes erneut auf den Boden knallen.

„Schluss jetzt!", donnerte Büttner durch den Raum und der Schürhaken schwang nur wenige Zentimeter über Harrys Kopf. „Lassen Sie los, oder Ihr Kopf wird gleich nicht besser aussehen als der Ihres Gegners."

„Sie können mich mal!", brummte Harry. „Bevor der Kerl mir nicht gesagt hat, was er mit Antje gemacht hat, drücke ich ihm die Luft ab. Immer ein bisschen mehr. Nun gucken Sie mal, Büttner, wie schön der nach Luft schnappen kann." Harry verengte die Armzwinge noch ein bisschen mehr.

Tatsächlich japste der junge Mann nun erbarmungswürdig, die Augen quollen ihm schier aus dem Kopf.

„Mensch, Harry! Selbst wenn er wollte, könnte er doch gar nichts sagen, so wie Sie ihm die Atemwege abklemmen! Zum letzten Mal, lassen Sie ihn los, oder ich …!"

Noch ehe Büttner den Satz beendet hatte, knallten Schläge an die Haustür. „Aufmachen! Polizei! Machen Sie sofort die Tür auf!"

„Okay, Schluss mit lustig! Das sind die Kollegen!" Büttner wandte sich um, als es erneut gegen die Haustür hämmerte. „Tretet die Tür ein, verdammt!", brüllte er. „Worauf wartet ihr denn noch? Auf besseres Wetter?"

Das nächste Geräusch, das er hörte, war das Zerbersten von Holz. Es folgten schnelle Schritte, und dann dauerte es nur noch Sekunden, bis die uniformierten Einsatzkräfte den jungen Mann aus Harrys Schraubklemme befreit hatten.

„Und nun wüsste ich gerne, wo Antje Peters ist", sagte Büttner, nachdem Harry Handschellen angelegt worden waren.

„Da sind wir ja schon zwei", knurrte Harry. „Oder was glauben Sie, wen ich hier suche, he?"

„Er war es", krächzte der junge Mann und zeigte auf Harry, während der ebenfalls eingetroffene Notarzt sein lädiertes Gesicht befingerte. „Er hat Antje in seiner Gewalt. Und er hat auch Max und seinen Vater auf dem Gewissen. Genauso wie Schröder. Ich …"

Die Polizisten hatten den Fehler gemacht, Harry zu nah an seinem Opfer stehen zu lassen, denn der brachte den Mann nun mit einem heftigen Tritt ins Gesicht zum Schweigen.

„Herrgott noch mal … Schafft ihn sofort da weg!", plärrte Büttner. „Ich brauche die beiden noch, okay? Und dürfte ich nun endlich erfahren, wer der Kerl eigentlich ist, auf den Sie hier eintreten, Harry?"

„Nils." Harry spuckte vor sich auf den Boden. Sein Speichel war mit Blut vermischt. Offensichtlich hatte sein Opfer wenigstens einen Treffer landen können. „Nils Beenken heißt der Rotzlöffel. Viktor hatte anscheinend recht."

„Womit hatte Viktor recht?"

„Na, dass es der kleine Wichser war, der sich Antje geschnappt hat. Mein Informant kam zum gleichen Ergebnis und hat mich hierhergeschickt."

Büttner rollte die Augen. „Wie wär's denn mal mit der Wahrheit?! Ich …" Er spürte eine Hand auf seinem Arm und drehte sich um. „Hasenkrug", sagte er verwundert, „wo kommen Sie denn her?"

„Sie haben die Kollegen angefordert, das blieb uns nicht verborgen", antwortete der. Er sah seinen Chef beschwörend an. „Ich würde Ihnen raten, schnellstmöglich von hier zu verschwinden, es gibt sonst nur unnötig Ärger."

„Den hab ich sowieso schon. Außerdem ist Antje Peters immer noch verschwunden und …"

„Wir kümmern uns drum." Hasenkrugs Stimme duldete keinen Widerspruch. „Bitte, Chef, es ist nur zu Ihrem Besten."

„Sie könnten eine heiße Dusche gebrauchen", stellte Sophie Reimers fest, die zu ihnen getreten war und ihren schlammverschmierten Kollegen kritisch musterte. Sie beugte sich zu Büttner vor und flüsterte ihm ins Ohr: „Wir halten Sie auf dem Laufenden, versprochen."

Büttner sah ein, dass Widerspruch zwecklos war. Er trollte sich ins nachlassende Gewitter hinaus. Die Helligkeit kehrte langsam wieder zurück, die Donner grollten nur noch in weiter Entfernung. Auch der Regen kam nur noch tröpfelnd von oben, aber das nützte ihm nun gar nichts mehr.

Was war das? Gerade als er durchs Gartentor trat, hörte Büttner ein dumpfes Klopfen. Er konzentrierte sich, und schließlich fiel sein Blick auf ein etwas entfernt stehendes Auto, das leicht zu schwanken schien! Da! Schon wieder das Klopfen! Es klang, als würde sich jemand aus dem Kofferraum heraus bemerkbar machen.

Rasch lief er hinüber und versuchte, die Klappe zu öffnen, doch war diese verschlossen. Wieder ein Tritt.

„Hallo?", rief er.

Zur Antwort bekam er etwas, das sich wie gurgelnde Geräusche anhörte. Dann wieder ein Tritt.

„Warten Sie, ich komme sofort wieder!" Büttner winkte einen Kollegen herbei, der gerade aus dem Haus kam. „Jemand muss den Kofferraum aufbrechen, schnell! Ich glaube, da ist jemand drin!"

Es dauerte nur wenige Minuten, bis die Klappe mit einem kreischenden Geräusch aufsprang. Unter ihr lag ein gut verschnürtes Bündel Mensch.

„Frau Peters?", fragte Büttner, nachdem er diverse Tattoos und Piercings am Körper der nur leichtbekleideten Frau entdeckt hatte.

Wieder ein Gurgeln. „Nehmen Sie ihr Knebel und Fesseln ab!", sagte er zu seinem Kollegen, der dies in Sekundenschnelle tat.

Die junge, sich vor Schmerzen krümmende Frau richtete sich stöhnend auf und entstieg mithilfe der Polizisten ihrem beengten Gefängnis. Sie schnappte wie eine Erstickende nach Luft, darauf folgte ein längerer Hustenanfall.

„Sind Sie Antje Peters?", fragte Büttner erneut, nachdem sie sich wieder beruhigt hatte.

Doch anstatt eine Antwort zu geben, fing die Frau bitterlich an zu weinen und ließ ihren Kopf an Büttners Brust sinken.

29

Sebastian Hasenkrug bemerkte ein kurzes Zusammenzucken, als Nils Beenken durch die Trennscheibe zweier Büroräume hindurch Antje entdeckte, die nach einem kurzen Aufenthalt im Krankenhaus ins Kommissariat gebracht worden war und von Frau Weniger gerade mit einer dampfenden Tasse Kaffee versorgt wurde. „Aber …" Der junge Mann, der bis zu diesem Zeitpunkt nicht gewusst hatte, dass Antje aus ihrem engen Gefängnis befreit worden war, ließ den Mund offenstehen, in seinem Gesicht stand blankes Entsetzen.

Genau das war Hasenkrugs Absicht gewesen. Denn wenn Nils annehmen musste, dass Antje eine Aussage machte, würde er womöglich weniger Energie darauf verschwenden, den Unwissenden zu spielen oder sie anzulügen.

Auch Harry saß in einem der Vernehmungsräume und wartete darauf, dass man sich seiner annahm. Doch da würde er sich wohl noch eine Weile gedulden müssen, denn Antje und Nils schienen Hasenkrug zunächst die wichtigeren Zeugen zu sein.

„Machen wir's kurz?", fragte Hasenkrug. Er ließ das Rollo an der Trennscheibe runter. Als Nils nichts sagte, entschied er sich für einen jener Bluffs, die sein Kollege Büttner in Vernehmungen so gerne anwandte: „Antje hat ihre Aussage bereits gemacht. Ich würde mal behaupten, es sieht nicht gut aus für Sie, Herr Beenken. Je kooperativer Sie sich jetzt zeigen, desto schneller können wir das hier beenden und desto eher wird sich der Staatsanwalt für eine Strafminderung erwärmen können."

„Ich hab nichts zu sagen", erwiderte Nils trotzig.

Schade, dachte Hasenkrug, Bluff misslungen. „Na ja", sagte er laut, „wenn es so ist, dann hilft Ihnen vermutlich eine längere Auszeit, um Ihre Gedächtnislücken wieder zu füllen." Beim Hinausgehen nickte er einem uniformierten Kollegen zu, weiterhin an der Tür Posten zu beziehen.

„Wie geht es Ihnen, Frau Peters?", fragte Hasenkrug, als er wenig später das Büro betrat, in dem Antje zusammengekauert auf einem Stuhl saß. Sie hielt ihren Kaffeebecher zwischen beiden Händen und blickte starr auf dem Boden. Ob sie noch unter Schock stand?

Auch Sophie Reimers war inzwischen eingetroffen, sie saß am Schreibtisch und blätterte in einem Aktendeckel herum. Noch ehe Hasenkrug weitersprechen konnte, sagte sie an Antje gewandt: „Sie haben viel durchgemacht, Frau Peters. Bestimmt würde es Sie erleichtern, mit uns über die Erlebnisse der letzten Tage zu reden. Vielleicht beginnen Sie bei dem Moment, als Ihr Freund Max überfahren wurde?"

Ein nicht zu übersehenes Zittern durchlief Antjes Körper. Sie schloss die Augen und begann, mit der Zunge an den Piercings ihrer Oberlippe zu spielen. „Er ... er hat Max überfahren", sagte sie dann zögernd. Sie zog den Kopf zwischen die Schultern, die Augen hielt sie geschlossen.

„Sie waren dabei, als Max überfahren wurde?", fragte Sophie Reimers.

Antje nickte. Sie öffnete die Augen, in denen nun Tränen standen. Eine löste sich aus dem Augenwinkel und rann die Wange hinab. „Das ist alles meine Schuld. Aber … aber ich … Wie hätte ich denn damit rechnen können?" Sie stellte die Kaffeetasse ab und schlug die Hände vors Gesicht. „Er … er hat einfach Gas gegeben. Einfach so. Max … Ich habe seinen Blick gesehen, er hat mich angestarrt mit diesen … diesen riesigen Augen. Dann … dann gab es plötzlich einen Knall, dann ein … ein Knirschen." Sie schlug die Hände an die Ohren, als wollte sie verhindern, dieses furchtbare Geräusch noch einmal hören zu müssen.

„Sie reden von Hartmut Schröder?", fragte Hasenkrug. „Saß er hinter dem Steuer?"

Antje nickte.

„Was hatten Sie im Auto von Schröder zu suchen?"

„Wir haben ihn vor dem Haus abgepasst, Max und ich. Ich … ich wollte ihm nur eins auswischen. Es ihm mal so richtig zeigen. Deswegen bin ich zu ihm ins Auto gestiegen."

„Sie sind freiwillig zu Schröder ins Auto gestiegen?", wunderte sich Hasenkrug. „Warum?"

„Weil er doch … weil er doch …"

„Weil er was?", hakte Hasenkrug nach, wobei er versuchte, seine Stimme nicht allzu fordernd klingen zu lassen.

„Weil … er meine Mutter umgebracht hat." Antje sah auf. Der Rotz lief ihr aus der Nase. „Hätten Sie mal ein Taschentuch für mich?"

Sophie Reimers reichte ihr eins, bevor sie sagte: „So viel ich weiß, ist Ihre Mutter an Alkohol- und Medikamentenmissbrauch gestorben."

Antje nickte, nachdem sie sich geschnäuzt hatte. „Ja, aber ohne ihn wäre das alles nicht passiert."

„Wie meinen Sie das?", fragte Hasenkrug, doch im selben Moment dämmerte es ihm. Er neigte den Kopf und sah sie aus schmalen Augen an. „Soll das heißen, Hartmut Schröder, er ist ... er war ... Ihr Vater?"

Antje ließ zwischen zwei Schluchzern ein bitteres Lachen vernehmen. „Nicht mein Vater", sagte sie dann. „Ich kannte ihn ja nicht einmal. Er war mein ... mein Erzeuger, ja, aber ganz sicher nicht mein Vater." Das letzte Wort spuckte sie aus wie eine faule Frucht.

„Woher wissen Sie das?"

„Meine Mutter hat es mir gesagt. An dem Tag, an dem sie starb."

„Und wie sollte die Abreibung aussehen, die Sie Ihrem Vater verpassen wollten?", fragte Sophie Reimers.

„Ist doch egal. Hat sowieso nicht geklappt." Antje klang nun fast bockig. Sie ging in Abwehrhaltung, indem sie die Arme vor dem Körper verschränkte.

„Aber Max saß nicht in Schröders Auto", stellte Hasenkrug fest. „Warum hat er Sie dann begleitet?"

„Er sollte uns folgen. Mich wieder abholen. Ich wusste ja nicht, wohin Schröder mit mir fährt."

„Wie haben Sie Schröder dazu bekommen, Sie mitten in der Nacht mitzunehmen?", fragte Sophie Reimers.

Antje grinste verächtlich. „Ich hab ihn heißgemacht, was sonst? Der hat sich auf 'ne schnelle Nummer gefreut. War total geil auf mich, der Kotzbrocken."

„Aber Sie wussten doch, dass er ihr Vater ist. Und trotzdem hatten Sie nichts dagegen, dass er Sie ..." Sophie Reimers ließ den Rest des Satzes unausgesprochen und verzog angewidert das Gesicht.

„So weit wäre es doch gar nicht gekommen", winkte Antje ab. „Es war doch alles ..." Sie schluckte schwer. „Es war doch alles ganz anders geplant."

„Was ist passiert, nachdem Schröder Max überfahren hatte?", fragte Hasenkrug, nachdem er Antjes Worte verdaut hatte. Er verzichtete bewusst auf das Wort *zweimal*, denn ganz sicher würde es nicht dazu beitragen, dass Antje sich beruhigte. Sie zitterte am ganzen Leib.

„Er fuhr zu einer Hütte. Nicht weit von Pilsum. Sagte, sie gehört ihm. Aber ..." Wieder schloss Antje die Augen. „Ich konnte nichts tun, ich war wie gelähmt. Wegen Max ... Ich konnte nichts tun. Nichts. Mein Körper war ganz steif."

„Was passierte in der Hütte?", fragte Sophie Reimers mit leiser Stimme.

„Er ... er lachte dauernd und hat sich über Max lustig gemacht. Ich ... ich hab immer noch dieses dreckige Lachen in den Ohren. Und dann ..." Ihr Körper zog sich zusammen wie unter einem Hieb.

„Und dann?"

„Er fing an, mich zu betatschen. Seine Hände, sie waren plötzlich überall."

„Obwohl er Ihr Vater war, hat er Sie betatscht?" Sophie Reimers verzog angewidert das Gesicht.

„Er wusste ja nicht, dass er mein ..." Antje schnaubte. „Aber vermutlich wäre es ihm auch dann egal gewesen. Der war so geil auf mich, dieses Arschloch, der hätte ..." Sie wischte den Rest des Satzes mit einer fahrigen Handbewegung weg.

„Was passierte dann?"

„Auf einmal kamen meine Kräfte zurück. Ich weiß nicht, es war ganz komisch. Als er mich betatscht hat, war plötzlich alles wieder da. Und da hab ich ihm ..." Sie ließ ihren Ellenbogen nach hinten schnellen, „da hab ich ihm meinen Ellenbogen zwischen die Augen gerammt." Um ihre Mundwinkel zeigte sich ein kaum wahrnehmbares Lächeln und sie nickte zufrieden. „Seine Nase war sowieso schon geschwollen, keine Ahnung, wer ihn vor mir eins verpasst hat. Er hat aufgejault wie so 'n Straßenköter, dann sackte er plötzlich zusammen und tat keinen Mucks mehr."

„War er tot?"

„Keine Ahnung. Hat mich auch nicht interessiert. Ich wollte nur weg."

Sebastian Hasenkrug und Sophie Reimers warfen sich einen bedeutsamen Blick zu, sagten jedoch nichts dazu. „Und dann?", fragte Hasenkrug nur.

„Ich bin dann weg. Einfach nur weg."

„Wohin sind Sie geflüchtet?"

„Richtung Greetsiel."

„Zu Fuß?"

„Ja."

„Warum haben Sie Schröders Wagen nicht genommen?"

„Ich ... Nee, mit dem?" Antje schüttelte sich. „Nee, das konnte ich nicht. Vorne dran, da klebte Max' Blut und so ... Ich musste fast kotzen, als ich es gesehen habe."

„Haben Sie mit jemandem Kontakt aufgenommen?", wollte Sophie Reimers wissen.

„Ich habe Viktor angerufen und ihm erzählt, was passiert ist."

„Sie hatten aber keinen persönlichen Kontakt zu Eisenroth?", hakte Hasenkrug nach.

„Nee. Ich … ich musste alleine sein. Wollte nur in mein Haus. Ich hoffte, dass mich dort keiner finden würde, weil ich niemandem davon erzählt hatte."

„Hat Eisenroth sich dann um das Fahrzeug und um Schröder gekümmert?"

„Davon weiß ich nichts."

„Sie haben ihn nicht gebeten, sich darum zu kümmern? Wieso haben Sie ihn dann angerufen?"

Antje verschränkte die Arme vor dem Körper und schwieg.

„Frau Peters? Warum haben Sie ihn angerufen?", versuchte Hasenkrug es erneut.

„Fragen Sie Viktor doch", lautete die flapsige Antwort. „Ich weiß nicht, was er nach unserem Telefonat gemacht hat."

„Okay." Hasenkrug beschloss, das erst einmal auf sich beruhen zu lassen. „Was ist dann in Greetsiel passiert? Mit Arno Staudtner, meine ich", wechselte er das Thema.

Antje zog die Stirn in Falten. „Der stand plötzlich im Raum. Einfach so. Hat mich von hinten geschnappt und mir so lange die Luft abgedrückt, bis ich bewusstlos war." Sie griff sich an die Kehle, an der Hämatome zu sehen waren. „Er kam so plötzlich, ich konnte nichts tun. Als ich wieder zu mir kam, hatte er mich an den Stuhl gefesselt. Er hielt eine brennende Zigarette in der Hand und ein Messer." Sie schluckte schwer.

„Er hat Sie gefoltert."

Antje kniff die Lippen zusammen und nickte. Sie zog den Ärmel ihres langarmigen T-Shirts weiter nach unten, wohl um die deutlich sichtbaren Pflaster zu verdecken.

„Und dann kam Viktor und hat Sie befreit?"

Wieder ein Nicken.

„Hat er Staudtner getötet? Oder waren Sie es?"

Schweigen. Noch als Hasenkrug diese Frage stellte, war ihm klar gewesen, dass Antje nicht auf sie antworten würde. Genauso wie auf die Frage, wer den Rolls-Royce in Brand gesteckt hatte. Dazu waren Antje und Viktor zu eng verbandelt. Und noch dazu in einem Milieu, in dem so eine Aussage einem Hochverrat gleichgekommen würde. Was auch immer in dem Häuschen und auf dem Acker geschehen war, sie würden es wohl nie erfahren, denn Hasenkrug ging davon aus, dass auch Viktor darüber kein Wort verlieren würde. Und eindeutig nachzuweisen war dieses Tötungsdelikt laut Spurenlage keinem von ihnen.

„Frau Peters?", versuchte er es dennoch erneut. „Wer von Ihnen hat Staudtner getötet?"

„Es war Notwehr", murmelte Antje nach längerer Pause.

„Das lassen wir mal so stehen", antwortete Sophie Reimers, als Hasenkrug erneut zu einer Erwiderung ansetzte. „Und es war auch Viktor, der Sie von dort weggebracht hat", stellte sie fest.

„Ja. In ein Wochenendhaus irgendwo an einem Kanal."

„Und Harry? Was hat er mit der Sache zu tun? Warum hat er Sie gesucht?"

Antje sah sie erstaunt an. „Harry?" Sie schüttelte den Kopf. „Er hat gar nichts damit zu tun. Harry hat mir noch nie was Böses getan, er ist okay. Er wollte mir nur helfen, das ist alles."

„Hm. Und wie kamen Sie dann von diesem Wochenendhaus, in das Viktor Sie gebracht hatte, wieder nach Greetsiel?", wollte Hasenkrug wissen.

„Nils. Er hat zuerst Viktor niedergestreckt. Er … er stand dann plötzlich hinter mir. Aber, bevor ich reagieren konnte … da war dieser Elektroschocker. Plötzlich wurde alles schwarz."

„Warum hat Nils das gemacht?"

„Weil er total irre ist, deshalb."

„Könnten Sie das näher ausführen?"

„Nee." Wieder ging ein Schaudern durch ihren Körper. „Nee, das müssen Sie ihn schon selber fragen. Der ist wirklich … total irre. Er … er war es auch, der Schröder gesagt hat, dass er Max töten soll."

„Wie das?"

Antje holte stockend Luft, dann sprang sie plötzlich vom Stuhl auf und schrie wie besessen: „Ich hab gesagt, das müssen Sie ihn selber fragen! Oh verdammt, es tut so weh!" Sie schlug mehrmals die Handflächen gegen den Kopf, sackte wimmernd in sich zusammen und blieb, die Hände vors Gesicht geschlagen, auf den Knien sitzen. Ihr ganzer Körper wurde von Schluchzern geschüttelt. „Ich … ich kann das nicht. Es ist … mein Gott … Ich … Hätte ich das doch alles nur nie gemacht!" Sie ließ sich zur Seite fallen, rollte sich in Embryonalstellung zusammen und weinte.

30

Nach Antjes Aussage, sie habe Hartmut Schröder einen heftigen Schlag mit dem Ellenbogen zwischen die Augen verpasst, hatte Sebastian Hasenkrug in der Gerichtsmedizin angerufen und Graf Zahl gefragt, ob er es für möglich halte, dass Schröders Stirnbein erst nach einem zweiten, Stunden später ausgeführten Schlag gebrochen und ins Hirn gelangt sein könnte. Der Arzt hatte dies zumindest nicht ausschließen können. Allerdings sei es schlussendlich bei einer verkohlten Leiche schwerlich nachzuweisen. Was im Umkehrschluss heiße, dass natürlich auch das Gegenteil nicht zu beweisen sei.

Das war alles, was Hasenkrug hatte hören wollen. Gut gelaunt hatte er seine Vorgesetzten umgehend über diese neue Entwicklung informiert und sie gebeten, dass David Büttner bei der Vernehmung von Nils Beenken anwesend sein dürfe. Da die Mühlen in einer so hierarchisch strukturierten Behörde wie einem Kommissariat aber bekanntlich langsam mahlten, hatten sich Sebastian Hasenkrug und Sophie Reimers dazu entschlossen, sich zwischenzeitlich in der Wohnung von Nils noch einmal ein wenig umzusehen.

Um zu erfahren, in welchem Verhältnis Nils tatsächlich zu Antje gestanden hatte, hatten sie nicht mehr als einen Blick in einen kleinen Nebenraum der Wohnung zu werfen brauchen: Sämtliche Wände dieses fensterlosen Raumes waren zugekleistert mit Fotos. Und jedes einzelne von ihnen zeigte Antje Peters. „So was nennt man dann wohl Besessenheit", hatte Sophie Reimers entsetzt gemurmelt. „Er muss sie auf Schritt und Tritt verfolgt haben. Ziemlich gruselig, wenn du mich fragst."

Wieder zurück im Kommissariat, saßen sie diesem offensichtlich Besessenen nun zu zweit im schmuck- und fensterlosen Vernehmungsraum gegenüber. Büttner war die Erlaubnis, an der Vernehmung teilzunehmen, noch immer nicht erteilt worden. Die Mühlen dieser Behörde mahlten noch langsamer, als Hasenkrug angenommen hatte; was auch daran liegen mochte, dass es inzwischen Nacht war und die Entscheidungsträger längst in ihren Betten lagen. Büttner selbst hatte Hasenkrug und Reimers daraufhin gebeten, mit der Vorlage eines Ermittlungsergebnisses nicht bis zum nächsten Tag zu warten, denn das sei nun wahrlich vergeudete Zeit. Er selbst werde derweil nach Hause fahren und mit seiner Frau auf diese positive Wendung des Falls anstoßen.

Ohne großes Vorgeplänkel sagte Hasenkrug nun: „Herr Beenken, wir haben genug Beweise dafür, dass Sie es waren, der Antje Peters in seine Gewalt gebracht hat. Dürften wir den Grund dafür erfahren?"

„Weil sie mir gehört", antwortete der prompt, und seine Augen bekamen einen eigenartigen Glanz. Von der Coolness, die er noch vor wenigen Stunden an den Tag gelegt hatte, war nichts mehr zu spüren. Vielmehr wirkte er jetzt wie unter Drogen gesetzt. Womöglich hatte ihn die ewige Warterei in diesem Raum in diesen Zustand versetzt. Die damit verbundene, schier unerträgliche Langeweile hatte schon so manch wahren Gemütszustand ans Licht befördert.

„Aha. Und das erlaubt Ihnen, sie in den Kofferraum Ihres Autos zu sperren?", fragte Hasenkrug. „Und da wir gerade dabei sind: Wie kamen Sie auf die Idee, mit Antje ausgerechnet in ihr Haus in Greetsiel zu fahren? Ich meine, Sie mussten doch damit rechnen, gesehen zu werden. Immerhin ist es ein Tatort und polizeilich versiegelt."

Nils grinste. „Eben. Kein Mensch käme doch auf die Idee, dass Antje und ich ausgerechnet dort sind. Wenn dieser dämliche Harry nicht gewesen wäre, hätte uns dort keiner gefunden. Leider kam er gerade, als ich Antje aus dem Kofferraum holen wollte."

„Hatten Sie keine Angst, dabei gesehen zu werden?"

„Bei dem Gewitter? Nee." In Nils' Augen stand plötzlich ein irres Leuchten. „Außerdem gehört das Haus doch uns. Wo sollen wir denn sonst wohnen, wenn nicht in unserem eigenen Heim? Wir hätten es uns da richtig schön gemacht."

„Das Haus gehört nicht Ihnen, sondern Antje", stellte Sophie Reimers fest.

„Und Antje gehört mir", insistierte Nils.

„Sie gehörte zu Max", warf Sophie Reimers ein. Nils' nun erscheinendes Lächeln jagte ihr offensichtlich einen kalten Schauer über den Rücken, denn sie schlug die Arme vor dem Körper zusammen, als würde sie plötzlich frieren. Auch Hasenkrug erging es nicht anders, denn dieses Lächeln hatte nichts Irdisches. „Max ist tot", sagte Nils. Sein verklärtes Lächeln wurde breiter. „Schröder hat ihn umgebracht. Das war mehr, als ich erwartet hatte."

„Als Sie erwartet hatten?" Hasenkrug wurde hellhörig. Er beugte sich vor. „Was meinen Sie damit?"

Nils schaute ihn nun so vorwurfsvoll an, als wäre die Antwort auf diese Frage doch wohl eindeutig. „Na, was wohl?", sagte er in belehrendem Tonfall. „Ich hatte nicht geglaubt, dass er ihn wirklich umbringt. Ich dachte, der jagt ihm nur einen Schrecken ein. Aber er hat es zu Ende gebracht. Und das ist gut so."

Hasenkrugs Augen verengten sich zu schmalen Schlitzen. „Sie haben Schröder auf Max angesetzt?"

„Wer denn wohl sonst."

„Und was genau haben Sie zu ihm gesagt?"

„Dass Max es ist, der ihn die ganze Zeit verfolgt."

„Schröder wurde verfolgt?", fragte Sophie Reimers, obwohl sie sich daran erinnerte, dass auch Büttner so etwas zu Protokoll gegeben hatte.

Nils' Grinsen bekam etwas Diabolisches. „Ja, schon seit Tagen. Von mir."

„Verstehe ich nicht."

„Tagelang bin ich hinter dem Typen her, damit er sich verfolgt fühlt. Natürlich hat er mich nie gesehen. Hab ihm richtig Angst gemacht. Dachte, der macht sich gleich ins Hemd, so hat der immer nach links und rechts geschaut, wenn er auf die Straße ging."

„Womit haben Sie ihm Angst gemacht?"

Nils zuckte die Schultern. „Anonyme Anrufe, Zettel hinterm Scheibenwischer, tote Katze vor der Haustür. Das Übliche eben. Hab es so aussehen lassen, als hätte es was mit diesem blöden Wohnprojekt von meiner Oma zu tun."

„Und wie kam er dann darauf, dass Max dahintersteckt?"

„Ich hab ihm einen Tipp gegeben, dass Max und Antje ihm in dieser Nacht auflauern würden. Antje hatte damit geprahlt. Sie war ganz aufgeregt. Hat immer von irgendeiner Rache gesprochen, für die Schröder fällig sei." Nils grinste. „Ich hab Schröder auch ein Foto von Max geschickt und ihm gesagt, dass Max vorhat, ihn umzubringen. Dass er derjenige ist, den die Wohngruppe geschickt hat."

„Was genau hat die Wohngruppe Ihrer Oma damit zu tun?"

„Na ja", antwortete Nils, „ich brauchte ja einen Grund für Schröder, damit er sich Max vorknöpft. Aus den Akten meines Chefs …"

„Dem Rechtsanwalt", schob Sophie Reimers ein.

„Ja. Aus den Akten wusste ich, dass Schröder der Meinung war, dass die Wohngruppe hinter all den Drohungen steckt. Er hatte totalen Schiss, dass die ihm jemanden auf den Hals gehetzt hatten, um ihm den Betrug heimzuzahlen."

„… und weil Sie von Antjes Plan wussten, sich in dieser Nacht gemeinsam mit Max an Schröder rächen zu wollen, haben Sie Schröder Max' Namen genannt und ihm das Foto geschickt", fasste Hasenkrug noch mal zusammen. Er stieß vernehmbar die Luft aus. Was für ein perfider Plan!

Nils grinste. „Er hat mich gut dafür bezahlt."

Zu Hasenkrugs Überraschung stand Nils nun auf, schlug sich mit den Händen auf die Oberschenkel und sagte: „So. Und nun würde ich gerne zu Antje gehen. Sie wartet sicher schon auf mich. Es gibt in unserem Haus noch eine ganze Menge zu tun."

Hasenkrug drückte ihn auf den Stuhl zurück. „Ich glaube,

Sie haben da was falsch verstanden, Herr Beenken. Ganz sicher werden Sie mit Antje nirgendwo mehr hingehen."

Sophie Reimers nutzte Nils' kurze Irritation und fragte: „Waren Sie dabei, als Schröder Max überfahren hat?"

Nils Gesichtsausdruck verhärtete sich von einem Moment auf den anderen. „Nein. Ich hab Antje gesagt, sie soll nicht dieses Weichei Max mitnehmen, sondern mich. Aber sie wollte nicht auf mich hören. Sie hat es verbockt. Wenn sie auf mich gehört hätte, würde Max noch leben. Ihre Schuld. Strafe muss sein." Er nickte entschieden. „Nun wird alles gut."

„Ja, aber ganz sicher nicht für Sie", stellte Hasenkrug fest. Er räumte seine Unterlagen zusammen und verließ, gefolgt von seiner Kollegin, ohne ein weiteres Wort den Raum.

Zu seiner Überraschung stand Büttner vor der Tür und erwartete sie. Auf Hasenkrugs erstaunten Blick hin, deutete er auf die einseitig verspiegelte Glasscheibe zum Vernehmungsraum. „War doch zu neugierig", sagte er. „Hab ein bisschen zugehört."

„Dann sind Sie offiziell wieder im Dienst?" Hasenkrug strahlte über das ganze Gesicht.

„Davon bin ich jetzt einfach mal ausgegangen."

„Aber, Chef, Sie können doch nicht … Wer weiß, was das wieder für einen Ärger …!"

„Lust auf ein Glas Wein?", unterbrach Büttner ihn. „Meine Frau sagt, ich soll Sie beide mitbringen. Sie meint, sie habe bei all der Aufregung zwei Nächte nicht schlafen können, da käme es auf eine dritte auch nicht mehr an."

„Prima Idee", nickte Sophie Reimers, während Hasenkrug noch immer mit offenem Mund dastand. „Ich könnte zur Feier des Tages noch ein paar Schokoriegel von der Tanke holen."

„Ich wusste immer, dass ich mich auf Sie verlassen kann." Büttner zwinkerte ihr zu, bevor alle drei in befreites Gelächter ausbrachen.

DANKE!

Wie immer gilt mein ausdrücklicher Dank meinen Testleserinnen Katrin Fritzsching, Ira Podewin und Sabine Kern sowie meinem ständigen Berater Volker Behnecke, die mir wertvolle Hinweise zu Logik und Aufbau der Geschichte gaben. Vielen Dank dafür, Ihr Lieben, Ihr seid die Besten! Richtig auf Trab aber brachte mich mein Lektor Hagen Schied (www.lektorat-buchwaerts.de), der mit professionellem Auge auch das sah, was Laien (und mir) gemeinhin verborgen bleibt. Ich danke ihm von Herzen für seine wertvollen Anmerkungen, Einwände, Ergänzungen und die konstruktive Kritik. Den allerletzten Schliff gab Corinna Rindlisbacher (www.ebokks.de) im Korrektorat. Sie konvertierte auch die Textdatei ins richtige Format. Auch dafür ein großes Dankeschön!

Last but not least freue ich mich sehr über das gelungene Cover, das auch diesmal wieder von Susanne Elsen (www.mohnrot.com) gestaltet wurde.

Liebe Leserin, lieber Leser,

ich freue mich sehr, dass Sie „Bitteres Erbe" als Lektüre ausgewählt haben und hoffe, dass ich Ihnen mit dieser Geschichte ein paar angenehme Stunden bereiten konnte. In diesem Fall würde ich mich über eine Rezension oder ein Feedback über meine Homepage (www.elke-bergsma.de) oder per E-Mail (mail@elke-bergsma.de) sehr freuen. Sollten Sie Lust haben, mehr von Büttner und Hasenkrug zu lesen, darf ich Ihnen an dieser Stelle meine weiteren Ostfrieslandkrimis ans Herz legen, die in dieser Reihenfolge erschienen sind:

„Windbruch"

„Das Teekomplott"

„Lustakkorde"

„Tödliche Saat"

„Dat witte Lücht" (Kurzkrimi)

„Puppenblut"

„Stumme Tränen"

„Schweigende Schuld"

„Fluchträume"

„Brandwunden"

„Strandboten"

„Maskenmord"

„Eisige Spuren"

„Seelenrausch"

„Scheinwelten"

„Dunstkreise"

„Zornesbrut"

„Sippenverfall"

„Todesgruft"
„Bitteres Erbe"
„Lodernde Wut"
„Dünennebel"
„Meeresklagen"
„Herbstzeittode"
„Schwarze Lettern"
„Hetzjagd"
„Platzverweis"
„Abschiedsklänge"
„Lebensfesseln"
„Klosterchoräle"
„Späte Reue"
„Innerer Dämon"
„Tummelplatz"
„Wellenschlag"
„Froststarre"
„Siedepunkt"

Vielleicht haben Sie Lust, auch in meine historisch-zeitgenössische Ostfrieslandkrimireihe „Wibben und Weerts ermitteln" reinzuschnuppern? In dieser Reihe sind bisher erschienen:
„Moorsmaragd"
„Flutrubin"
„Inselsaphir"

Im Sommer 2018 erschien zudem der erste Band meiner ostfriesisch-niederländischen Krimireihe „Grenzfälle". Schauen Sie doch mal rein in: „Wie Mauern so kalt"

Im Herbst 2019 erschien mein Arktis-Thriller: „Verloren im Eis."

Mit meiner Kollegin Anna Johannsen veröffentlichte ich 2019 zudem den Ostfrieslandkrimi „Juister Mohn" sowie 2024 die Ostfrieslandkrimi-Trilogie mit den Bänden „Die Stille der Flut", „Die Gewalt des Sturms" und „Die Kraft der Ebbe".

Völlig neu erfunden habe ich mich 2022/2023 mit meiner historischen Trilogie „Wege in eine neue Zeit", die in der Weimarer Republik angesiedelt ist.
Band 1: „Die Bürde der Freiheit"
Band 2: „Die Kraft der Entbehrung"
Band 3: „Der Makel der Hoffnung"

Möchten Sie regelmäßig und unkompliziert über alles, was rund um meine Bücher herum passiert, informiert werden, dann abonnieren Sie doch einfach meinen Newsletter unter
www.elke-bergsma.de/newsletter oder folgen Sie mir auf Facebook und Instagram.

Herzliche Grüße
Elke Bergsma

www.elke-bergsma.de
www.facebook.com/elkebergsmaautorin
www.instagram.com/bergsmaautorin